花城
年选系列

2023 中国微型小说年选

时光代理人

江冰
编选

南方传媒 | 花城出版社

中国 · 广州

图书在版编目（CIP）数据

时光代理人：2023中国微型小说年选 / 江冰编选.
-- 广州：花城出版社，2024.2
（花城年选系列）
ISBN 978-7-5749-0177-3

Ⅰ.①时… Ⅱ.①江… Ⅲ.①小小说—小说集—中国—当代 Ⅳ.①I247.82

中国国家版本馆CIP数据核字(2024)第009898号

出 版 人：张　懿
责任编辑：欧阳蘅　李珊珊
责任校对：李道学
技术编辑：凌春梅
封面设计：张年乔

书　　名	时光代理人：2023 中国微型小说年选 SHIGUANG DAILI REN：2023 ZHONGGUO WEIXING XIAOSHUO NIANXUAN
出版发行	花城出版社 （广州市环市东路水荫路 11 号）
经　　销	全国新华书店
印　　刷	深圳市福圣印刷有限公司 （深圳市龙华区龙华街道龙苑大道联华工业区）
开　　本	787 毫米 ×1092 毫米　16 开
印　　张	20　1 插页
字　　数	290,000 字
版　　次	2024 年 2 月第 1 版　2024 年 2 月第 1 次印刷
定　　价	65.00 元

如发现印装质量问题，请直接与印刷厂联系调换。
购书热线：020－37604658　37602954
花城出版社网站：http://www.fcph.com.cn

目　录

序

谁愿为一座孤岛

江　冰

“每个人都是一座孤岛。”马尔克斯写下这句名句的时候用的还是钢笔，或者羽毛笔，总之是还能残留下体温的东西。“孤岛”这个比喻戳中人心，直指人类情感中亘古不变的“孤独”命题。

任马尔克斯的脑袋再怎么睿智，无论如何也预测不到就在《百年孤独》成书出版后短短几十年间，人类会用高科技把这个比喻变成现实，真正把每一个人类个体变成一座座孤岛。科技产品能做什么？拿写作为例，起先只是帮你打字，然后能帮你搜寻素材，现在干脆帮你写作。更要命的是你所能接收到的一切信息，都得经过它的过滤。你在网上读了一篇文章，大数据会根据里面的关键词推给你下一篇，再下一篇，再下一篇……超级算法太强大了，在它的把持下，每个人都成为互联网时代的一座孤岛。在这样的大环境下，即便脚上还穿着朝圣者的鞋，面对茫茫未知的大海，也不知该朝哪个方位朝拜。

开始怀念。

在广州，你会怀念熙熙攘攘没有低头族的上下九步行街，怀念上下班时间海珠桥上摩肩接踵推着自行车的人流。你还会怀念亲戚楼道里咚咚咚的脚步声，那属于贪恋球场晚回家的孩子，而不是外卖小哥。

幸好孤岛四周有触手，像章鱼那样延伸开，柔软，又有韧性。这些触手里边，有一条还算健硕的叫作文学。微型小说，充其量就是触手上一个小吸盘，小归小，力度合适的话也能拉近岛与岛之间的距离。

2023 年是急剧变幻的一年，量子技术大规模投入应用，机器人管家等 AI 产品渐渐走入家庭，元宇宙脱虚向实，ChatGPT 如一枚原子弹炸裂普通人的生活……在这样的 2023 年，做一本文学年度选集成了一件让人犹豫的事。我不止一次问自己：孤岛意味着什么？读者会更焦虑、更迷惘吗？会更渴望交流吗？人会怎样活着？文学还有价值吗？我们需要什么样的文字？

所幸花城出版社是个有情怀也有勇气的出版社。我也就先把犹豫放一边，一如既往开始了新一年的微型小说甄选。甄选过程中，我有意识地侧重两方面：一是鼓励在艺术形式上能够进一步往前探索的作品。这么多年来，微型小说跟中短篇小说相比，在艺术手法上还是有比较大的差距，与主流文学场域也存在脱节现象。连续编年选好多年了，每一年都有私心期盼能涌现一批作品改变这一现象；二是侧重选用具有时代性精神内涵的作品。与时代同频共振的文字方有生命力。这两个导向，前者避免小小说在文学界成为一座“孤岛”，后者则对于人类在精神上对抗“孤岛效应”具有积极意义，至少是探索上的意义。

微型小说向来自诩是最能适应信息爆炸时代的文体，短小精悍便于互联网传播。从纸媒阅读转至互联网阅读，微型小说所受的冲击是否比其他文体小犹无数据可考证，但在人工智能时代的大背景下，2023 年的微型小说确实还是呈现出几个欣欣向荣的迹象。

第一个迹象：年轻、高学历、高校科班正规军正逐步了解和加入微型小说创作队伍。这是本年度微型小说领域一个可喜的动向，这类写作者博阅中外文学书籍，用文学理论指导创作，有较高的先锋实验精神。《微型小说选刊》有个“高校在线”专栏便是此类作品的聚集地之一，栏目主持人是东莞城市学院教授、金麻雀奖获得者夏阳，栏目主创力量多是各高校创意写作研究生班，或写作学、中文系科班出身，出手不凡。据闻，这个栏目的作品有获得2022中国小说学会年度十大微型小说奖的，也有正在拍摄成电影的，新生力量不可小觑。无独有偶，郑州《小小说选刊》《百花园》也重启十五年前的小小说青春笔会，从全国筛选三十多位年轻作者进行为期五天的集中训练。据闻这次入选的作者当中“90后”“00后”比例颇高，还有不少来自高校中文系在读本科、研究生或省市文学院的作家，他们不再是纯粹的小小说作者，有的也写中短篇，或是诗歌散文，或是搞评论研究。这与鲁奖把小小说列入参评目录一样，是小小说正式进入主流文学圈的标志之一，险些陷入“孤岛”状态的小小说正像八爪鱼一样延伸出长长的触角搭到文学主流陆地上。

《韭绿》是上海大学文学院创意写作专业“90后”研究生卜书典的作品。这是本书收录文章中写法最为独特的一篇，一方面，将录音文件直接作为小说文本，故事情节化繁为简，创作形式较为新颖。另一方面，作者从“韭菜”这种再寻常不过的东西上去挖掘诗意，将日常的个人生活行为纳入到审美建构中，亦可视为一条很好的创作探索路径。没记错的话，短篇小说领域早有作品尝试过把购物清单、聊天记录直接作为小说的叙事主体，这在微型小说领域尚属首次。

《格桑花的忧伤》的作者王雪菲是南京传媒学院的在读学生，年轻的荷尔蒙气息溢出纸面，字里行间全是青春伤痕文学的痕迹。作者采用了一种当前中短篇比较流行的叙事结构，因为篇幅的限制做了大幅留白的处理，容量大，但跳跃也大，这种尝试好坏参半。比较难得的是这样年轻的作者能关注到“精准扶贫”这样的时代命题，青春的鸽子在她手上放飞，在迷惘与执着中来回盘旋之后汇入时代的大旋涡里。文章中藏着作者如何解读这个时代命题的想法，并通过她笔下的人物尝试实践这个想法，值得一赞。

“00后”的肖雨苹同学是高校写作专业的，经验不老到但也可见科班痕迹。她的《巨树》以“我”这样一个旁观者为叙述视角，“我”在作品中既是事件的见证者，也是故事的转述者，双重设置。故事带传奇色彩，一个来历不详的人，攀爬一棵来历不明的巨大的树，丧命的过程也是不明的。整个叙述个人色彩浓厚，故事情节紧凑，语言简洁叙述理性，初读有一种李安电影中的镜头感。我猜测这个年轻的写作者应该在哲学方面亦略有涉猎，并具有从其他文艺形式中去汲取养分的本领，才能在作品中构建出这样一个怪诞、让人摸不着头脑却又觉得可信度很高的故事，通篇充斥着对得与失、人性的丑陋、存在与虚无等的思考，寓意不俗。

同样具有先锋实验意义的作品还有扈永明的《点》、胡泰然《消失的她》、阿明仔的《枕头、浴缸及其他》等等，均值得关注。

第二个迹象：科技的发展刺激了作家的灵感与想象，不少作家直接与科技面对面，具有时代特征的科幻、幻想类作品频出。这类作品多出自年轻作者之手，二十来岁，或者三十来岁。他们擅长捕捉细节与自我解剖，在还不确定的年纪里，试图写下确定的文字，即便文风虽略显稚气，青春带来的原生态美感与先锋探索的意味足以弥补。他们就好像一群不甘心待在孤岛上的年轻人，秉着初生牛犊不怕虎的精神非要去搞清楚这座岛的结构。他们去探索，去追问，偶尔模糊了文体意识，不自觉中却是在捍卫微型小说的文学性。

郭宇的《火炕》就是个典型。奥地利心理学家弗洛伊德的精神分析学把人格分为本我、自我、超我三部分，想象力极为丰富的年轻作者大胆采用“残雪”式的表达，从火炕的一个洞里拉出了另一个长得一模一样的“我”，“我”从身体、灵魂、到情绪都是赤裸着，而我希望“我”正常一点，两个“我”相互对抗，作者也在跟两个“我”对抗，愤怒、焦虑、恐惧、沮丧，整个过程抽象又鲜活，“自我”与“本我”不动声色地被具象化，阅读体验感很强。但不管是哪个“我”，都是恐惧黑暗，喜欢阳光。我很高兴这么年轻的作者就能对“人如何为人”发出深邃的拷问，并有自己的思考与答案。其叙述中不乏能体现其才华的字句，比如，“像她这样来路不明的东西，我每天能看见好多个。”“拉上窗帘，黑暗倾泻了进来。”

在四川大学学生张璐瑶获“丰湖杯”全国小小说大赛奖项的作品《荒原》中，作者借助主人公凯文的视角，透过VR视觉和游戏场景这样描绘被科技毁灭了的地球：“地表被复杂的机械系统和科技装置所覆盖，摩天大楼的残骸和垂死的电线杆上挂满藤蔓和爬行的机器蛇。天空总是浓重的灰色，电闪雷鸣已是常态，近海地区偶尔会刮龙卷风、陆地会下暴雪。”这些充满想象力的文字蕴藏的是作者对科技发展方向的思考及对未来可能性的担忧。可喜的是作者把文章的意图指向了人类亘古不变的主题——亲情，原来凯文的父母在地球毁灭之际为了保全凯文的生命，自愿献身给游戏当试验品，以换取凯文进入“转移星系”计划的名额。而凯文在新的星球上内心深处也一直渴望着能够回到地球的家中，再见父母一面，为此他勇闯“心迷宫”，冷冰冰的科技与温润的亲情之间的对抗在这篇文章中得到淋漓尽致的表达，写作者在还稚嫩的年纪就已深谙生命的秘密，找寻到了“情”这个生命永恒之光，实属难得。

高晋旭的《上岸》是具有童话品相的幻想类作品，新版美人鱼故事，讲述的不再是爱情，而是职场。身为鱼类的“我”奉命调查族人失踪之谜而上了岸，阴差阳错成了职场中一员，自此不可思议的荒诞故事接踵而来。故事细节详尽、言语幽默中透着冷静，最后，一句“这个世界，竟然允许人又聋又哑地坐在云端?”把对职场荒谬的讽刺推向高潮。以这样的方式写职场颇具创意，想象力成为作家探索世界的有力武器。

让人眼前一亮的作品还有《枕头》。作者许晓敏把目光瞄准了高科技智能机器，别出心裁把它设计成一个能治疗失眠的高科技枕头，文中的“她”祈求借助枕头摆脱五年来的失眠困扰。枕头确实很神奇，她对枕头越来越依赖。最后在枕头商家倒闭要回收枕头之前她忍不住剪开枕头看看里头到底有什么，里头让她安睡的液体如母体中的羊水，而最后机器幻化出的竟是她五年前死去的母亲的模样，至此她的失眠原因与好转的原因都泄露给读者。作者这位香港都会大学的“90后”文学硕士似乎找到了都市年轻人浮躁焦虑的根源之一，并用魔幻的手法找到一条解决之道。你也可以理解为这是人的自愈能力，年轻作者似对心理领域有所钻研。

也有部分此类题材作品出自名家或成熟写作者，与年轻写作者相比，故事内容上各有精彩，但二者在风格和思想寓意上还是存在较大的差异。生活经验占优势的写作者在对这个世界、对人情世故的理解上明显更加深刻和多元。

比如安石榴《L教授的火车》。作者熟练采用一种神秘的笔法刻画出一个个性鲜明、内心丰富的L教授形象，他独特的个性与跟大众格格不入的反常行为就是本文最耐咀嚼的地方。L教授的反常，在我看来反倒是现代人一种普遍的心理，人有时候会渴望自己是座孤岛，短暂地与这个世界割离，而科技的发展正好为这种心理提供了便捷。因为懒得与人寒暄，即便近在咫尺也要通过微信联系；因为不擅长与长辈唠嗑，给长辈的过年红包直接通过网络发送……L教授会成为一座孤岛吗？幸好，他不会，因为他很确定，他爱他们。爱，是对抗“孤岛效应”的有力武器，我相信爱也是本文的落脚点、作者落笔的初衷。

“酒吧里不卖酒，经营的是时光的生意。”这样的开头足够吸引眼球。曹隆鑫的《时光代理人》用一个套娃式的构思，简单有力的叙述语言，讲述了一个情感厚重的幻想故事。“时光代理人”在文章中既是一种虚构出来的科幻性职业，也是人类对生命、疾病、爱情发出的灵魂拷问。“人如果有机会回到过去是不是就可以改变现在”一直是一个悬而未决的命题，作者在这个充满想象力与情感张力的故事中似乎做出了一个还算不错的回答。

来自吉林王小东的《我和哥哥》是科幻的另一路数，完全是传统表述，如果不是偶尔跳出来的诸如“克隆体器官移植”之类的专业术语，这就是一个温馨的亲情故事。苛刻点说这算不上是个真正意义的科幻故事，但传统写法与先锋题材构成一种反差萌，恰好讨好当下对科技充满好奇却又无缘细致接触的一群读者的阅读喜好。

第三个迹象：对大自然的崇尚达到了新高度。对此我愿意这样理解：科技发展到一定程度，自然反而成了稀缺资源、人心目中的宝藏。近些年，各种协会或刊物纷纷举办跟自然有关的征稿或征文比赛，在刊物的常规栏目设置中，与自然相关的几乎是标配，亦可为此佐证。与大自然一样受到崇敬的还有超自然，在时代的变迁中难以从大自然中找寻到答案的疑惑与郁闷往往倾注入超自然领域。入选本书的稿件中不乏这方面的佳品。

最能体现时代变迁的是申平的《最后一头牛》。农耕文明与现代文明之间的冲突通过一头大黑牛与深挖机之间的面对面对抗直观呈现，最后以大黑牛几近壮烈的牺牲来表达对农耕文明逝去的唏嘘，控诉现代文明冰冷无情的同时，也表达了作者对当下土地无人耕种、往昔温情不再的痛惜与感慨。时代变迁是大趋势，谁也无力阻挡，但“人情味”不管在什么年代都是不可或缺的，大黑牛面临的处境，会不会就是人类未来的处境？AI会不会取代人类？高科技会不会反过来灭了人类，大黑牛最后的反抗似乎带给人别样的思考。作者在文章中对“情”的期待同样也是人类在AI时代的期待。

《一棵水蒲桃的迁徙》延续了“小魔女”王溱一贯的风格，让平常凡庸的小人物与童话色彩沾上了边。这童话色彩并非文人自恋式的矫情，而是她对于现实人生的发现与诗意提升。蒲桃树只能依水而种，对水的向往是天性，因忍受不了河道渐被堵塞而收缩、也忍受不了人类对河道两岸的污染而拔根“迈”向河涌的那一棵蒲桃树，又何尝不是人趋于天性崇尚自然的象征？作者轻灵的文字亦因此有了一份沉重与深刻。

丁迎新的《鹰》也是人与自然相互依存的例证。人天生是群居动物。没有人的时候，动物也行，没有动物的时候，幻想出来的动物也行。作者语言功底不错，擅长用动词，通过动作把落单的恐惧描写得十分到位。如“兵闭上眼睛，一层眼皮果然隔开了世界。不行，危险一旦出现，会措手不及。”“兵握枪的手更紧，像弹簧，一触即发。”是鹰的存在，甚至只是兵猜测中的鹰的存在，让兵克服了恐惧，即便是动物，也是人类情绪情感依恋的载体，是抨击孤独的利器。

侯德云的《乌鸦》则讲述了一个笼罩在伤感中的唏嘘故事，塑造了老钱这样一个命运多舛的人物，和老朱这样一个洞悉世间万物运行规律、对自然充满敬畏之心的人物。乌鸦无疑是一个很成功的意象，作者还借用了满族人的乌鸦崇拜，以及《红岩》《暴风骤雨》等作品来帮助读者加深对这个意象的理解，用心良苦。

还有袁有江的《老莫的情人》，构思巧妙，读来无限唏嘘。老莫的情人不是人，是一长相独特的花树，半人高的树身，似一葫芦，上瘦下肥，中间束着细细的腰肢。头顶一蓬花瓣，浓浓密密，俨然女人的发髻。时代在前行，注定有些东西会出现，有些东西会消失，在即将被拆除的工业园区里，老莫把这样一棵树视若珍宝，当中意味值得细品。

第四个迹象：细腻情感的回归。亲情、爱情、友情，那些正在发生的，以及对过去已经发生的温情的追忆和向往，重新以各种浓墨重彩的形式出现在本年度的微型小说中。唯“情”可抵孤岛之“孤”。似乎科技的发展程度与人的情感渴求程度是成正比的，被人工智能替代了的部分人类活动，背后蕴藏的情感是无法被替代的，它们会在人体内堆积、发酵，沤成文学作品诞生的温床。

比如秦俑的《灯光》，书写的就是一种天然的善意，那是人与人之间无形的最坚韧不拔的连接。一盏灯，驱逐了恐惧与不便，照亮了一帮年轻人前行的路，也温暖了他们一整个青春。有了光亮，前行便不觉孤单，人类就算真成了一座座孤岛，相信善与光亮也可以让“孤岛不孤”。我一直认为，高科技充斥生活的今天比以往任何时候更需要爱来填充心灵，时代呼吁更多这样的作品。

再来看看安晓斯的《界河》。此文与当下勾连性强，以一种很克制的、不关褒贬的语气，讲述了一对夫妻不可思议却又毫无违和感的一种生活模式。时代大阔步前行，人与人之间的关系一直在发生着微妙的变化，包括夫妻关系。“界河”取自象棋，文章中的老李和白燕划分楚河汉界，各自吃住，就连你捡我一个鸡蛋、我薅你一把蒜苗都要算个清楚，但真有谁要离开了吧又难以割舍失了魂。再次验证了一句话：时代再怎么变，相处模式再怎么改，真情不会改。

《粘住》是让我动容的一篇。作者李晓是苏州大学的在读学生，二十出头的年纪正是离开父母刚刚开始独自生活的时候，文章以第一人称“我”进行叙事显得尤为可信。“我”从小爱与父亲玩一个“粘住”的游戏，二人假装粘在一起，没想到长大的“我”离家后有次回家与父亲拥抱时竟真的牢牢粘在了一起，怎么办呢？啼笑皆非的故事由此展开。直至读到文尾那句“我想起父亲已经去世三年了”，方懂作者的用心。脑洞大开的写法如让人称奇的瓶子，里面装的是一个女儿对死去父亲的思念、对童年幸福亲情时光的怀念。这让我想起了当下甚火的一项技术，可以以假乱真在虚拟空间中“复活”亲人，不知这位作者是否会有尝试此技术的念头？

再看看符浩勇的《归途同乐》。归途有两条道，一条有自然美景，一条有人文温度，怎么选？作者看似漫不经心的叙述中，把大部分笔墨给了有人情味的社区，给了人与人之间微妙的心理，用一个充满生活哲学意味的故事做出了一个颇有深意的回答。

除以上四种迹象外，还有大批写作者依旧坚守在自己擅长的领域深耕细作写出佳品。一种是在塑造人物方面有较高造诣的，比如刘建超的《马梳理呀马梳理》、刘立勤的《小人物肖三》、张琳的《老金》等等；或是在生活截面的描绘上很有个人独特风格、对生活有自己独到理解的，如谢志强的《灯笼》、非鱼的《轻舟已过万重山》、冷清秋的《我们跳舞吧》、安谅的《肉包子》、水鬼的《如鲠在喉》等。

我想重点说的，是与传统文化有关的作品。正如我一贯所呼吁的，优秀传统文化是我们写作最宝贵的资源，也是我们的精神资源，深挖传统文化题材不管在哪个时代都很有必要。希望有越来越多的写作者能从这个宝库中去汲取素材、酝酿精品。孤岛也有“根”，浸入血脉的传统文化便是人类世界割舍不断的根。

说说印象较为深刻的几篇：

牛郎织女七夕在鹊桥上相会的传说人人熟知，但在北师大硕士刘凤琼的《再见鹊桥》中，这个传统故事的别样呈现叫人咋舌。据作者自己透露，牛郎织女的故事是年幼时啃着西瓜听老人讲的。事实证明传统文化这个宝藏资源到了擅长幻想发呆、对生活有独立思考的年轻一辈手里，完全可以呈现出一派与时代紧密接轨的新景象。这不仅是神话，更是现实：麻雀暗喻工作中无力挣扎的搬砖工一族、被命运所安排的女麻雀是男权社会下女性的写照，当中对大海的渴望暗示作者这一代人对美好世界的向往与追求。

凌鼎年的《玉真公主》与今年热播的电影《长安三万里》一样，关注到这位颇具个性的“玉真公主”，小说与电影讲述的不是一样的事，但不约而同地把笔墨放在了她对诗歌的狂热、个性的奔放、惜才爱才、敢爱敢恨方面。比起人物本身，我更关注的是传统诗歌文化、历史人物，以及亘古不变的社会规律之间的关系。电影中“诗在，长安就在”这句带有总结性的话可视为其中一种理解，文化璀璨千年的长久魅力不言而喻。

袁柄发的《酒人》，底色就是酒文化。人物之所以生动，情节之所以扣人心弦，全赖围绕酒文化这个底色铺展开。喝？还是不喝？答案并不重要，作家已经在这个底色上让徐福林和徐小奇两个人物鲜活立起，活出一段传奇。

再说说徐向林的《领作》。“领作”二字对大部分人来说应属陌生，多亏文章中介绍，才知领作是传统造船工艺中一个重要的角色，是当中“打排斧”工序的灵魂人物，可谓是最具技术含量的手艺人。工序如此重要，陆翔偏偏与这个重要的人物老于头有过节，故事矛盾由此产生。结尾不出我所料，果然是以手艺人的大匠风度为走向，不仅不在意过节，还悄悄帮陆翔处理了底舱的缝隙，关键时刻保人船安康。故事构思不算新，写法也传统，因为有了传统造船术这样的重要工艺为看点，加上作者语言的功底扎实，文章方可称为佳作。

还有陈振林的《铁匠肖》，若非作者塑造了肖师傅这样一个手艺高超、心地善良、大方机智的铁匠形象，并通过他把打造铁具这项手艺相关的细节告诉读者，恐怕这个行当不仅在生活中被时代所淘汰，在记忆中也要被时代浪潮给淹没抹平，不留痕迹。文学创作需要传统文化，传统文化同样需要文学创作，二者双向奔赴，方是双赢。

尚不过瘾，很想再多看到一些基于传统文化而创作的好作品，或是阅读范围所限，或是这方面作品比例确实不够多，遗憾不能如愿，唯有寄希望于明年。在我看来，越是科技发展日新月异的时代，越需要用“活法”去打败“算法”，越需要“寻根”。往哪里寻根？传统文化就是我们的根，最牢靠、无法撼动的根。

没有人愿意成为一座孤岛。

只要“根”还在，没有人会真的成为一座孤岛。

是为序。

最后一头牛

申　平

老陆头怎么也没想到，他家的大黑牛会以那么惨烈的方式，和他，还有这个世界告别。

那天，老陆头又牵着大黑牛上山，出门就遇见了村民耿三，当时耿三还跟他开玩笑呢："陆叔，你又去山上放你家老祖宗呀？"

大黑牛真的是太老了，脚步迟缓，还喘着粗气。但是它似乎听懂了耿三的话，竟然朝他摆了一下脑袋，吓得耿三快步离开。

大黑牛继续慢慢腾腾地走着，老陆头渐渐有点不耐烦，他说："好我的活祖宗咧，咱们快点走行不行呀？"

大黑牛默不作声，后来索性停住了脚步，抬头向四处看着。老陆头知道它在看啥，就说："你不用找了，村里现在别说是牛，就连一头驴、一匹马都没有了，只剩下你老人家一个大牲口了。你都快成文物了！唉，你和我，风光的时候过去咯。"

大黑牛似乎又听懂了他的话，"哞"地叫了一声，那声音破声破气的，充满凄凉。老陆头听了心疼，就过去摸着它的头说："老伙计，别难过，谁嫌弃你，我都不会嫌弃你。我记着你的功劳呢。"他感觉牛的身体抖了一下，热嘟嘟的牛舌头便舔到他的脸上来。

一牛一人继续慢慢往前走，往事也在老陆头的眼前一点点展开。

大黑牛年轻的时候，那是多么好的一头牛啊！那正是农村刚刚包产到户的时候，土地被切割成一块块的，家家户户各自为战。家里没有牛马驴的，那真叫一个难呀。但是老陆头家里却有大黑牛，他家分的那点地，很快就种完了。老陆头就牵着大黑牛到处帮工。大黑牛真是好家伙，既听话，又能干，好像什么活都不在话下。老陆头和他的大黑牛，简直成了村里的及时雨。

后来，村里许多人都进城打工去了，荒废的土地越来越多。老陆头就赶着大黑牛，把小块地变成大块地耕种，他成了远近闻名的种粮大户。老陆头和大黑牛的事迹还登过报纸呢。

再到后来，农机开始涌入村子。村东头的韩军家，外出打工挣了钱，就一台接一台地往回买机器，播种机、收割机、粉碎机、割草机，什么机器都有。他先是给人代耕代收，按照亩数收钱，然后又开始大量承包土地，完全实行机械化作业，成了真正的种粮大户。不用说，老陆头和他的大黑牛，很快被人家取代了，它们也都老了，只好退出历史舞台了……

老陆头心里虽然一百个不服气，但又无可奈何。他也明显感到，大黑牛对那些隆隆作响的机器，更是充满敌意。每有农机开过它的身边，它都会哞哞乱叫。但这又有什么用呢，现在还会有谁记得你、稀罕你呢！

一人一牛继续往前走，老陆头发现大黑牛今天有点不对劲，脚步格外迟缓无力。它不断朝田野上看，眼神先是迷茫，后来竟然泪水涟涟。正是秋天，田野上色彩斑斓。这边，有翻地机在突突突地翻着收割过的土地，那边，有收割机在收割玉米。玉米棒子竟然被直接剥光吐到另一辆车上，玉米秸被直接打成了捆，一个个丢在后面；前边的秋菜地上，谁家正在用无人机喷洒农药或是施肥，还有远处的山坡上，一排排的塑料大棚在太阳下泛着银光……老陆头明明知道这一切都是那般美好，但他就是高兴不起来，心里空落落的好像缺了点什么东西。

大黑牛走得更慢了，最后它索性停下脚步，呼哧呼哧地喘粗气，嘴边有白沫流了出来。

“哎，老伙计，老祖宗，走啊！你今天这是怎么了，肚子不饿吗？”

大黑牛两眼无神地看着老陆头，似乎有话要说，可惜它不会说。

这时候，只听前面一阵马达声响，有一辆深翻机从那边威风凛凛开了过来。驾驶室里坐着的，正是取代了他们位置的冤家韩军。

老陆头看着这个令人望而生畏的大家伙，不自觉就往路边让；大黑牛看到这个庞然大物，忽然在路中间趴了下来，任老陆头怎么喊，怎么拽，也不肯起来。

深翻机停了，韩军从里面跳了下来。这是个三十多岁的年轻人，脚步轻快，活力四射，他对一脸尴尬的老陆头说：“陆爷爷，你这老牛真会挑地方歇着呀。”

“哎呀韩军，对不起。大黑，你快起来呀，咱们挡了人家的路了。”

但是大黑牛却是一动不动，索性闭上了眼睛。老陆头急忙再拉缰绳，可它纹丝不动。后来韩军也上前帮着拉，仍然不动分毫。两个人都累得气喘吁吁的，大黑牛还是在路中间稳稳地趴着。

韩军的脸色便有点不好看了，他说：“哎呀陆爷爷，我急着去给人翻地呢，你知道耽误我一分钟是多少钱吗？”

老陆头说：“那怎么办，我也没辙呀。”

韩军愤愤地说：“你这头老牛，早就该杀了，还一天到晚当祖宗供着呢！这样吧，你把它卖给我吧，我现在就打电话，让人过来拖去杀了它。”说着，韩军竟然上前踢了大黑牛一脚。

老陆头一下急了：“韩军，你干啥呀你……”

就在此时，忽见大黑牛睁开了眼睛，死死地盯着韩军，一点点站了起来。也不知道它哪里来的力气，它突然哞的一声叫，脑袋一低，就朝韩军撞去。韩军吓得拔腿就跑，一直躲到深翻机后面去了。但是大黑牛却不肯放过他，步履蹒跚追过去，老陆头拼命喊叫它也不听。

韩军迅速绕过深翻机，从另一侧跳进驾驶室，发动机器准备逃跑，就听见轰隆一声巨响，车身剧烈摇晃起来，随后车后就响起了老陆头撕心裂肺的哭喊声。

半晌，韩军战战兢兢地下了车，他不由得惊呆了：只见深翻机后面，大黑牛的头和脖子正撞在锋利的犁铧上，血流如注；老陆头趴在大黑牛身上，已经昏死过去……

（原载《百柳》2023年第3期，获得“微观看世界”——首届全球华人微型小说创作大赛优秀作品奖）

灯笼

谢志强

那座古镇，天一黑，家家户户，一方方的窗户就透出光亮。唯独一个少年的家里舍不得点灯。

少年不过十三岁。他七岁时父亲病亡，留下一箱书，临终遗言：要孩儿读书。孤儿寡母，家境贫穷，上不起私塾。少年用功，书像他的伙伴，白天足不出户，读书习文。偶尔替镇里人代写文书。

晚饭后，少年出门，拜访有学问的先生和朋友，请教、探讨学问。读了书，总有疑惑。他出去，母亲就在弥漫着夜色的屋子里等候。他不归，母不睡。

一天晚上，夜已深，母亲听见街上有狗吠，打开门，远远地看见弄堂里过来一盏灯笼。灯笼前边有一个熟悉的身影，那是她的儿子。灯笼和孤影一起移动。到了院门口，灯笼熄灭，好像消失在夜色之中。

母亲好奇，问：刚才是谁送你回家？

少年说：我一个人回来的呀。

母亲说：我看见一盏灯笼，好像有人提着。

少年回头，望着幽暗而狭长的石板铺就的弄堂，他笑了，说：妈，这条弄堂，我闭上眼也能走过来，只有月光照路。

母亲说：一定有好心人给你打灯笼。

少年说：妈，我还有这样的气派？朋友最多也送出门为止。

母亲暗喜。

夜深了，她搬把竹椅，坐在院门口，望着弄堂，像多次梦里走不到尽头的洞穴。弄堂的尽头，出现一点光亮，渐渐地扩大，然后，灯光照出一个少年的轮廓。灯笼照亮了儿子回家的路。她又惊又喜，不知哪里传来狗吠，反而加深了弄堂神秘的狭长。

儿子一愣：妈，这么晚了，你当心受凉。

母亲看着少年身后的灯笼，忽然灯光消隐，她已来不及说出。

儿子似乎没察觉灯笼的亮和灭。母亲拿着蒲扇，说：屋里闷。

母亲不提灯笼的事儿。然后，几个夜晚，她都望见灯笼，只是，看不见提灯笼的人影，仿佛灯笼悬空飘动，紧随着儿子。她就不向儿子点穿，但她欣慰，不用担心儿子走夜路不慎跌跤了。弄堂里的石板，有时，踩上去会翘动，雨后，会溅出水。

过了半年，深秋，夜凉。一天夜里，少年从来没有那么晚归。儿子像从砚台里拿起的墨块，凝结着夜色，走到院门口。

母亲惊了一跳，今晚怎么没有灯笼伴随？目光洒在院子里，桂花树还散发着余香。母亲打量着儿子，说：儿呀，你的裤腿上怎么有那么多泥垢？这几天也没下过雨呀。

少年说：今晚，弄堂特别暗，我跌了好几跤，可能是石板下还存有雨水吧。

母亲问：今晚你回来这么迟，遇上啥事了？

少年说：我和尊敬的先生谈得来，听见隔壁传来争吵声，吵声不断，是一对夫妻发生了口角，打断了我和先生的兴致，我起身告辞，去劝架，不让先生受到打扰，先生本来就睡眠不好。

母亲说：劝好吗？

少年说：那家的男人火气很大，劝不住，一定要我帮他写一纸休书，我代写了，出来时，那女的哭个不止。

母亲说：向来是劝合不劝分，夫妻吵架常有，我和你爹也拌过嘴，清官也难断家中事，你年少不懂事，那个女人哭，嘴不说，已懊悔，你不该帮男的写休书。

少年说：夫妻吵架，已掀翻了饭桌。

母亲脱口说：难怪今晚不见灯笼伴随你呢。

少年说：妈，那我该怎么办？

母亲拉上儿子的手，说：我陪你前去，收回休书，劝劝男的消消气。

第二天晚，少年又去那位德高望重的先生家，表示歉意，问候睡眠。先生过问少年如何劝那对夫妻？因为，一大早，先生看见那对夫妻像没有发生夜间争吵一样，跟往常一样生活着。少年和先生成了忘年交，倒是先生留着少年聊谈书中的事儿。

母亲期望着灯笼。深夜，天上像捉迷藏，月亮一会儿钻进云里，一会儿又出来。弄堂的远处出现一点亮。她揉揉眼，分明是一盏灯笼，渐行渐远，像是灌满了一弄堂的光。

儿子走进院门，叫了一声“娘”。

母亲说：我去打听过了，那对夫妻和好了，我给你准备了点心，汤团。

（原载《作品》2023.1）

玉真公主

凌鼎年

唐开元十八年（730年），唐玄宗李隆基的妹妹玉真公主正在终南山的别馆里修道，突然收到了李白的拜帖。此前，玉真公主收到过道友元丹丘的信函，大大地夸了李白一番，说李白是大唐少有的才子，其诗清新、豪放，足以流传千古……

玉真公主是为了避免宫廷中的争斗、宫廷中的束缚，才从皇宫到民间，到道观中来求自由，放飞个性的。在求道修道的日子里，玉真公主自由自在，无拘无束，加之有公主的头衔，自然与一般的女道士不能同日而语。她与当时的大诗人王维、高适、司空图、张籍等都有往来，都有诗词唱和，所谓“出入皆鸿儒，往来无白丁”，一般二流三流的诗人，根本不在她的眼里。

她虽然觉得元丹丘对李白的评价有点言过其实，但以她好结交天下文才的豪爽性格，就同意了见李白，从内心来说，她也想看看这李白到底几斤几两，有何诗才，竟得元丹丘如此褒语。

李白那年30岁，玉真公主一看他那随意洒脱的衣服打扮，果然与众不同，特别是那神情，自信任性、桀骜不驯，而又风流潇洒，我行我素，与一般斯斯文文、唯唯诺诺的文人不一样，有一种鹤立鸡群的感觉。总之，第一面印象还不错，对她胃口。

玉真公主有皇家的名分，有皇家的赏赐，是个不差钱的主。她安排李白住下，并设宴款待。

李白这次抛下新婚三年的娇妻来长安，真正的目的是想通过玉真公主的引荐，得到朝廷的赏识。他自认为满腹诗书，自己一肚皮的学问，俗话说“学会文武艺，货与帝王家”，总不能埋没于乡间，庸庸碌碌无为一生吧。他自信可搏个一官半职，也好名正言顺为朝廷效力，建功立业，光宗耀祖。认识玉真公主，相当于终南捷径。

李白好酒，玉真公主的酒又是难得的好酒，他不免贪杯多喝了几杯，酒兴上头，诗兴大发，李白即席赋诗《玉真公主仙人词》，诗云：

玉真之仙人，时往太华峰。清晨鸣天鼓，飙欻腾双龙。

弄电不辍手，行云本无踪。几时入少室，王母应相逢。

玉真公主是懂诗之人，一读这诗，心中兀自一动。她领略了李白的诗才，也隐隐感觉到了李白的爱慕之意。因为李白在诗里，把她誉为九天玄女，看来，在李白眼中、心目中，玉真公主是高高在上的，女神一般的存在。

那年玉真公主40岁，长李白10岁，面对比她小将近一轮的帅哥、诗人李白，玉真公主虽然另眼相看，但没有真正动情。因为那段时间，玉真公主正与大诗人王维卿卿我我，坠入爱河，容不得李白来横插一杠。不过，实话实说，她对李白有了不俗的好印象，准备有机会向皇帝哥哥推荐推荐。

李白生性放荡不羁，游历名山大川，也有过若干艳遇，但像玉真公主这样高雅高贵的女人还是第一次接触，让李白有了异样的感觉。

李白住下后，说起来衣食无忧，但感觉玉真公主只是把他当个门客养起来而已，心有不甘，有点苦闷，他写下了《玉真别馆苦雨赠卫尉张卿二首》，向驸马张垍陈情，同时写下了一首经典的《长相思》：“长相思，在长安。络纬秋啼金井阑，微霜凄凄簟色寒。孤灯不明思欲绝，卷帷望月空长叹。美人如花隔云端。上有青冥之高天，下有渌水之波澜。天长路远魂飞苦，梦魂不到关山难。长相思，摧心肝。”

希望玉真公主明白自己的心境心意。

玉真公主是何等聪慧之人，一看李白的诗就明白了李白隐含在字里行间的寓意。就召他见面深聊了一次，这次谈到了炼丹，谈到了刻经，恰好李白年轻时候对炼丹有点研究，什么外丹、内丹，什么龙虎胎息、吐故纳新，什么炼精化气、炼气化神、炼神还虚，什么纳外气、养内气、和阴阳、通经络，什么阴阳互变、五行生克、天人合一、天人相应等一套一套的，而且，李白还读过葛洪的《抱朴子》，陶弘景的《合丹法式》，孙思邈的《千金方》等有关炼丹药的书，说得玉真公主一愣一愣的。

李白又是个好游山玩水的人，可以说走南闯北，见多识广，说到刻经，李白竟实地看过北齐年间唐王山上的摩崖刻经，与山东泰山的《经石峪金刚经》摩崖刻经，对刻经也有一套自己的想法，而且与玉真公主的见解不谋而合，玉真公主不能不对李白刮目相看。两人竟越谈越投机，有了更深的共同话题。

玉真公主听从了李白的建议，建了房山云居寺，专门雕刻佛经。

李白在玉真公主的心里，分量重了许多。她决定找个合适的机会向皇帝隆重推荐，但她不想太冒失，毕竟皇家有皇家的规矩。机会终于来了，在一次皇家中秋赏月的宴会上，玉真公主应邀来到宫里，看皇帝哥哥心情不错，就说起了在民间颇有点知名度的诗人李白。李隆基知道自己这妹妹一向自视甚高，她能为之说好话，看来这李白一定不是池中物，就给了玉真公主一个大大的面子，开了金口，封李白为翰林学士。

而李白的性格注定是不适合在朝廷。在官场的，荣宠一时，风光一时后，就被撵出了皇宫，撵出了长安。皇上看在玉真公主的面上，赐金放还，李白倒也洒脱，仰天长笑离京去，从此缠绵山水中。

这让玉真公主觉得对不起李白，她曾经为李白说好话，只是水到下曲，非人力能挽回了。为了求得良心的安慰，玉真公主求皇上将她公主名号，以及封邑中的财赋，统统去掉。这之后，玉真公主远离京城，隐居在安徽宣城的敬亭山上修炼，李白数次去看望玉真公主，写下了脍炙人口的《独坐敬亭》：“众鸟高飞尽，孤云独去闲。相看两不厌，只有敬亭山。”不了解内情的读者，都以为这是李白赞美大自然的旅游诗，其实，这是李白写给玉真公主的情诗，表达了他对玉真公主刻骨铭心的相思。

宝应元年（762年），玉真公主仙逝。就在这年，伤心不已的李白在敬亭山下的当涂，玩起了水中骑鲸捞月的游戏，浪漫地与玉真公主相会于九泉。

（原载《作品》2022年第10期）

归途同乐

符浩勇

浴着街灯下温水似的黄色光线，她们慢悠悠地踩着共享单车，秀秀的白凉鞋动起来显得特别悠逸。盈盈的眼睛不自觉地总盯着它们旋动的弧线，边走边唠。她们不是来自同一省份进城打工的，而是在一次社区活动中认识，后来就逐渐成了好姐妹。

这是个周末，她们相约蹬车来这座城市最大的广场闲逛，走到这时候该往回程奔了。广场是个宽阔的正方形广场，广场两边各有一条路通向她们打工的社区，距离都差不多。一条靠着弯曲的人工河，另一条从一大片居民楼中穿过。她们今天蹬车是从广场中间那条路踩来的。

“今天换个道，好不？”秀秀说。

薛盈盈不愿意。她们站下，商量了一会儿，决定各走各的路。一小时后在社区办公楼前见面。看谁走得舒坦爽快。

“当然是我。”

“走着瞧好了。”

盈盈推着车不动，看着秀秀蹬着车隐入两栋大楼的夹道。

然后她沿着河边的路蹬车。河边的晚风吹在身上爽快极了，裙裾轻摆，与飘扬的柳丝、弯弯的小草以同样的节拍摇动，摇出梦一般的静谧……

岸坡的草丛里，几个逮蛐蛐的孩子互相小声埋怨着。一个个小心翼翼在草地上爬，一阵小小的骚动之后，蛐蛐不见了，一个孩子差点滚到河里去，孩子们躺在岸边哈哈大笑……盈盈也笑了，抿着嘴想：秀秀可看不到这个。

夜空有了星星，却不怎么亮的，若有若无的。天一会显得很高，很远，一会又变得挺低，挺近。深不可测的夜空里，藏着多少迷人的遐想啊。

和盈盈一分手，秀秀故意连头也不回，一股劲蹬车转过一栋灰楼的墙角。可刚走几步，她立刻就承认：这儿的确不如河边那么富有诗意。

路面是新铺成的。路面撒了一层细沙，车轮上去沙沙地响。道边横一块竖一条地放着许多石条子，是预备修路的。路的两边都是六层高的居民楼。楼前没有一棵树，只有人。穿着背心和大裤头的男子。用宽宽大大的灰裙子遮着大肚子的胖女人，跑来跑去，大呼小叫的小孩子。

每一盏路灯下都是一个喧闹的小世界。世界中心是挤压成一圈的人和砰砰作响的大棋子。羽毛球在灯光里穿梭。西瓜摊儿生意兴隆。冰棍纸在地上随风划出呲呲的响动……

她小心翼翼地蹬着车，想着盈盈不知此刻该是何样境况……

走过沿河的路，拐入街道角处，盈盈停下车来才发现人们在跳舞。

舞场上，男人搂着女人，转动着，就像开锅的饺子，一个个起伏不定。可就在她转身要上车的时候，一道艳丽的桃红，突然将她的目光抓了一下。

一个女人穿了条桃红的裙子，围着一条白丝巾翻飞着，左右旋转，像山里开春的桃花。有时它情绪活跃，碎花似的绽开了，流水一般向前滑动，柔软地倾泻；有时它如一阵狂风吹来，就跟桃花似的飞旋而过，风吹得花瓣满天。

忽而女人动作转身弧度大了些，白丝巾悠悠晃晃地飘在了地上。离她脚下不远，一双双脚从它旁边踩过，眨眼间，已经有半个脚印染黑了它。她快步走过去，将白丝巾抓了起来。可她没有鼓足当众递过去的勇气——人家会怎么看她呢？

犹疑间，那个跳舞的女人来到她跟前，鄙夷她：“你想拿走它，若我动作慢，你就走了？”

“不，我正想送还……”她没说完，女人已抢过白丝巾，展平一瞧，嚷嚷道：“咦，你怎么踩了它……真不像话，你……”

她有苦难辩，忽然觉得女人的白丝巾一辈子都洗不干净了，她只好红着脸蹬车逃跑。

为抄近路，秀秀蹬着自行车转向居民区后的那条古老而幽深的小巷。

不巧，深深的小巷一片漆黑。她的心不由掠过一阵怯悸。犹豫再三，她还是依稀辨着路面，提着心慢慢蹬车驰入小巷。

大约进入小巷有了大半，忽然迎面刷来一道手电筒明亮的光柱，随即甩过一个男人躁急的喝声：“站住！站住！”

她的心咯噔一下：碰上坏人了！她说：“你想干什么？放我走，我把车……都给你……”

“别瞎想，我在这里等着，是要你的车的吗？”黑暗里传来吵闹声。

“求求你，放我走，我把打工的钱也给你，行了吧？”把贞操看得比生命还贵重的她哀求着。

“放你走，可不行，我可不要你的钱。”声音在靠过来。

她焦急如焚，看逃走无望，便猛蹬着车向来人猛冲过去。来人躲闪得快，趁势推倒自行车，只听“哎呀”一声，人倒车翻，她急着起来，腰身却被死死抱住，她奋力挣扎，只听来人声嘶力竭地吼：“你再走就没命了……前面电线杆倒了，电，电死了一个人……”

她倏地停住了，来人松开了手，用手电筒照着前方不远处倒在地上的一具狗的尸体……

看着走近了的秀秀，盈盈笑着迎上去。

她俩终于在社区办公楼前重逢了，脸上都漾着笑容。

“河边美得没办法，我都没玩够，还想再走一趟呢。”盈盈说，“秀秀，你一个人走过居民区不害怕？”

“哦，不。有什么可害怕的！噢，对了，有条小巷有点儿黑，是够吓人的。可我遇到了一个……好心人。他一直把我护送出巷口。”

“哦，你运气真好。”盈盈发觉自己有点不舒服了。

“你呢？”秀秀赶紧问。

“我？也挺好的。居民区可有人情味了。”盈盈低着头，像是喃喃自语，很动情地说着，“走到一个露天舞场，有一个女的真漂亮，像从画上走下来，她跳舞时系的白丝巾掉了，刚好飘到我脚下，我刚捡起来，她先对我说：‘谢谢你……’”盈盈极力渲染自己营造的气氛。

“瞧你！感动得热泪盈眶了。”秀秀取笑她，夜幕遮掩了盈盈红赧的脸孔。

她俩各怀心事都笑得很惬意。

（原载5月27日《农民日报》）

酒人

袁炳发

我准备写一本与酒有关的书，采访了几位对酒有研究的人士。

最后一个采访的是在小城素有“酒仙”之称的徐福林。采访之后告别时，六十多岁、白须飘胸的徐福林，双眼盯住我半天，说：若论酒道，在咱们这个小城，悟其之深的当属我们同门之后徐小奇，人称绰号“酒人”，你可以采访一下他。

徐福林给了我一个手机号，又嘱咐我说，千万不要说是我给你的手机号。

一个周日的上午，我打通了徐小奇的手机，他有点爱答不理。我和他谈起酒事时，他立即就有了兴致，和我约定了下午见面的时间。

午后，我驾车到了徐小奇家的小区门口。徐小奇早就在小区门口等候了。徐小奇看上去有四十五六岁的样子，个子瘦高，长发大背头，梳理得很严密，看着是很稳重精致的那种男人。徐小奇坐上车和我说，如果想把酒的主题谈明白，你得先到我的酒窖看一下。

车行二十分钟左右，到了一个小区。在一个车库门前，徐小奇打开卷帘门，车库内有进入地下室的梯形台阶入口。

我和徐小奇进入地下室，他打开酒窖的门，一股凉气扑面而来。

徐小奇打开灯，我放眼望去，整个酒窖有二百多平方米，室内布满了一排排的酒架，上面摆满了各种酒。酒架上有卡片，标注着编号，酒的产地、年代、收藏时间。

我大致记了下徐小奇收藏的酒有：白酒、红酒、啤酒、黄酒、保健酒、葡萄酒、果酒、洋酒、鸡尾酒、米酒、药酒……

徐小奇把我领到一个墙角处，那里放着一个保险柜，这个保险柜是指纹开锁，徐小奇手指贴上柜门一侧，门便开了，里面有一个紫色的瓷坛子。

徐小奇小声告诉我，这是我酒窖里最值钱的一个宝贝，这是大诗人李白喝酒用过的一个酒坛子。

我以为徐小奇是和我开玩笑，但口气认真的样子，又不像开玩笑。他说，这个酒坛子是我花十万元，从外省的古玩店淘回来的。

我问：怎么确定是李白用过的坛子呢？恐怕连考古专家也难以确定吧？

徐小奇说，有些事不必较真的，信则有，不信则无。

我觉得徐小奇说得有道理，便没有坚持自己的想法。参观完酒窖，我和徐小奇来到一家茶室，开始聊酒。

泡了一壶碧螺春，喝过头一泡之后，徐小奇谈兴浓了一些，他先给我讲了酒的起源与发展，说酒在五千年前，是天然成酒，比如山中的葡萄，葡萄皮破裂，流出汁，就自然发酵成酒。

我在本子上记录着。

徐小奇又说，旧石器时代，人类开始饮酒。大约四至五万年前，人类学会了酿酒，到了青铜器时代，人类开始大规模地酿酒。徐小奇还给我讲了中国酒文化与现代酒发展。

徐小奇对酒的研究，下的功夫真是挺深的。酒仙徐福林说徐小奇对酒的悟其之深，确实不算为过。

我和徐小奇加了微信，成了好朋友。有一次，我问徐小奇，那个酒窖的投资很大吧？

徐小奇告诉我，前些年他投资服装生意赚了些钱，全部投资到酒窖上面了。

我问这个酒窖升值空间能有多大？

徐小奇说，从投资酒窖那天开始，我就没考虑过它的盈利。

我好奇他对酒为什么这样喜欢？徐小奇说，我讲了，你可能不相信，我是从恨酒开始喜欢上酒的。

徐小奇就讲了下面的事情。

徐小奇父亲是个嗜酒如命的人，从他记事起，就知道在父亲的生活中，什么都可以没有，但不能没有酒。

徐小奇父亲的酒量特别大，平平常常二斤，早上都能喝上七八两。

徐小奇九岁那年，父亲和母亲带他去一个小镇，去看姥姥。到姥姥家第二天，吃过早餐后，徐小奇父亲对他妈说，带儿子去逛逛街，说完就带他出来了。到了小镇的街中心，父亲站住撒眸了下，便拉着他进了一家早餐铺。屋子不大，有烧饼、大果子、豆浆。徐小奇父亲给他买了一个烧饼，一碗豆浆，他自己要了三根大果子，三两一杯的六十度小烧白酒三杯。

徐小奇父亲用筷子把一根大果子在中间折断，便吃一口大果子，喝一口酒，如此反复，很快，就把那三杯酒喝光了。徐小奇父亲喝光酒时，他的烧饼才吃掉一半，等他吃完后，两人离开了早餐铺。徐小奇父亲叮嘱说，刚才喝酒的事千万不要对你妈讲。

回到姥姥家，徐小奇父亲先在外屋喝了一水舀子凉水，来稀释酒味。徐小奇父亲是特别聪明的人，没有多少文化，却是小城改革开放后，第一个成为百万富翁的人。

徐小奇母亲曾对他说，你爸的脑袋瓜贼精明，如果不天天灌那些“猫尿”（母亲把酒称为猫尿），他的人生会比这更辉煌。

徐小奇父亲因嗜酒误事，家业逐渐衰败，经营的那个企业破产，徐小奇母亲因此积忧成疾离世。徐小奇父亲后来喝酒也喝死了。

酒的魅力究竟多大？让父亲如此着迷。徐小奇开始去探究酒的奥秘，没想到自己竟也深陷其中，不能自拔。

徐小奇开始让我介入到他的朋友圈子，聚会了几次之后，我发现他的朋友个个能喝，基础量应该在一斤左右，而被称为酒人的徐小奇自己却滴酒不沾。

再后来，有朋友告诉我，徐福林就是徐小奇的父亲。

我说不可能，徐小奇亲口对我说，他父亲喝酒喝死了。

朋友说，那是徐小奇瞎说。

（原载《山西文学》2023.3）

马梳理呀马梳理

刘建超

马梳理病了，病得还不轻。

医生说，在家里慢慢养吧。言外之意就是该吃的吃点，该喝的喝点，等日子呗。

马梳理就出院了，在哪里都是等，待在自己的老窝心里更安稳。

马梳理只是个内刊的编辑，工资也不高。媳妇在朋友的店里帮忙，这几年生意不景气，工钱拖了几个月，媳妇也不好意思催。

马梳理住的是单位分的房改房，小两室一厅，陈旧采光也不好，大白天屋里也得开灯。看着周围的老邻居都陆续买了新房搬走了，老婆嘟囔他没本事，窝囊废。马梳理习惯了，哪天没听到老婆的骂声，他还好奇地问，媳妇你没事吧？换来的就是屁股挨了一脚。

被医院紧张气氛熏陶了小半年的马梳理，回到老窝就像注射了兴奋剂，精神头好了许多。

杂志主编来家里看望马梳理，见他精神头不错，就说，咱杂志社接到个任务，你在家里就可以做，你看有没有兴趣？

马梳理刚抽出烟叼在嘴上，就被老婆一巴掌打掉了。马梳理翻翻烟，唉，虎落平阳被犬欺啊。普天下劳动人民连冒烟的资格都没有喽。

主编说，咱们老街是古代丝绸之路的出发地啊。市里要搞个重走丝绸之路的活动，从老街到东南亚，也是要借此把古都的旅游资源名优产品推介出去。市里把推介名优产品的筛选工作交给杂志社了，也就是厂家商户按要求通过网上上报资料，我们进行鉴别筛选。你在家里就可以办理了，杂志社给你些补贴。不过，这次为企业商家都是免费推介宣传，估计上报的资料会很多。

马梳理说，闲着也是闲着，在家坐吃等死，还不如干点正事。

主编再三强调说，不用太认真，别太较劲啊。

马梳理点头，我会悠着点，悠着点。

马梳理负责产品宣传资料筛选的消息就像四月的牡丹花香瞬间就弥漫了古城。

来到马梳理家的是马梳理的小舅。

马梳理的小舅和马梳理差不了两岁，从小在一起玩，小舅是处处护着他。有时和小孩子打架，小舅总是挡在前边，嘴里还吆喝着，别怕，有小舅在。

小舅开门见山，把一盒月饼一瓶白酒放在马梳理的书桌上，说，梳理啊，小舅的这白酒也是老街的名优产品，你这次要给选进宣传产品里。

小舅说完就走了。

马梳理媳妇拿着月饼说，这离着八月十五还早着呢，小舅现在就送月饼了？

马梳理掰开月饼，咬了一口，说，小舅这是在敲打我啊。

马梳理八岁那年，小舅十岁。八月十五，家人给他俩分了一个月饼。两人兴高采烈地坐在小河边看月亮，吃月饼。马梳理拿着月饼还没有掰开，月饼从手里掉下来，轱辘着就跑进了小河里。

马梳理张开大嘴就哭了。

小舅说，别哭，有小舅呢。

河水不深，但是已经很凉了，水流也急。

小舅光着屁股跳进河水里，摔倒了爬起来，也不知喝了多少河水，把那个月饼给捞出来了。

马梳理把月饼分两块，给小舅一块，自己狼吞虎咽地就把月饼吃完了。小舅手里的半块月饼没动，他把月饼递给马梳理，咽着口水说，小舅不爱吃，你吃吧。

马梳理也不客气，接过月饼吃得连渣都不剩。

马梳理媳妇拿起白酒瓶看看，说，小舅的那小酒厂也不容易啊。你就给他划进来，帮帮他。

马梳理拿着酒瓶指着说，你看看，上面写的古窖发酵，纯粮酿造。小舅那酒就是买的食用酒精勾兑的，这不是骗人吗？

那你怎么和小舅交代啊。你住院，小舅还送来一万元钱哪。

马梳理说，大不了我负荆请罪，认打认罚了。

马梳理可以拉下脸面拒绝亲朋好友的来往，可是自己圈子之外的围剿却让他很是为难。有打着区主任旗号来的，有家乡县太爷的托请，还有主编推荐来的，来的人掂着大包小包的礼物。

马梳理媳妇咂摸过滋味来，说，马梳理，我这才知道主编说不要太认真太较劲的意思了。主编是看着咱日子过得拮据，你又病着花钱，他是变相接济咱哪。

马梳理就埋头整理核实资料，来人送的物品都由媳妇接待着。

三个月后，马梳理和媳妇来到单位，把整理核实好的企业商家的产品筛选资料交给了主编。每份筛选商品后面都有详细的推荐理由和不推荐意见。

马梳理媳妇把一份登记册和手提袋交给主编，说，来家里送东西的人梳理都登记造册了。吃的喝的我们都送给儿童福利院了，购物卡和现金都在这里了。

主编眼圈红红的，唉，你这个马梳理啊。身体怎么样了啊？

马梳理说，好着哪好着哪。

啪，媳妇给马梳理点燃了一支烟，马梳理美滋滋地吸了一口，露出被烟油浸渍发黄的牙齿，笑了，笑得特灿烂。

（原载《山西文学》2023.3）

灯光

秦　俑

是很久以前的事了吧。

那时候的郑州，电是珍稀资源。一个家里，两个房间共用一个灯泡，这没啥奇怪的，大家都习以为常。家里拢共就两个灯泡，这个开着，那个必然关着。有时“哧”一下，开着的灯也突然灭了，这也没啥奇怪的。那个时候的电啊，说断就断了。断电的不会提前发通知，被断电的也不至于那么不堪。家里有准备的点上一支蜡烛，继续吃饭看书写字。舍不得燃掉那半截蜡烛头的，摸黑洗漱干净，上床闭眼就能呼呼大睡。

很怀念那时候的生活，简单，质朴，而又充满热情。

但是，也有烦恼。

最烦恼的是要上早班。我们是德化街北口那边一家商场的餐食员，早晨六七点，就有商场的工作人员陆续来上班。我们得提前准备员工早餐，多半是自制的豆浆，现蒸的馒头、包子，还有炸油条，都是日常最普通的吃食，就是做起来特别费时间。

凌晨四点多，哪怕是夏天，也要穿两件衣服，要不然会打你一身湿湿的雾气。要是冬天，就得全身裹得严严实实的，只露两只眼睛和一对鼻孔在外头。我们同事几个从家里出发，近一点的走路，远一点的骑自行车，从郑州的不同方向，会集到二七广场，到二七纪念塔的时候，偶尔能碰个面。都是年轻女孩儿，碰面了，笑嘻嘻打个招呼，用手电筒闪对方的眼睛，或是互相回应着按响自行车的铃铛。有说有笑的，其实是为了给各自壮胆儿。

说起来，我们几个算是单位里胆大的女孩。凌晨四五点，如果没有月亮，郑州城还笼罩在一片漆黑的夜色中。没有路灯，只能靠一支手电筒。每次走到二七塔的时候，脑袋里飞快地闪过一些奇奇怪怪的零星片断，还有一些市井流传的形形色色的传奇物事，越想心里越发毛。

那时候，二七塔周围的高楼还没有这么多，塔身上的灯也不会长亮。每次从解放路那边走过来，一抬头，二七塔便冷冰冰地杵在那儿，我脚下的步子便忍不住地加快。绕是绕不过去的，只能硬着头皮往前走，眼睛盯着脚下的路，越靠近塔边，手电筒的灯光就好像变得越黯淡，似乎被什么冲淡了似的。

直到有一次，记不清是我从二七塔路过的第多少回了。那次我带的手电筒没电了，天还特别黑，空气中弥漫着一层薄薄的雾气。我使劲甩了甩手电筒，关了再打开，灯光似乎喘了一喘，叹了口气，又马上熄灭了。四周全是黑色，很厚很厚的那种黑，什么也看不到。路是熟悉的，但没有了光的指引，路似乎变得跟平时不一样了，变软了，软乎乎的，像踩在棉花上。手脚也一定是冰凉的，背上却快要渗出汗来。为了壮胆，我故意大声清嗓子，故意用力踹地面，心还是慌得很。平时经常偶遇的同事也没见一个。我叫了一声“王小妮”，没人应。又叫了一声“花大姐”，也没人应。慌乱中，一句歌词突然从我的嘴里蹦了出来：

“东方红，太阳升……”

这是当时流行的歌曲，也是后来二七塔每日报时用的音乐。歌声吼出来，我壮胆不小。而且，不知道是被我的歌声吵到，还是凑巧，二七塔的某个楼层上亮起了一线微弱的灯光。我看了看，雾气朦胧中，我分不清这是一盏油灯，还是一盏电灯，眼里有了光，心里便没了怕。有了这一线微光，脚下的路便变得硬实起来，心跳缓和下来，眼前的世界也逐渐分明起来。楼是楼，树是树，一切都回归了它们本该有的样子。

就是从这次起，再经过二七塔，我都能看到这盏灯。它总是在差不多同一个时刻亮起，从解放路街口出来，远远地，我就看到了这盏灯。在雾中时它是微黄的，在雨中时它是闪烁的，在风中时它是飘摇的。很快，我的小伙伴们也发现了这盏灯。我们惊喜地分享着一盏灯的秘密，一起想象着这盏灯背后那个温暖的人。

一盏灯，照亮了我们前行的路，也温暖了我们一整个青春。

一晃过去好多年，那个在商场做餐食员的毛头女孩考进电台做了新闻主播，而那个久负盛名的大型商场也早已经成为历史被人们渐渐遗忘。有一次，我参加电台组织的一个主题活动，要对二七纪念塔做一期深度的访谈宣传。采访中，一位曾参与塔楼维修的工程师讲到了这么一个故事：

为了完成维修任务，他有几个月时间住在塔楼上。他的睡眠很轻，醒得很早。每天，他都能听到楼下第一批来德化街上班的女工人。那是凌晨四五点的时候，天特别黑，路上伸手不见五指。那是一个闪耀着理想光芒的年代，每个人的心中都燃着一团火。为致敬那些早起为建设新郑州做出贡献的人们，他每天都会在这个时候，短暂地拉亮维修部的灯……

（原载 2023 年 2 月 6 日《我们都爱短故事》）

碧溪河上

陈　毓

三年前的一个下午，我初识杨青云。彼时杨是合山大学环生学院的教授，来参与我们碧溪河修复项目的规划。

对我，他自称“老头儿”。为接待好他，我在网上搜他的信息，得知他和我父亲同年。他只在初见时称我“朱主任”，之后就喊我“小朱”。

从机场出来已过了午饭时间，老头儿说他吃过飞机上发的小零食，谢绝了我们的宴请，单挑我陪他去街上走走看看，吃吃小吃，赏赏街景。“劳驾你辛苦带路啦。”老头儿对我眨眼睛说，“你陪我不会太辛苦。”我觉得这老头儿有意思。他说删繁就简，让我称他“老杨”，他呼我“小朱”。我们走走停停，出这家店，入那家店，搜寻老杨嘱咐要吃到的德顺小吃——酿节瓜、拆鱼羹、崩砂，双皮奶他也要吃一份。担心吃不下浪费，点的时候和我商量，每样我俩分食，确保所点食物吃光。因为不在用餐高峰，他就站在厨师跟前看，和人家拉话。问答之间，食物上桌。老杨回到桌前，端详眼前食物，对我说声“我开始了”，食物送进嘴，抿住嘴唇，眯住眼睛，沉吟片刻，才说出“真是好吃”这样的感慨。按说老杨不是本地人，但他馋恋小店滋味的神情正如久别的游子返乡，寻味是为了回忆与印证。

我的直觉稍后得到了印证。当我们舍弃汽车，我刷了辆电驴载着他爬上一条条河汊，在高处俯瞰一条条河涌的时候，他说，他6岁的时候随母亲在德顺住过一年，是“血液中有德顺的水”“记忆里有德顺的蝉鸣”。老头儿的表情语气倒衬得我比他老成似的。但他确实是个令人愉快的人，我心说。

在眉蕉涌，一片蕉林边上有棵巨大的樟树，树冠巍峨，甚是好看，他抬头笑问我：“这比那些从遥远乡下移栽进城、被杀头断根的大树比，哪个好？哪个孬？”不是很明显么！他说大樟树的故事细究一定有意思。他断定和眼前这棵大樟树一同栽下的还有另一棵樟树，至少还有一棵。没准最初同时栽下的有三棵，因为担心中途变故，至少保障有一棵树能长大。樟树成材之时也是种树人家的女儿出嫁之日，砍一棵树给这家姑娘做陪嫁的衣箱，这是风俗，是文化和一棵树的关系。“大樟树附近从前是有人家的。”老头儿自言自语。

这时眼见冲过来三头牛，我抓住老杨下意识蹦跳到路边，一个戴斗笠的老头及时出现，显然是牛的主人。我们放下心来，细看牛，皮毛光亮，眼神清澈。放牛老头儿看见我们惊慌，不同情，却诉苦。老头儿抱怨河涌不该修了高高的拦河堤坝，害得他的牛没法下到河边喝水。以前牛能过去喝水，他放牛轻松；现在得把牛赶回家喝水真是费工夫。老头儿赶牛走了，老杨站在河涌边再一次自言自语：“可不是呢，别说牛够不着水，人也难到河跟前。”

我们沿着河岸行走，上司打电话询问，老杨接过电话回复我的上司，说他会准时出现在明早的会议，下午他要和我在外面多走走。

我们就走在这次要改造的碧溪河边。这是一条古河道，河汊密，有上百年的桂花树，细叶榕、滇刺枣在这一片就有十多棵，自然生态好，但河堤断断续续，时而突出一段，时而又折回，在某个地方断掉。当然就有人在那些背僻处丢垃圾，也有不知来源何处的污水积成水坑，成为蚊虫的乐园。

我们又走上一段长着凤凰木的路段，老杨喜悦得像个孩子。为了他停下时能休息，我早从车后取了个马扎带上。我展开马扎给他坐，自己坐到一块石头上。老头儿坐够，起身走的时候回头又回头。

我们走到一片开满野花的水域边，老杨依然喜悦，又一次自言自语，说这是“自然中的自然”，说“要把野花扶正”。见我有点儿懵懂，老杨解释，他说的就是把野花“扶正”。他说环境治理最主要是借助当地物种，比如这里，要把古树的气场用足，让当地生长的野花成主角，而不要别处移栽来非本地的大树，更不要大规模使用非本土生长的花木。用当地野草花，考虑到成本和生命力，当为首选。

陪老杨考察的这个下午，我似乎有了我此前从未有过的眼光来看我熟悉的环境，第一次觉得熟悉中有陌生。我们不时停下，直到晚霞升起又消退，直到新月升起。我把老杨送回酒店，他手上端着我在酒店门口为他买的一份拆鱼粥，要打包回酒店吃。

时间如碧溪河水哗然流响，又被一次次升起的满月照亮。现在，放牛老头儿抱怨他的牛没法喝水的地方有了一段双河床——利用一片农田，巧妙开垦出一圈田埂，挖成菱形交织的形状，成了一段视觉上很美的辫状河道，同时平衡着水力。日复一日，水流塑造出一条更近自然形态的河道。牛可以走进河汊喝水，人也可以随心散步。时间塑造着大地的景观，俯瞰新河道，一片田园气息。

再看那排凤凰花树下，安置了间隔恰当的椅子，从前杳无人迹的河岸现在成了网红打卡地，更是附近居民特别爱去的休闲场所。喜欢的人多了，留恋的人多了，人们把这条路叫“情侣道”。

参与修复这条路的知情人夸杨教授的设计方案时会提到我，说我那天下午功不可没。

对此，我笑而不语。

（原载《百花园》2023 年第 3 期）

夜色

徐　东

周六晚上，孩子比平时睡得晚些，但十一点过后也都睡下了。不久妻子晾完衣服也洗漱睡下了。家里安静下来。他沏了杯咖啡，端着到阳台在沙发上坐下来。照说晚上不该喝咖啡，但他要享受一下喝着咖啡，一个人静静待着的感觉。

他是位诗人，年轻时写过不少诗，也曾出过两部诗集，算得上是有些名气的诗人。不过这几年他写得少了。并不是他不想写，而是再也没有以前那种才思泉涌的状态和感觉了。他不再年轻，是一个女人的丈夫，两个孩子的爸爸，也不再像以前那样自由了。尤其是有了第二个孩子后，妻子没有去工作，家庭收入减少，开支增加，他的压力就更大了。他的工作，这几年因为疫情，公司效益不佳，工资相比以前也减了不少。那样微薄的工资养家，有些入不敷出，为此他不得不向朋友借了一些钱，有时也不得不刷信用卡。

阳台不是太大，摆满了各种谈不上名贵的花草。有些是他买来的，有些是妻子买来的。他喜欢着那些花花草草的，也曾想过为它们写一写诗，却也一直没有写成。他们的那套房子是十年前买下的，每个月还需要还五六千的贷款。这也是他的压力。虽说有压力，毕竟在城市里有了一套属于自家的房子，如果卖掉的话，也还是值个几百万的。他坐着的黑色沙发旁边有个老榆树桩，是位搞收藏的诗友送的，可以放书、放茶。平时孩子们也喜欢来阳台，大的喜欢坐在他沙发上看童话书，小的喜欢趴在榆树桩子上画画。妻子倒是很少闲下来有坐在阳台上看风景的时间。她是个有些洁癖的女人，光家里面卫生就够她打扫的了。

天阴着的，天空是灰黑色的。他没有留意，不知何时落起了雨。雨不大，轻轻地落着。他喝了口咖啡，还想着要不要抽一支烟。他戒烟已经有两个多月了，两个月来一支烟也没有抽，他有些佩服自己的意志力，想要保持下去。这并不容易，他得和自己不断做斗争。思想斗争了几分钟，他最终还是没有去拿烟抽。他想，要克制。空气有点儿冷，穿着羽绒服的他也还是有点儿冷。他站起身来，做了几个扩胸运动，原地跳了几下。站定，目光投入远处。满眼是成片成栋的楼，有不少楼的窗子里还亮着从雨滴中透过来的湿润迷离的灯光。那样的夜色，有着些诗意，是他所喜欢的。

他在的那个南方城市，那个此时被细雨打湿了的城市有着两千多万人，他是其中的一个。他们的家也是许许多多个家庭中的一个，也许不同的家庭有着不同的烦恼。不过，夜色是美好的，无论是晴天还是阴天。活着也是美好的，不管是处在顺境还是逆境。他重新坐回沙发，他深吸了一口气，又轻轻呼出来。他似乎是想要把身体里无形的压力给呼出来。一呼一吸的舒畅，把自己融入了夜色一般，使他快乐——却又令他很快生出些忧愁。那忧愁是骨子里的，是他作为一位诗人生命的底色。

他这几年之所以没有再写诗，似乎是有意在逃避他所渴望的，例如自由、理想、爱情，这些美好的词汇所涵盖的是他生命的种种可能，如今那些可能都被关进了现实的笼子，他也成为了一个中年奴隶。在没有结婚成家之前，他是自由的，他可以天马行空地活着。结婚有了孩子之后的他，渐渐变成了另外一个人。这个过程中是有过许多挣扎和痛苦的，矛盾激化的时候，有几次还和妻子差点儿离了婚。后来，他还是像被驯服的野兽一般，选择了承担、承受。

他叹了口气，心想，怎么选择呢？他们缺少钱，需要钱，而一位作家朋友昨天给他介绍了一个活，帮一位大公司的老板写一部自传，开价三十万，预付十万。他还没有拒绝，不过也没有答应。如果有了那笔钱，他可以还清欠账，还能余下一些，改善家里的生活。他从内心里是拒绝的，可理性又让他想去做。纠结、痛苦，想抽烟。要不要抽？想着，他起身去了书房。书房的桌子里还有半包烟。拿到烟和打火机，他重新走到阳台。他用手指夹着烟，打着火机，看着火苗的闪跃……

你不是戒烟了吗？身后有一个声音，是妻子的。妻子穿着睡衣，一脸不满地看着他说，都这么晚了，还不睡。他熄了火机，犹豫了一下说，我遇到一件事。妻子脸色缓和了一下说，什么事啊，说说？他说了。妻子高兴地说，亲爱的，三十万啊，你当然要答应啦，这还用想吗？他笑了笑说，如果我接这个活，相当于是破了戒——我接了这个活，以后可能又要重新开始抽烟了。妻子说，随你抽不抽——孩子学钢琴的钱又该交了，下个周我妈生日也得给点钱，花钱的地方那么多，有赚钱的机会不赚怎么行啊！别想了，接。

他打着火机，点燃了烟，深深吸了一口，把烟雾有些用力地吐了出去。不过他很快又熄灭了烟，他说，算了，还是不抽了，既然都戒了。妻子看得出他的为难，她看着天空，看了一会儿，说，亲爱的，不管你接不接，这夜色还是挺美的。他看了妻子一眼，笑了。妻子说，笑什么。他说，你这话有点儿诗意，我喜欢。

热爱写作，热爱生命

当我回看过去写下的小小说时，能发现过去写下的那些文字里的人物和故事，有着令我感到亲切、自在、纯粹、真实和美好的东西，我想这便是我生命外化的一种呈现。我爱着我所写下的那些小小说，自然也包括我从前写过的中短篇和长篇小说。这么讲有自恋嫌疑，说我自恋也没什么，这也是一种源于内心的感受，一种表达。

事实上，这两年我甚至是有些厌倦了写作。我认为写作是一件出力不讨好的苦差事，我为什么偏偏要去做这件事，做点别的不好吗？如果说为了出名，其实我已经看淡了名。如果说为了利，写作的稿费总也是不多的。为了名利而写，这在我这儿说不通。不可否认，初学写作时会有名利思想——但在那时，终究也是想要通过写作使这个世界上的人变得更好的。不过，那当初纯正的想法，现在也不怎么上心了。至少我不再像以前那样认为，可以通过写作来使世界变得更加美好了。这便是现实中我的变化，我承认这种变化的存在，但这种存在却并不能说明我认可了自己的这种变化——当我顺从了生活或者说我能感受到的，我无法真正改变的，无处不在的现实，我就变得越来越消极了，我并不满意自己的那种状态。

我总会想到一些大的问题，例如宇宙、生死，这些问题令我瞧不上小的东西，包括小小说，生活中一些鸡零狗碎的小情小事。我想的问题通常也是没有确切答案的，例如我为什么而活，我该怎么去活。事实上，无论我想过什么问题，有了什么样的人生感悟，都无法回避一个问题：我在逃避写作。我清楚逃避是不对的，人活着应该迎难而上，积极进取。对于我来说，我写了三十年了，写作这件事已经深入了我的骨髓，大约也是逃避不掉的。更何况，当我拿起书阅读时，有些文字还是会激起我内心的波澜。当我想要写作时，暗处的那个一直想要写的我一直在向我呼吁，写吧，写吧，去写你可以写的、属于你的作品吧。所以，尽管我在逃避，可我也在迎合——因为文学，仍然是我所热爱的，是我想要深入其中的。

这两年我拒绝了不少编辑老师的约稿，我说我没状态，写不了，写也写不好。当王彦艳老师从郑州打来电话约稿时，我正在接孩子放学的路上，我把车停在路边接听了电话。我犹豫着答应了约稿，我说我用周六和周日这两天，看能不能写得出来。我想我之所以答应了约稿，大约是因为王老师在电话中提到了吴万夫老师，吴老师曾经是我的编辑，比我大一轮的样子，他现在仍然在写着。写，写下去，大约是我们写作者的一种生活方式，是一种真诚而纯粹的，向人类世界呈现我们生命的方式。这与名利无关，这与对生命的热爱有关。

（原载《百花园》2023 年第 2 期）

轻舟已过万重山

非　鱼

从混沌中清醒过来之前，吕青舟的脑子里是满的。

满到什么程度？她感觉微微地侧一侧脑袋，那些密密匝匝的东西就会水一样淌出来。那些东西是什么？她不确定。

手机还在播放着小视频，一个接一个，各种正常不正常的声音交替。电视机也开着，是一个老的婆媳家庭剧。也许就是这些嘈杂的声音让她的午睡似睡非睡，也让她的脑子满满当当。

吕青舟关了手机视频，调低了电视机的声音，泡一杯绿茶，努力让自己清醒起来。

她把茶杯靠近面部，热气升腾，毛孔一个一个张开，就像杯子里慢慢舒展的茶叶一样。喝一口茶，青涩的味道在口腔里氤氲，一直到咽喉。睡眠不好，她并不经常喝茶，但她喜欢看那些嫩芽在杯子中起起伏伏，喜欢闻来自春天和草木的那种味道。

茶是女儿寄回来的西湖龙井。一想到女儿，吕青舟的心又乱了。漂在远方的女儿总是说累，说没意思，工作没意思，周末休息没意思，甚至是正在谈着的恋爱，她也觉得没意思。她想让女儿回来，可老周不同意，他说孩子都是她惯的，矫情。

谁的日子好过？我一天天还累呢，到单位被领导驱使，到家被你唠叨，我还烦呢。老周说。

她很讨厌老周这种态度。他一辈子没有什么大的追求，得过且过。对，一个平庸的好人。可最近，他连一个平庸的好人都当不下去了，牢骚渐多，尤其是提到女儿的事，他总是态度消极，很不耐烦。

能怎么办呢？老周、小周，她似乎都无能为力。浓重的挫败感袭来，前一刻营造起来的一丝平静又被打破了。

她赶紧放下茶杯，换电视频道，转移注意力。这是她这两年屡试不爽的一个办法，当发现即将陷入某种不良情绪时，立即喊停，她不能让自己变成那种脸色蜡黄焦躁不安的怨妇。

一个人文栏目在讲车马慢时代人与人交流的方式——书信。一字一句一笔一画，字斟句酌，传情达意，红笺小字，云中谁寄锦书来。看得出来，主持人和嘉宾都有过无数“见字如面”的经历，两个人聊得很投入，也很有感染力。

轻舟已过万重山，怎么就提到了这句诗呢？吕青舟感觉从后背到脸上瞬间热了起来，冒出了薄薄的一层汗。曾经，有过那么一个人，也与她鸿雁传书，每封信的结尾都是轻舟已过万重山，或者轻舟没过万重山。

三十多年前的吕青舟沉浸在自己的世界里，满脑子都是同班的他，是晚自习后操场上澄明的月光。除了语文和历史，她的其他课学得一塌糊涂。高考后，他顺理成章收到了来自哈尔滨的大学通知书，她不出意外没过线。两个月后，为了努力和他一样，她选择了复读，还倔强地选择了理科。也就是在复读的那一年，他们开始频繁写信。

他的字很好看，写出来的句子也很好看。他用桦树皮给她写舒婷的诗，她视若珍宝，他写下的每句话，她都视若珍宝。每周最快乐的时光，就是去学校传达室取他的信。

一年之后，她除了积攒的厚厚一摞信，还有各种绚丽的梦，依然一无所获。

老吕从老师口中知道了这件事，大为光火。他把吕青舟再次落榜的原因全归结在他头上。等他暑假去找她时，老吕将他痛骂了一顿，让他永远死了这条心。

原本属于青春的一段美好时光，就这样迅速凋零。她把他的信捆扎起来，用报纸裹得严严实实，放在一个隐秘的角落。连同他。

后来，吕青舟和他走上了两条相似又不相似的道路。她进企业，读汉语言文学函授大专、自学考试本科，调进机关写材料，和老周结婚，生了小周，按部就班工作，按部就班提拔。他读了研，又读了博，成为国内知名的植物园林专家，担任一个国家级森林公园的领导，应该也会结婚，生子。她在心里叫他“教授”。

那些信，婚后她悄悄带到了她和老周的家，却无意间被老周发现，他们大吵了一架，他撕开报纸，把信封扔得满地都是。她抱着不满一岁的小周哭了半夜，最后一气之下一把火全烧了，包括那张桦树皮。实际上，那些信她后来从没有打开过。

信，被烧毁的信。他，写信的教授。她的心紧紧地缩在一起，缩成一块石头一样，几乎不能呼吸。

她赶紧换频道，一闪一闪中，一个既熟悉又陌生的面孔突然呈现在她面前，是教授。他作为栏目顾问正在讲述中国园林艺术，娓娓道来，博雅温和。

脸与脸不足两米，四目相对。吕青舟惊呆了，她什么也听不到，只牢牢地盯着他。

这个世界，竟如此奇妙。太玄幻了。

两分钟之后，画面切换，教授不见了。握在手中的茶已经凉了，黄昏一点一点降临，客厅的光线渐渐暗下来。

关了电视，看看手机，到了该做晚饭的时间了。

吕青舟长长地舒了一口气。不过是一个平常的下午，两档电视节目的拼接，却让她的轻舟再过了一次万重山。

仅此而已。

（原载《小说林》2023 年 4 月）

上岸

高晋旭

星期一，我像任何一天一样，坐在伸入云端的办公室，批阅完一堆文件，翻开报纸，一篇《寻人启事》吸引了我。

是这样写的——

银色的沙滩上，我清洗了一件人类丢弃的白色渔网。我穿在身上，变成一条闪闪发光的裙子。我看着自己在水中的倒影，直立的腮能发出咕噜咕噜的声响，或许在文明社会太另类了，连忙收了起来，它又变成两个酒窝。再一看水中的自己，我满心欢喜，蹦蹦跳跳地上了岸。

我不是来玩的。几天前，国王给了我一个任务，调查族人失踪之谜。我站在空旷的十字路口，新刷的交通标线在阳光下闪闪发光，像一个抽象的渔网。宽大的广告牌上，一个明星拿着一杯可乐，夸张的字体写着：美丽世界欢迎你。这时，一拨人像黑压压的乌云从对面涌过来，有个人从我面前匆匆而过，上下打量了我一眼，我紧张起来，还好他没看出我的破绽。广场上的许愿池里金光闪闪，像我生活的海面，我跑过去，看看里面有没有族人，也许它们搁浅了。没有族人，里面的许愿金币多得快要溢出来了，这里大概贮存了许多人类的美好愿望。旁边黑色的落地绒布，有个小丑骑着独轮车在舞台上卖力地表演魔术。偌大的广场，只有我一个人在观赏他的表演。啊，美丽世界欢迎你。他谢幕时说了一句跟广告牌一样的话。我没看懂他的表演，但我给他鼓掌了。他笑了，可我在他夸张的笑容里看到眼角的悲伤在上扬。

正午的太阳实在太炽热了，厚厚的水泥地板为陆地穿上了一层甲壳，磨得我的尾鳍生疼。看着那些拿着公文包的人像一根铁钉被吸入高楼大厦里，我一瘸一拐跟着他们进了大厦。

“你是来应聘的吗？”一个小个子男人看着我对着一张应聘广告发呆，指着“应聘”两个大字问我。这句话提醒了我，为了调查真相，有必要深入了解一下人类的生活。于是，我点点头跟了进去。

上班的第一个月，我拼命地在工位和领导办公室之间奔跑，我的金色尾鳍都磨出了血疱。负责的方案通过了却写着其他同事的名字，同事们装聋作哑，还拉着我一同为他庆贺。这让我很郁闷。一个上司和女同事走得很近，同事们依然装聋作哑。我辞了职。坐电梯的时候，还是那个广告——美丽世界欢迎你，让我反思可能是我自己的问题。于是，我把渔网换成名牌服装，到了一个新公司，看看能不能有新进展。

这回我学聪明了，面试的过程我编了一堆假话，在假话中我把自己包装成一个身世显赫、家境优渥、学历背景强大的人。当然，形象干练、美丽的容貌也加分不少。我一个上午都在等待中惴惴不安。然而，这些假话很快在公司传开了，像雪球一样越滚越大、越传越远，他们每一个人都来跟我握手，包括老总，我都拒之于千里。同事们殷勤地问候我，还有人给我冲好咖啡，而我收好腮，装作看不见他们。从那以后，领导交代的任务，我避重就轻。在别人疯狂忙碌的时候，我悠闲地端着咖啡，看着这些像铁钉一样的人被牢牢地吸在座位上。我不仅脚不疼了，还习惯了穿高跟鞋。我的腮在溃烂，尾鳍也在萎缩，比这些更可怕的是我要不断应酬。在一次晚宴中，我看着嘉宾用刀叉一块一块地切人鱼，配上高档的鸡尾酒，他们说，太美味了。

虽然调查有了进展，但我变得越来越不爱说话，每天除了给下属布置工作之外不想说一句话。直到我也完全变成一个聋哑人，面对别人超负荷的工作、习以为常的加班、不公平的制度，还有他们可怜的薪水无动于衷。我怎么变成这样了？星期一的例会上，我又升职了。

办公楼层越搬越高，直到与刚来时的广告牌平起平坐。看着那句广告语，我在想，这个世界，竟然允许人又聋又哑地坐在云端？原来，我是谁对这个世界一点儿也不重要，他们只相信他们想相信的。

我去看了电影《人鱼艾利》，影片开始，银幕上出现一片茫茫大海，我闭上眼睛，沉醉在这片久违的蓝色里。这时，我看见另一个自己坐在金色的岸边，那个自己从银幕里向我伸出手来，那是一双热情、真诚、干净的手。黑暗中，我的眼角挂满了泪，我听见所有的人都放声哭了起来。

报纸的最后一行写着：寻找人鱼艾利。

这个故事有点儿意思。我看向窗外，白云无以名状，我看见繁华只是冷漠的一个色块，与人类世界分离的一秒，我又听见了来自海洋的声音。

（原载《小小说月刊》校园版 2022 年 8 月）

乌鸦

侯德云

村里人哪有不羡慕老钱的？要吃有吃，要喝有喝，还一人吃饱全家不饿。这是全村共识，谁都没有异议。他唯一让人看不惯的，是五冬六夏一身黑，瞅着有点像乌鸦。

老钱不光是要吃有吃要喝有喝一人吃饱全家不饿，还傲气得很。组织上原打算安排他当个生产小队长，他不干，怎么劝都不行。他说自己颠着一条腿呢，当领导影响组织形象。让他当会计，他没法推辞，整个卡屯，确切说是整个生产小队，实在找不出比他更有文化的人了，他早年在皮镇的一所小学里当过勤杂工，会写张王李赵，会背乘法口诀，他不当会计，谁还敢当呢。

大家说老钱有吃有喝，指的不是棒子面饼子和稀粥，也不是咸菜疙瘩和凉白开，而是吃香的喝辣的。谁不知道炒花生吃着香、白酒喝着辣呢。老钱对白酒要求不高，一块钱一斤的瓶装酒，或者七八毛钱一斤的散装酒，都行。

老钱能吃香能喝辣，全是依仗老朱。老钱跟老朱，有过命的交情。很多年前，一支队伍跟另外一支队伍，在皮镇附近打拉锯战，老钱和老朱都是支前民工，在拉锯过程中老钱救过老朱的命，那条受过伤的腿便是铁证。

后来老朱在皮镇的国营单位里一路高升，当了个一把手。老朱不忘老钱的救命之恩，每月开了工资，都要来卡屯看望老钱一次，伴手礼永远是二斤花生米和二斤瓶装白，临走再留下五块钱。五块钱的正面，是戴前进帽的钢铁工人，如果不是老朱，老钱哪能月月都跟钢铁工人打上个照面呢，那是不可能的。老钱站着不比别人高，躺着不比别人长，别人一天挣五毛，他也是五毛，挨到年底才分红，扣下口粮钱不剩个啥，哪有票子吃香喝辣呢。

老钱每天除了记记账、算算账，再就是一颠一颠地四处溜达，等于说是半个闲人。闲有闲的好处，但也有闲的坏处，老钱一闲下来，就想吃点香的喝点辣的，不知不觉就喝高了。

老钱酒量不大，一过二两就醉，有时醉得一塌糊涂。要是醉在家里也就罢了，他不，他是随时随地，有时醉在海防林里，有时醉在海滩上，更多的时候是醉在皮镇。老钱进了皮镇供销社，来到卖散白酒的柜台前，说，来一提。一提一两，倒在一只小搪瓷缸里。老钱从兜里抠出两粒花生米，扔嘴里，嚼，嚼得满嘴喷香，用力一咽，迅速端起搪瓷缸，一仰脖，一两酒就下去了。说，再来一提。再抠出两粒花生米，再嚼，再一仰脖，又一两酒也下去了。到此为止，啥事没有，关键是他逛完街，回家路上走到供销社门前，又管不住自己的腿了。钻进去，再来一提，喝完出门，一见风人就不行了，晃晃悠悠，没走出三步就倒在路边。消息传回卡屯，小队长便打发人，用粪筐把他抬回去，有时扔在饲养员的小屋里，有时就扔在场院上，供全体社员围观。

老钱的形象就这么一天天一年年被自己弄得猥琐起来，他的身体也这么一天天一年年地委顿下去，直到某年的大年三十，他永远地醉了过去。

老钱小时候是孤儿，死前是光棍。死后不久，老朱就搬到他生前居住的小院套里，直到退休后，仍然住在那里。对老朱的到来，卡屯说什么的都有，但都是背后嘀咕，没人敢上前去质问老朱，就连生产队长也不敢。

老钱住在卡屯最东边，独门独院，紧挨着海防林，离老五家大约四五十米的距离。老五读初中和高中那几年，经常在老钱家门前走动，那是老五去海边的必经之地。

老钱家已经不是老钱家了，是老朱家，老五在心里头对自己说。

老朱搬过来没几天，就在院子里立起一个索伦杆。起初老五不知道那东西叫索伦杆，是听屯中老人们说的。老人们还说，索伦杆是用来喂乌鸦的，满族人有乌鸦崇拜的习俗。

老朱的索伦杆离房檐很近，高出房顶不到两米。老五亲眼看见老朱踩着梯子登上房顶，往索伦杆顶部的方斗里撒高粱和玉米，逢年过节，还要撒点花生倒点白酒。

老朱很快就跟乌鸦交上了朋友，老五也很快跟老朱交上了朋友。老五不记得他是以什么借口走进老朱家的，或者是老朱主动招呼他进去也说不定。老五吃过老朱的炒花生，看过他的《红岩》和《暴风骤雨》，就便对乌鸦也有了别样的了解。

老朱说他在海湾里钓鱼时，中午去树林里睡了一觉，醒来发现一只乌鸦把钓线从水中拽上来，正在偷吃他钓到的胖头鱼；老朱说他看见两只乌鸦合作，从水獭口中夺食，一只先去啄水獭的尾巴，另一只乘水獭分神，迅速把鱼夺走；老朱说乌鸦可以模仿其他鸟类的叫声，比如猫头鹰；老朱说乌鸦是最早识别稻草人的鸟，它们喜欢站在稻草人的肩膀上嘲笑农民；老朱说乌鸦爱做游戏，衔一根小树枝飞上天，一张嘴，紧接着一个俯冲，再把树枝叼住，如此循环往复……

哇，乌鸦这么厉害，老五都有点仰视它们了。

某日黄昏，老朱脸色凝重地对老五说，一大早，他家的房顶上，有一大群乌鸦在盘旋，聒聒地叫，像开会一般，随后由一只硕大的乌鸦带队，扑棱棱向长山岛的方向飞去，只见飞去不见飞回。

老朱说，老钱活着的时候念叨过多次，说死后要变作一只乌鸦。

老朱说他立索伦杆就是为了祭奠老钱。

老朱说三十年前的今天，老钱站在海边迎接来自长山岛的新娘，到天黑也不见人影，后来得知，新娘搭乘的渔船遭遇了一场龙卷风。

老钱就是从那天开始酗酒的。说这话的时候，老朱眼睛直勾勾的，往天上瞅。

天上空荡荡，几丝云，一缕风。

（原载《北方文学》2023 年第 7 期）

乡下老家

戴　希

退休后，苏辰龙迫不及待地回到乡下老家。

现在，像他这样的退休干部大多很悠闲，往往整天泡在茶楼里坐在牌桌上。

可苏辰龙不。他别出心裁地做起老家房前屋后的文章，在房前的空地上种花种草栽树苗，在屋后的菜园里侍弄起辣椒、茄子、萝卜、白菜……要说侍弄还真不对，他其实是只播种插苗，其他什么都撒手不管。那些辣椒、茄子、萝卜、白菜，想长成什么样就是什么样。菜园里杂草丛生他视而不见，害虫喧嚣他充耳不闻，一副事不关己、高高挂起的模样。

邻居孙担担则不同，他到底是土生土长的老农民。菜园里既没有害虫的踪影，也不见一根杂草露头。满园的蔬菜青枝绿叶、花艳果美，看一下都养心悦目。

正因如此，每次路过苏辰龙家的菜园，孙担担就禁不住摇头叹息。

孙担担已不止一次地提醒苏辰龙："辰龙啊，你家菜地里要抓紧治虫呃，再不治，白菜、萝卜怕是没有人吃的份儿了！""你们家的辣椒、茄子怎么长得像侏儒似的，一定没施化肥吧？菜园里杂草长得比人还高，也不用除草剂清除它们？"

这种时候，苏辰龙总是淡然一笑：“谢谢孙伯关心，我在做一个实验呢！我倒要看看，不施化肥，不喷农药，不洒除草剂，这些蔬菜到底会长成什么样儿？”

“哦，原来是这样啊！”孙担担皱皱眉，走了。

孙担担想：“这个苏辰龙啊，也不知脑子里少了哪根筋，或许在城里住得一久，就成了书痴、迂腐子?!”

苏辰龙呢，也望着孙担担离去的背影窃笑：“以为我傻帽、我怪是吧？嘿嘿嘿，我就是要整得不一般哩！我这个农学院毕业的高才生，虽没当过农民，难道还不懂农业？虽没杀猪宰羊，难道还没看过猪羊怎么走路？”

苏辰龙依然高枕无忧，甚至连菜园子都懒得看一眼了。

这天路过苏辰龙家，孙担担再也憋不住了，忽然对他说：“辰龙啊，我看你可能不会治虫、不会施肥、不会除草，又不想拉下面子向别人学吧？所以呀，前天半夜里，我悄悄地溜进你家菜园子，火急火燎地给你家的蔬菜喷了农药、施了化肥、洒了除草剂！”

原想苏辰龙听了会感激涕零的，未料他一下变成了苦瓜脸，孙担担意识到自己一定是做好不讨好了。他立马嬉皮笑脸，向苏辰龙解释说：“咱乡里乡亲的，帮忙就是帮忙。你放心，这农药化肥除草剂虽然都是我家的，但我决不会收你一分钱！”

“不，不，不！”苏辰龙赶紧摆手，微笑道，“哪能让你既出力又出血呢？这钱，我一定要付，我还要谢你！”

“我说过，钱我不会要的，我只想知道……”孙担担用心打量一眼苏辰龙，“你这样做究竟是为了什么？”

“很简单，”苏辰龙脱口而答，“种出无毒无公害蔬菜，自己吃，也送给住在城里的六亲四朋。”

“为什么呀？”孙担担进一步问。

“人生几十年，健康最重要！我不差钱，我那些亲朋也不穷。我现在只想行行善积积德，送人玫瑰，手留余香啊！”苏辰龙声若洪钟地说。

“可是……”孙担担又眉头紧锁，“你种不出无毒无公害蔬菜呀！”

苏辰龙一愣："为什么？"

"我只讲一点，大家都在用农药治虫，你不治，周围村子甚至十里八乡的害虫还不都涌进你家的菜园里？你家的蔬菜还不让害虫们吃得精光？"

"这……"苏辰龙一听，呆了。

等苏辰龙终于回过神来，孙担担已走得无影无踪了。

苏辰龙摇摇头，下意识地走进菜园，但见害虫死了一地，杂草全都枯萎，辣椒、茄子、萝卜、白菜们看着也青葱油绿了……

（原载《安徽文学》2023年第04期）

六块银圆

李学文

竹篙村的牛老根和老婆及儿孙辈闹僵了，这个一百零五岁的老红军像个小孩一样撒着气，咋呼着不跟后辈过了，卷着铺盖要往外走，说要去乡敬老院生活。这哪行啊，这么大一家子，五世同堂啊，传出去，村民怎么想，政府怎么想？但大家又做不好他的思想工作，只有请公家的人劝说了。

村主任王宝来到牛老根家，远远地看到他双手撑着手杖，气呼呼地坐在门口台阶上，身边放着变形的军用水壶和脱漆的军用茶缸等用具，褪色的军用被子打得方方正正。王宝也是名退役军人，他知道牛老根十分怀念部队生活，他跑步向前，在台阶下立定，举手敬了个军礼，说："老兵同志，新兵王宝前来报到！"

牛老根一见这架势，立即丢掉手杖，颤巍巍地站起来，两脚靠拢立正，中气很足地回话："请稍息！王宝同志，你不来，我也会去找你的。"

"老兵同志，我想跟你聊聊，可以吗？"

"同意，入座。"

王宝走上台阶，嬉皮笑脸地说："老兵又要出远门哪？"

牛老根脸一黑，"请严肃一点，有事说事，没事滚蛋。"

牛老根的老婆和儿孙们看到王宝来了，纷纷从里屋走出来。他老婆说：

“王宝主任，你是一村之主，你要好好说说这个倔老头，一大家子，儿孙辈又孝顺，一个小事儿，他就闹别扭要去敬老院生活，国家给我们‘双定’补助了，他进敬老院，后辈的脸往哪搁呀?”

“老太婆，新兵王宝来了，他三两下军事动作，让我什么都忘了，你这一说，又把我的气给激出来了。”牛老根说。

王宝拍拍牛老根的手：“老兵，别气坏身体，你为革命做出了巨大贡献，是国家的宝贝呀。”

牛老根老婆白牛老根一眼，说：“有什么气哟？小事儿一桩！不就是最小的曾孙子要结婚了，按我们的风俗，要拿几块银圆给曾孙媳妇做见面礼，不就是想你奉献一下压在箱底的六块银圆吗？不给就不给嘛，还像小孩一样闹着要出走，铺盖都卷好了，你说气人不?”

“都怪我，我那六块银圆‘潜伏’了八十多年，躲过了三个儿子、五个孙子和六个曾孙的结婚，可还是在最小的曾孙结婚前几天暴露了！老太婆硬是打上了那六块银圆的主意，逼我交出银圆，好在我有敢打必胜、视死如归的信念，才守住了我这块阵地。”

“有这么严重吗？还‘视死如归’，六块银圆值多少钱？小气就小气嘛，我九十多了，没见过这样的男人。”牛老根老婆尽抠牛老根的痛处。

牛老根气得白胡子倒竖。

王宝说：“阿婆，有话好好说。”

牛老根老婆像是没听见，继续按自己的剧本走：“倔老头，你想搂着那六块银圆进土哇?”

牛老根猛击了一下手杖：“你出口伤人哪？叭出来的话比连环爆炸药还厉害，还专攻我的侧翼和后背，用兵太狠太刁钻了。”

“专攻什么侧翼和后背？我要黑虎掏心，直捣你的司令部，让你的大脑指挥失灵。”牛老根老婆和他生活了几十年，也学会不少军事术语，她连珠炮似的数落着，“说穿了，你就是小气鬼、守财奴嘛。要去敬老院生活就去呀，不去是叛徒!”

王宝赶紧劝牛老根老婆别说得那么难听，怕刺激出牛老根的心脏、血压等问题来。牛老根儿孙也帮忙劝：“不拿就不拿，现在的年轻人不兴这一套，别气坏了老人家身体。”也有后人说，“我们结婚，家里没给银圆，不也一样娶妻生子，生活美满幸福。”

牛老根气得颈脖子的血管暴突，扬起手杖想打人。王宝赶紧夺下手杖，安抚他坐下：“老兵，别激动，阿婆也是说到气头上刹不住车，口不对心，别在意。”

“什么压在箱底？这银圆天天就放在我身上。”牛老根从身上摸出那六块银圆，“新兵啊，你不知道，这六块银圆，就是我六个兄弟。”他翻看着，“这是张老四、这是黄财生……”牛老根一块一块递到王宝手中。

王宝接过那六块银圆，仔细察看，上面有用锐器刻过的模糊名字。他看完，又把银圆传递给牛老根老婆和儿孙们看。

牛老根眼圈红了，“他们都是我的战友，我们都知道，自己的脑袋系在裤腰带上，随时都可能掉地下。长征途中，大家把积攒的津贴兑换成了银圆，每人都在攒的银圆上刻了自己的名字，好让活着的人日后把银圆送到家人手中。”他哽咽了，说话断断续续，“他们都在长征中牺牲了，全班就我一个人活着，银圆都传到了我手上，其他人的银圆我都亲手送给了他们父母，就这六人的老家地址不详，一直找不到他们的家人哪，银圆就由我保管着。我怎能把银圆送给儿孙呢？八十多年了，六个兄弟一直陪伴在我身边。”

牛老根老婆一听，脸上有了笑脸，嗔怪道：“老头哇，你不说，我还真不知道哇，我再傻，也不会分开你们生死兄弟。”

牛老根老泪纵横：“都牺牲了，就我活着！解放后，我走遍了大半个中国，也没找到他们的后人，战友托付的任务没有完成，我心里难受哇。轻易我不敢说这事，说起来都心痛。”

牛老根最小的曾孙说：“太爷放心，这事儿交给我，我在网上发起寻找烈士后人的公益行动，相信一定能找到你战友的后人。”

王宝看到牛老根的脸舒展开来，啪的一个立正：“老兵同志，人员和用具是否带回，请指示。”

“带回。”

王宝立即搀扶牛老根进屋。

（原载《安徽文学》2023 年第 03 期）

粘住

李　晓

我的头很沉，僵硬的颈椎稍微一动，就会发出生锈般轻微的咔咔声；我的肋骨由于持续被压迫着，感觉就像在被子里蒙了几个小时，呼吸困难；我的腿由于久站而麻木了，我很想坐下或者蹲下来休息，但是我做不到。

这太滑稽了。如果现在有人推门进来，就会看见我和我爸，我们两个人，站在客厅中央，一动不动地搂着对方，如同两尊姿态生硬且毫无设计感的蹩脚雕像。

看上去很滑稽，但事实就是这样。

——我和我爸粘住了。

小时候，我爸很喜欢跟我玩一个游戏。当我站在原地的时候，他会走过来，一下子使劲地抱住我，就那么死抱着不放，说："粘住啦！怎么办呀？"我什么也不说，只是咯咯直笑，直到他终于把我松开，弯腰在我脸上留下一个胡子拉碴的吻。后来随着我渐渐长大，他也不再开这种幼稚的玩笑了。再后来，我去了外地工作，回家的日子越来越少；就在今天下午，我趁着放假回家一趟，我爸一见我回来，就久违地给了我一个大大的拥抱，并说："粘住啦！"

——然后，就像现在这样，我们真的粘住了。

我们想尽了各种办法，使出浑身解数，也没法把我们俩分开。首先，我和我爸粘得像吸铁石一样紧，靠我们自己根本没法分开，家里又没有其他人能帮忙；其次，我们也不可能跟两只绑在一起的螃蟹似的横着挪到大街上去求助，何况我们连下个台阶都无比困难；最后，如果打给119，接警员势必会把我们当作整蛊电话挂掉。没有人会相信我们。

山穷水尽了。

“都快六点了，我早该开始给你卤鸡爪了。想到你爱吃，今天特地去买了新鲜的，可现在啥也吃不上……”爸爸在我耳朵边上絮絮叨叨着。由于他的两只手都牢牢粘在我背上，巧夫难为无手之炊，他是做不了他的招牌菜了，显得颇为沮丧。幸亏他来抱我的时候，我的手臂无动于衷地垂在两边，这才让我的手逃过一劫。

饭是做不了了，总得找东西填肚子吧。我灵机一动，拖着我爸挪到行李箱旁边，艰难地从里面翻出两盒方便卤肉米饭。这个五分钟就热好了，我说。看，里面还有卤鸡爪呢！

我爸眉头一皱。“你还在吃方便食品？我都说过多少次了，叫你不要吃这些垃圾食品，全是添加剂！不要老是图省事，吃好饭是身体的本钱，就算一个人吃也不能亏待了自己……”

“我吃得少啦，这只是路上备着防饿的！而且人家这个不是垃圾食品，喏，过了质检的……”

我连忙拆开包装，以转移我爸的注意力。热好之后，他坚持要我先吃，我只好自己飞快刨完之后，端着塑料盒用勺子一口一口地喂他吃饭，每喂一口都极度小心，以免酱汁滴到衣领上。我的手臂很快就开始发酸了，爸爸默默地吃着我喂的饭，我忽然想到二十多年前他也是像这样一口一口喂我长大的。

他唯一的评价是：“哪有你爸做得好吃。”

保持这个姿势让我们两人都精疲力竭，所以我们七点过就决定去睡觉。天不知何时黑下来了，我们从沙发上艰难地起身，然后侧着身子一步一步挪到卧室，关上灯，嘭的一声在床上倒下了。衣服脱不下来，我费劲地给我们俩掖好被子。

“上次我们一起睡觉还是在你小时候呢，囡囡。”

“是啊。”

“当年你还那么小，像小兔子一样小……转眼间就变成大姑娘了，长得比我还高了。”

我的视线逐渐适应了黑暗，感官变得灵敏起来。窗外有一点淡淡的月光，不知道是不是月光的缘故，爸爸的头发看起来忽然变白了很多。他身上有股中药味，那是因为背上长了疖子，又有痛风病，每晚要拿自己熬的中药汤搓澡，这样才能入睡。

“不要再吃方便米饭了，知道吗，囡囡？要学着做饭，什么都要自己学。你一个人在那么远的地方打拼，有很多不容易的事，我都知道。你一定要照顾好自己，有什么委屈，要打电话和爸爸说……

“我知道，我知道你已经是大人了，但对我们来说，你永远都是爸爸妈妈的女儿。你不需要挣那么多钱，对我们来说，只要你活得健健康康、开开心心的，就是我们最大的幸福了。

“所以你要明白，不论你在哪里，爸爸的心一直都在你身边。就像这个漫长的拥抱一样，即便我松开了你的手，它的记忆和温度也永远不会消逝。”

他很少一口气说这么多话。我想看看爸爸，但我的下巴粘在爸爸的肩膀上，所以我看不到他的脸。他的脸在我记忆中蓦然变得模糊了。我想说点什么，说一些表达爱和感谢的话，但话到嘴边却变成了：

“爸，你说，我们到底为什么会粘住呢？”

“不知道啊，还是早点休息吧。也许明早醒来，一切都会恢复正常的。”他哼起了摇篮曲。他的声音早已不如以前好听了，显得笨重而沙哑，“睡吧，睡吧，我亲爱的……”但是就在这粗犷和令人安心的声音中，我慢慢地睡着了。蒙眬之中，我感到那双紧抱着我的双手松开了。

我从狭窄的单人床上醒来，身旁没有父亲的身影。晨光蒙蒙地透过窗帘，映着房间里飘浮的微尘，昨晚吃剩的方便卤肉米饭盒子还放在桌上。

我突然哭了起来。

我想起父亲已经去世三年了。

（本文为第三届“丰湖杯”全国大学生小小说大赛一等奖作品，由比赛组委会统一授权）

醉酒的早上

龚洁婷

刘勋出门的时候，下意识地走到了光明路6号楼。这是他曾经工作的地方，准确来说，他昨天还在这里上班。

也许是一种习惯，也有可能是昨天的酒让他今早还有些不太清醒，刘勋忘记自己已经退休了，就在昨天下班后，他和同事们喝了一场酒，算是对自己工作生涯的一个告别。

酒桌上，几位稍年轻的同事一边向刘勋敬酒，一边调侃他说："刘哥，熬到退休了啊，以后可不就过上提鸟笼子领退休金的好日子了。"

"真让人羡慕，我还要好些年才能退休呢！"

"什么也别说了，这杯喝完啊，敬刘哥！"

刘勋不喜欢养鸟，花鸟鱼虫于他来说都太麻烦了，实在提不起兴趣。他也有期待过自己的退休生活，可真正到来的时候并没有特别兴奋。刘勋把酒喝完，一杯又一杯，果不其然回家便被徐莲骂了一顿。

"我说你，六十岁的人了，还年轻哪？你这个年纪，器官都老了，懂不懂啊？还喝那么多的酒，就是茅坑里点灯——找死！"似乎意识到人老了听不得"死"之类的字眼，徐莲用冷毛巾用力在刘勋脸上抹了几把，好像要擦除晦气话留下的痕迹。

刘勋没有很在意这个“死”字，反而是“你这个年纪”狠狠地戳伤了他。什么样的年纪呢？他有点难受，在徐莲的唠叨声中喝下她煮的面疙瘩汤后便沉沉睡去了。

工作带给自己什么呢？数十年习惯的生物钟让刘勋宿醉后第二天还能按时起床——虽然确实是晚了十五分钟。他强忍头疼快速洗漱换衣，终于在穿起左脚的鞋子的时候想起自己已经不需要去上班的事实。恰巧徐莲开门了，她手里提着刚买的菜，有些埋怨地跟刘勋说：“不用上班了也不多睡会！我跟你说，你现在去排那条免费核酸的队，老长！旁边还有那个第三针疫苗的，全是些早起的老头和大婶。”徐莲摘下口罩，一边嘟囔着一边把菜放在桌子上。

刘勋知道，徐莲是误以为自己早起要去做核酸了。为了掩饰尴尬，他只好对付着说：“晚了可能排队的人更多。”就这样，他硬着头皮出门了。

公司大楼门口的保安最是眼尖，他看到呆站着的刘勋，忙招呼说：“刘叔，听说您不是不用上班了吗？这么早就出门？”

“对啊，我去做核酸。”刘勋回过神来，讪讪地回答。

“您这是绕了个远路嘞！”保安笑着说，又把半个身子探出保安亭，指着旁边一条路，“往那边走，拐出去，再往前走一段也行。”

“好，谢谢啊！”刘勋顺着他指的方向走着，感觉从一早起床到现在都是被人操控的，接下来还要莫名其妙地走一段。他觉得今天是有些魔幻的，很恍惚，以至于想到“未来还不知道要过多少个这样的早上”而感到疲惫与害怕。

排核酸的队伍不算特别长，旁边排第三针疫苗的队伍就更短了。刘勋晕乎乎地站在队伍里面，只觉得头疼恶心，忽然就被旁边沙哑的吼声吓了一跳——“你们这里开个点咋的还让不让打那个针了？从早上到现在我排了一个多小时了！”

声音来自一个老人，看上去六十多七十岁的样子。一旁的志愿者忙解释说：“您打了第二针，离现在才三个月，要再过三个月才能打第三针。”

“我大老远从乡下跑过来的，再上城里一次很麻烦的，要不今天就打了吧。”

“真的不行，可能会有副作用的。”那个志愿者耐心地解答，老人不依不饶的声音越来越大。

“老了，糊涂了。”人群里冒出这样的话，刘勋转过头，却找不到说话的人。他理了理自己的衬衣，早上出门太匆忙了，衬衣是有些发皱的。他忽然意识到此刻自己在别人的眼中是个浑身散发酒气的糟老头，这样的觉悟让他很挫败很无力。阳光把空气烤得冒了泡，刘勋好像被泡沫埋起来了。

“张嘴。”医生机械地说。

刘勋张开嘴，棉签随着医生娴熟的动作在他口腔里刮探着。他的喉咙酥麻酥麻的，昨夜的酒精翻滚起来，挠他的胃，他比此前每一刻都有醉酒的感觉。

“哗啦”，刘勋吐了一地。他的胃从未如此空虚过，脸上也被灼得发烫，鼻腔似被热流堵住了一切去路，涨得难受。他用力地呕吐，还夹杂几次干呕。排队的人下意识离他远些，也有插空看热闹的人，医生冷静地问刘勋情况，刘勋眨出了一点热泪。他始终佝偻腰，保持要吐的姿势，尽管现在已经什么也吐不出来了。

刘勋落荒而逃。

家里已经充盈饭菜的香味了。徐莲还在焖茄子，用她的话来说，人上了年纪自然会爱软烂发糯的食物。刘勋认为自己必须要吃点什么来弥补空虚的胃。于是他掀开有些发黄的饭菜罩子，又揭开一个碟子，碟下的碗里装着昨天没喝完的面疙瘩汤，显然徐莲还没来得及把它处理掉。

隔夜的面疙瘩汤浑浊得诡异，是一种分层渐变的浊，泛着惨白的颜色。刘勋的手指触到碗壁时，那阵白随着端起的动作晃晃悠悠，好像要把他吃掉。

在徐莲的着急的阻止声中，刘勋把发凉的隔夜面汤一饮而尽。

（原载于《微型小说选刊》“高校在线”专栏2022年第17期）

领作

徐向林

陆翔的出海渔船快要造好了，船身支架在一望无垠的海滩上。远远望去，像一幢吊脚小木楼，煞是威风。

造船时，陆翔脸上挂满笑容，天天到海滩上看进度，还跑前跑后给造船师傅打下手。但船体成型后，陆翔脸上的笑容却消失不见了。因为领作的李师傅告诉他，这排斧还得由老于头领作打。

在传统造船工艺中，打排斧是造船最后一道至为关键的工序。打排斧时，二三十位造船师傅分列船舷两侧，应着领作师傅吆喝的节奏，众人一齐发力敲钉卯榫。打排斧很有讲究，必须整齐划一、前后呼应、力道均衡，否则造出的船不结实，还易漏水。对于常年在海上经受风浪的渔民来说，排斧打得不好，就会上演船毁人亡的悲剧，谁也不敢掉以轻心。

领作师傅是打排斧的灵魂人物，备受渔民尊崇。按照渔村的老传统，领作师傅有对渔船命名的特权。领作师傅一旦命了名，谁也不能改。如此一来，做领作师傅数十年的老于头在当地渔村当然是个人人尊敬的人物。他领作造出的渔船有上百艘，全是他命的名。他命名的方式有两种，一种是根据船的形状来命名，如“咸菜瓢儿”，说的是渔船像咸菜根部的菜瓢儿。另一种是根据船主的为人来命名，比如船主性格暴躁，人缘差，他就把船命名为“臭车奥”，有的船主为人斤斤计较，他就把船命名为“着肉刀”。在老于头所在的渔村，只要知道船的名字，就能了解到船主的为人，十有八九不会出错。

陆翔原先跟老于头是邻居，两家因宅基地的事闹过不少矛盾。陆翔搬到新居后，本以为跟老于头老死不相往来，没想到还是有事求到老于头。当然，陆翔是不想去求的，他在造新渔船时，特意到外面请了李师傅。李师傅先是推辞，说你们渔村有老于头在，不敢来班门弄斧。陆翔只得借口说老于头忙，请不到。李师傅这才带着一班人来帮陆翔造船。可眼看造船就要大功告成，李师傅突然“将”了一军，要把打排斧的领作权交给老于头。

陆翔不解，问李师傅：“你们不是造过好多船吗，为啥要老于头领作？”

李师傅笑答：“一方领作管一方事，这船只有老于头来领作才灵光。”

有点儿讲迷信的陆翔听得这话，不好再问了。他改问村里的老渔民，村里的老渔民告诉他，我们的船都是老于头来领作的，还从没请过外村的领作师傅。

陆翔没辙了，只得硬着头皮去请老于头。老于头倒也没为难他，随口就应承了下来。怎料，老于头这么爽快，反倒引起陆翔的疑惑，老于头会不会借机报复？

隔天上午，老于头精神抖擞，率着李师傅的那班人马，声势浩大地打好了排斧。等到最后一斧落定，老于头在前头领声高呼：“鱼翔出港，鱼虾满舱。”

众人跟呼：“鱼翔出港，鱼虾满舱。”

陆翔悬在心中的石头这才落了地。这“鱼翔”就是新船的名号，既吉祥，又威风。

老于头随后绕船体走了三圈，细细端详，又把李师傅拖到一边聊了会儿后，挑了根散置在船体边上的长木头，让人放进底舱的指定位置。老于头跟着钻进底舱一番敲打，出来时把斧头交给陆翔，叮嘱他：“我在底舱安了根定船木，任何时候都不能移动。要是在海上遇到突发情况，你拿这把斧头对着这定船木两端各敲三斧，保证无恙。”

老于头说完这话，自顾自走了。

三个月后，陆翔有次驾船出海打鱼。不料天气突变，海上风高浪急，渔船在风口浪尖中漂浮不定。陆翔好不容易掌稳了船舵，底舱却开始渗水，眼看着海水就要漫过小腿，情急之中，陆翔想起低悬在底舱的定船木，拿起斧头对着定船木两端各自狠敲了三下，奇迹出现了，下沉的定船木精准地堵住了渗漏处，渔船得以平安回港。

陆翔有惊无险地上了岸，旋即请李师傅来检修渔船。李师傅里里外外认真检查一番后，对陆翔说："不用修，船体绝对稳固。"

当天晚上，陆翔热情地留李师傅吃饭。李师傅的酒喝得有点儿多，他趁着酒劲儿说："告诉你一个秘密，造你这艘船时，底舱的卯榫没算好，留有缝隙，如果拆掉重做，船身就得解体，耗费点儿船材我们赔得起，但这一拆，我们这班人以后就再也不能接活儿了。"

陆翔惊讶地问："所以你们就让我请老于头？"

李师傅点头称是。

陆翔再问："老于头是怎么知道的呢？"

李师傅答："打排斧时，老于头能听音辨声。他知道底舱有问题，就放了根定船木，以备不测。"

"那当时为啥不说？"陆翔追问。

"都是做工匠的，总得留点儿脸面……"说到这儿，李师傅不胜酒力，趴在桌上打起了呼噜。

陆翔看看李师傅，又看看门外。室外，星光斑斓，星河璀璨。陆翔想了想，明天，明天一定请老于头好好喝两杯。

（原载《安徽文学》2023年第05期）

我们漫不经心的别离

谢京春

小丽跟父母举家搬迁的前一天晚上，我们两个人手拉手穿过大半个安镇去寻找一片丰收的菜地。时隔多年，当我们再次相遇，小丽仍对此记忆犹新，她甚至坦言说道，正是那晚的经历让她从此对香菜深恶痛绝，曾一度认为那是世界上最令人难以下咽的调味品，直到她后来嫁给一位银行的小职员，尝试着走进厨房成为一名家庭主妇，才逐渐改变了这种想法。

说这些话的时候，小丽一脸轻松。我们两个人站在大润发门口的空地上，正值下班高峰期，电动车队拼命摁着喇叭你追我赶，我看见小丽橙黄色毛衣的袖口上密密麻麻地起了许多小球。小丽说，我还以为你会一直留在安镇。我摆摆手对她说道，大学一毕业我就在省城买了房子，已经很多年没有回去了。看着她的眼睛，我不禁再次回忆起二十年前那个激动人心的夜晚。

那天晚上，借着明亮的月光，我们壮着胆子一步步走进那片陌生的菜地，周围一个人也没有。小丽说，要不然我们回去吧，我根本不知道香菜长什么样子。我一边低头弯腰前行一边安慰她说，你放心，要是碰上了，我一眼就能认出来。我们找了很久也没有找到，小丽有些气馁，她干脆一屁股坐在地上，望着天空无聊地发呆。后来，在一片茂密的杂草丛中，我终于发现了几株长势喜人的香菜，伴随着小丽的欢呼声，我毫不留情地将它们连根拔起。

大润发门口人来人往，小丽上下打量着我，嘴角流露笑意。小丽说，离开安镇的那天早上我故意拖了很长时间，结果你还是没来。我说，那天早上我睡过了头，到你家的时候已经没人了。小丽说，想想那时候可真有意思，每天跟在你的屁股后边，你说什么我都会信。她的话令我无限惭愧。我想起那天晚上，小丽双手捧着那碗热气腾腾的豆奶粉香菜汤，眉头紧锁。当时我信誓旦旦地向她保证：喝吧，这就是羊汤的味道。

小丽永远不会明白，当初在得知她即将离开安镇的那几天，我常常彻夜不眠。那时候母亲因为难产已经去世了很多年，父亲在日复一日的忧郁中不知所终，与祖母相依为命的时间里，小丽是我最亲密的战友。我绞尽脑汁想为小丽的离开做点什么，好让我的名字能够在她未来的记忆里顺理成章地留存下来。事实上我的确做到了，当我按照祖母秘不外传的方法制作了那碗豆奶粉香菜汤作为离别赠礼，我将在小丽痛苦的记忆中永存。

事实上，我并非有意刁难小丽。用优质豆奶粉辅以新鲜香菜，加滚水冲泡，其汤色泽亮丽，香味浓郁，味如羊汤。祖母曾不止一次地提起她是如何用这个方法将刚刚出生的我成功喂活。当小丽站在祖母的院子里鼓起勇气将碗里的汤一饮而尽，颇有种视死如归的气概，从那一刻起，我开始坦然接受世上的一切别离。

小丽抬起胳膊看了看手表，对我说，时间过得可真快。我忍不住长叹一声，是啊，二十年就这么过去了。小丽笑了笑，我该走了。这时候我才发现，太阳早已经落山，我们在大润发门口一动不动地站了很久。我说，你还跟以前一样，天黑了就会想回家，人的习惯总是很难改变。小丽说，以前我从来不吃香菜，现在也开始慢慢喜欢，只要时间长了，没有什么习惯是改不掉的。我点点头，看她招手拦下一辆出租车，隔着厚厚的车窗玻璃，我们再一次告别。

回家的路上，我不由得再次回想起二十年前的那个夜晚。有一件事我自始至终没有告诉小丽，那天晚上，我在杂草丛中发现的并非香菜，而是几株与之相似的野草。事后我追悔莫及，以为这辈子再没有机会告诉她真相，然而当我们二十年后再次相遇，我却故意选择将此事继续隐瞒。

如果再见面，我很想告诉小丽，她离开安镇的那天早上我一个人躲起来哭了很久，一生当中我经历过多次生离死别，然而我必须承认，那次最不起眼的别离却是我一生中最狼狈不堪的时刻。

（原载于《微型小说选刊》“高校在线”专栏2022年第17期）

一棵水蒲桃的迁徙

王　溱

我就是那棵水蒲桃。

我伫立在河涌边一家小餐馆的后门处，距河涌 5.2 米。5.2 米太远了。我的根一直在悄悄朝水的方向延伸，迁徙。我坚信吸饱了水的壮硕根系足以拖拽我笨重的躯干，一年，十年，甚至百年，总有一天我可以匍匐水面，看水蟑螂傻头傻脑地蹬腿兜圈，看水草顽皮地借着微波轻挠石头，看有情人对着涟漪的倒影想心事……水是归宿。我名字里的“水”字绝非空穴来风。

经营餐馆的是一对小夫妻，阿胜和阿莲。

阿莲时常在后门摘菜洗菜，动作麻溜，几分钟就可以把几大桶的青菜摘好洗好，烂叶子堆成小山。阿胜偶尔也会出现在后门，是劏鱼。他的刀很快，鱼头与鱼身分离时，鱼自己还不知道，张大嘴巴一翕一合等着下一口水涌进来。阿胜有根威力无穷的高压水管，片刻就能把污水、烂叶、鱼鳞还有内脏都扫进河涌里。水管力度不好把控，有时会把污物冲到我脚边。臭，太臭了！在我身旁，用塑料膜和编织布拉起来的挡雨大棚早已摇摇欲坠，破开的大洞足够同时让五六只老鼠钻来钻去；呲毛的扫把和掉头的拖把倒插在一个生锈的大油漆桶上，后边是一堆缺胳膊少腿的塑料凳，八成是餐馆里换下的旧货；一条木头松散的小舢板横在其中，我几乎认不出依偎在它身旁那根长了蘑菇的烂木原本是个桨……

逃！我必须逃离这里。

许是上天听到我绝望的哭泣，唤来了雷雨。就在“利斧”划破漆黑夜空的那一瞬间，我竟一个哆嗦把根从地里拔出来了，往前挪一步，又重新埋入地里。原本架在我身上的竹竿失了倚靠，整个大棚啪嗒倒落在地。

我成功向河涌挪近了近一尺！

阿胜只当是雷雨冲塌了大棚，随手换了杆更长的竹竿架到我身上又把大棚撑起来了。女人天生警觉些，阿莲疑惑地盯着我看，看得我发怵。

“这棵树好像不一样了？”

阿胜随意瞥了一眼。“是吧，花都被雨打掉了。”

阿莲看着满地铺成毯的落花，看我的眼神转为了怜悯。

我却不觉得可惜。尝到甜头的我开始期盼雷电。

正值盛夏，最容易盼来的就是雷电。两天后我又成功朝涌边挪了一尺余，这回不仅棚倒了，那一堆烂塑料凳也七零八落散落在地。

“阿胜，这棵树真的动了，昨天我把拖把挂在这个位置刚好顶着树杈的，现在离树杈还有这么远！”

“魔怔！树怎么会动？”

“真的，它往河涌那边去了！”

“河涌？”阿胜担心地轻拍阿莲的肩膀，“阿莲，这段时间你累坏了，回去多睡会儿。”

在我第三次成功挪动时，阿莲终于崩溃了。她抚摸着散落地上的旧舢板和船桨大哭：“真的，这棵树也想到河涌那边去呢，它一直在移动！”

也？这个字叫我迷惑，难道还有别的树或者什么东西也要往水边迁徙吗？

后来我从阿莲噙满泪水的眼睛中看出了端倪。我猜想她与阿胜的往昔该是这样的：阿胜在河涌里划着小舢板，舢板上坐着哼小曲的阿莲；或是阿莲撑着伞在水边走着，阿胜从背后蒙上她的双眼……

阿莲说的“也”，指她自己。

这也没什么奇怪的。很久很久以前这一带就是海。海与陆在一番相爱相杀的较量之后才定下今天这样的格局，换句话说，这里的人一半血脉是陆，一半血脉是海。我确信阿莲是土生土长的本地人没错了，只有本地人会把浪漫的基因种植在水里。我的根，还有阿莲的目光，都朝着水的方向迁徙。

“阿莲，你累了，等我们忙完这阵，我带你去海边走走，散散心。”

“不，阿胜，我知道它为什么要走。它开的花很梦幻的，像孔雀高高扬起的冠，像天使穿着羽衫，这个地方与它格格不入。”

阿胜的眼睛里满是颤栗。“阿莲，你别这样，我知道你不喜欢现在的生活，可我们得谋生计。”

阿莲悲切看着他，不再说话。

我决定不再迁徙了。

我不能再刺激阿莲，更不能丢下她独自迁徙。

毛茸茸的花开了一茬又一茬，咕咕作响的果子结了一季又一季。有一天工程队的人突然就来了，他们是来疏通河道的，说是上流冲落下来的泥沙，还有乱往河涌里扔的垃圾都让河道淤积了，水越来越细。

“这里很快要建成亲水区了，河道要疏通，据说沿岸的违建也都要拆除，垃圾更不能再扔进河里。”工程队的人说。

“亲水区？”

“就是人可以亲近水的地方。”

“亲近水？！”阿莲兴奋极了，马上就唤阿胜一起动手拆大棚。我以为阿胜一定不会同意，毕竟少了这么大块地方，餐馆可能就开不下去。但阿胜乐呵呵来了，三两下就把棚拆了，还把杂物都拾掇了，扔的扔，收好的收好，餐馆后门这片地方突然豁然开朗，生机勃勃。

“咱这餐馆还开吗？”

“开！我早就在寻思着换个开法了。”

“什么开法？”

“你喜欢的开法。”

阿莲不再匆匆忙忙摘菜，阿胜也不再满身腥臭劏鱼。他们正儿八经地把“胜记小炒”的牌子摘下来，挂上了“望海楼”的牌子，做精品私房菜，限量供应。

这可稀奇，一个河涌边的房子胆敢叫“望海楼”？更稀奇的是，越来越多的年轻人特意过来这“大言不惭”的牌子底下“打卡”，听阿莲讲这里跟海的渊源，顺便品尝“望海楼”的美食。就连我，也成了照片里的网红树，是一景。

季节对时，阿莲会把我滚落在地的熟果子捡起来，在耳边摇呀摇，神秘兮兮地对食客说：“这里边藏了一片会响的海呢。”

（原载《百花园》2023年第3期）

时光代理人

曹隆鑫

时光酒吧里不卖酒。

时光酒吧经营的是时光的生意。

比如，可以提前到未来的时光里走一遭，看一看未来的自己啥模样。或者，回到旧时光，如果运气好的话，凭一己之力可以改变他人的命格。

为什么要讲运气？因为很多人回到旧时光，老毛病不知不觉又犯了，改变他人的命格成了一纸空想。

他想改变妻子的命格。

妻子查出了胰腺癌，晚期。

他相信自己不会在同一时光里再犯第二遍错误。

“你可想好了！”他一进去，就有一个时光代理人迎过来，听他讲完，时光代理人有些婆婆妈妈地跟他说。

“我是认真的。”他看了看时光代理人，一张很陌生的脸。

“不管成功与否，你一旦走进旧时光，你都将会为此成为时光代理人，这个规矩，你要明白。”

“我明白。”他说。

没人愿意做时光代理人，时光代理人寿命极短。去趟旧时光，是要以做时光代理人为代价的。

但还是有很多人前往旧时光。

父母为子女去，子女为父母去。或者是妻为夫去，夫为妻去。

时光代理人站着未动。他有些等不及了，说："快点。"

他伸过手去。他的手触摸到了旧时光酒瓶。

"真的想去旧时光吗？你家里还有一个老父亲啊！"时光代理人张了张嘴。

"真啰唆！不怕我投诉你？"

他一把从时光代理人手中抢过旧时光酒瓶，打开，有股蓝色的烟雾立即冒了出来。他想都没想，就用嘴巴对着这股蓝色的烟雾大口大口吞咽起来。吞咽得越多，回到旧时光的年代就会越久，越久不一定好，时间一久，自己的警醒能力就弱，老毛病往往在不知不觉中发生。最好要算准时间，恰到好处地切入要改变命格的那段时光，这样的成功概率也高。但是，往往亲人因为不愿听从你的劝告，对你产生误解乃至怨恨，你还得忍常人不能忍之事。

当他走出旧时光，他知道，自己的妻子得救了。

他戴着假面具，站在吧台前，他看见妻子走进来，他迎上前去。妻子指指他身后的酒柜，说："来瓶旧时光酒。"

"你身体好啦？"他压低嗓音打量着妻子。

有一段日子没见了，他很想妻子，可是，他不能走出时光酒吧一步。他的日子不多了，他没想到此生还能见到妻子。

妻子朝他看了看，说："你能不能摘下面具？"

他慢慢地摘下面具。

妻子失望地叹了一口气。

他做了整容。时光代理人都会做整容。他是做了时光代理人才知道这些秘事的。

"给我拿瓶旧时光酒。"妻子又说。

他慢吞吞地挪动身子，依然压着嗓音说："我不明白，你身体好了，干吗要去旧时光？你可要想明白，去趟旧时光是要付出生命代价的。”

“我知道。”妻子说，“你快点。”

“第一个问题你还没回答我。”

“这个好像跟你没什么关系吧，非说不可吗？”

“我想听听。”

“你拿了那瓶旧时光酒，我们去那边桌子上，我说给你听。”

他的手已经触摸到冰冷的酒瓶了。

“是旧时光酒瓶，你不要搞错。”妻子的声音很不友好。

他拿了旧时光酒瓶，慢慢地跟着妻子来到靠窗的桌子旁。

“我男人，他不见了。”妻子幽幽地说了一句。

“那样一个忘恩负义的男人，你有什么必要为他付出代价？”

“我爱他，我知道有段时间他也是爱我的，我想改变一下他的命格，让他永远永远爱我。”

“命格是很难改变的。”

“我有信心。”

“可是，你从旧时光出来，你就要成为时光代理人，你的生命也完了，根本不可能跟他长相厮守。”他看着妻子，轻轻地压着嗓音说。

妻子伸过手去。他拿旧时光酒瓶的手往回一缩。

“说不定你男人在某个地方好好地爱着你呢，他如果知道你要去旧时光，你不知道他的心会有多疼吗？”

“真啰唆，不怕我投诉你吗？”

他想，我一定要说真话了，他知道，当他说完真话，他就会立即消失掉。

能在自己心爱的人面前消失掉，也不枉此生去一趟旧时光。

可是，妻子一旦知道真相，该会有多伤心啊！她再也见不到自己了！

犹豫间，妻子一把从他手中夺过了旧时光酒瓶……

（原载《我们都爱短故事》第 132 期（2023 年 7 月 9 日）/ 总第 999 期）

锅，锅……

奚同发

主持人把话筒对着她问："那天，你老公出门时，你对他说的最后一句话是什么？"

她脱口而出的是"锅"，但立即停顿，又很模糊地唠叨了一个"锅"字。听得主持人那张美人脸都有点儿变形，双眉蹙起，追问："什么？锅？"

她不好意思地笑了。

那天上午，她是被电视台在菜市场截到的，约去做节目。之所以坚决拒绝，首先吧，因为电视台要采访的是"水灾那天"，她相当于没经历，只是坐在家里看电视，然后停电，就在窗口向外看，一片水茫茫；其次，因为老公一大早出门逛荡，一般十二点前后不差五分钟要回来吃饭，她进了厨房……

但是，因为电视台的人说做节目有五百块钱的劳务费，她一听就笑了。

本想回家换个衣服，捯饬一下，对方表示，平民视角还是原生态，本色上镜。

演播大厅里没有观众，说是录播。她明白，录播也不能乱说，录了也会在电视台播出。所以，说到"锅"，她把自己嘴的门给关住了。

主持人借机问她老公的情况。

“其实吧，老公吧，天天都一个样儿，早晚喜欢出去打牌，或是一帮老家伙坐树下吹牛。那天也不例外，出门时，换了鞋，连看我一眼也没有，说声出去啦，基本上没有称呼对象，像对墙头说话。我一般就接一个字……”她又停下了，笑了笑。

“你说的是锅？”主持人也笑了，“这是你俩的暗语吧！那天，他在外面给你打电话没？”

“打了。说在小区门口的三角公园，水大，等小点儿再回来。雨从上午十一点左右开始下大了，真像瓢泼似的。弄得我还好着急。再打他电话，就打不通了。约摸快一点钟的时候，才回来，说手机掉水里了，忙用电吹风吹手机。还真吹好了，手机又能用了。”

“那他说没说外面的水情？”主持人像是漫不经心地问。

“说了。就是雨大，险些回不来。我还吵他一通，那么大的人了，就不能看到雨势早点回来？瞧弄得浑身上下泥里吧唧。手机险些丢了，咋不把人弄丢了，正好别回来啦。锅……”她说着又笑了。

“然后呢？”

“吹了手机，他去洗手间擦洗。停了电，电热水器没法用了……”

“后来，他再说什么没有？”

“没呀！”

“那你是怎么知道外面的水情的？”

“刷手机呀！看到有人还淹死了。天哪，真没想到，大城市，人会在街道上淹死……所以，还真担心他，如果那天真是一直在外面就麻烦了。”

“日常，他是个什么样的人物？”主持人又问。

“人物？”她不解地说，“要说实话吗？”

“当然……”

“他原来干门房，就是在传达室收发报纸信件，来人登记，兼守大门。后来，这些活儿都被保安公司干了。他就下岗了，在家吧就是吃吃喝喝。爱喝个小酒，打个牌。酒的事，我跟他没少吵。他有时偷着喝。都一把年纪了，高血压啥的……唉，算了不说他了……”

主持人笑了。

她心说，主持人年轻，还没有这些日子的鸡零狗碎。她是过来人，谁都有那一天。主持人也不例外，结婚生子，当了婆婆妈妈，看你还能这么轻松?

主持人让她看大屏幕。

待转了身，面前的大屏幕上风雨交加、街头小区一片汪洋：有车熄火在水中，有人抱着电线杆子，路边的护栏被冲得七扭八歪。一女子背着孩子蹚水前行，一步一挪，摇来晃去，水位越来越高，渐渐漫过她的膝盖，接近大腿。两人瞬间被激流冲倒——没声音，这只是监控截下的黑白画面。

旁边有人想过去扶她们，刚下水，便被冲了个趔趄，赶紧撤回。另一个西装男，领带在胸前飞舞，精干的瘦身板只能搂着树身向近在咫尺的她俩张望。眼看两人被水冲得时起时伏，突然从公交站台上冲下一男子，用背阻挡着水势，伸开双臂，像说着什么，而后扶起两人，其他路人纷纷伸过手来……救人男子却被水冲了个跟头，连滚带爬，好在，终于抓住路边的冬青……

男人的背影在监控上的画面不太清晰，她还是觉得熟悉。

主持人及时问道："看到他了吗?"

"谁?"她还想那个背影。

"那个男人，救了奶奶和孙女的那个男人。"

她正愣怔，他已走上台，身披红绶带，手捧鲜花，音响里响起一阵掌声。他冲她笑，虽然上了淡妆，还是一脸油腻腻的、肉墩墩的。她立刻想起自己常说他的脸相那句："瞧你那熊样儿，长得跟个杀猪的似的。"

"你，你，也不看看自个的身子，瞧你那熊样儿，还救别人……"说着，她啥也不顾地抱着他哭出声，呜呜的，全身都在颤抖……

当晚，她做了四菜一汤。他放开喝了一顿酒。

夜半，做梦，好像驾着祥云，突然被一个炸雷惊醒。望着黑暗中的天花板，她明白了，身边的他在鼾声连续剧，地动山摇。推了一下他，他不过是转了身，顺道还放了个响屁，又拉起鼾声。

“没门了吧?”她没喊“锅”，而是喊的“滚”——这是她对他常说的一个字，包括发大水那天他出门前。

见对方根本不搭理，她识趣地起身去另一屋睡了。

（原载《安徽文学》2023年第2期）

买断时间

徐均生

恩茜问寅虎："你的朋友郑这个周末真的要来看你?"

寅虎回答："是的，我给了他一个晚上的时间，我们已经有10年没见面了。他说很想我，一定要见一见，要看到真实的我。"

恩茜很感动地说："他对你真的很好，好到没法说了。"

自从开始新人类新生活以来，朋友们见面越来越困难了。

寅虎感叹道："是的。"

10年前，朋友郑跟寅虎在同一个单位上班，他们爱好文学，都有过很强烈的当作家的梦想。后来，朋友郑考上博士读书去了，寅虎也调了工作岗位，忙得没时间读书，更不要说写作了。

寅虎是今天在下班回家的路上收到朋友郑的微信的。

周末有时间吗?

寅虎查了查他的行程安排，便回复：有时间。

朋友郑再问：能给我多少时间?

寅虎回答：从晚上七点到第二天早上七点。

朋友郑说：那好，我买断这十二个小时时间。

寅虎回答：没问题。

朋友郑提要求：想吃你亲手做的家乡豆腐。

寅虎回答说：没问题。

过了一会儿，寅虎收到了朋友郑发来的一份法律文件并附言，如果没有异议，请签字发回。

文件上除了条款以外，还有两份价格表，一份是买断寅虎十二个小时的价格表，一份是品尝寅虎特意为他做的家乡豆腐的价格表。

寅虎很仔细地看了两遍，符合法律要求，便签字发回。

朋友郑的微信来了：签字 合法有效，存档。对了，晚上还是想跟你抵足而眠，彻夜长谈。

寅虎回复：没问题。

不一会儿，朋友郑又发来一份文件。

寅虎点击打开，原来是彻夜长谈的法律补充文件，也就是一个价格明细表。寅虎仔细地看完签字发回。

一切安排停当，周末七点整，寅虎家的门铃准时丁零、丁零地响了。

寅虎开门迎客，果然是朋友郑。

朋友郑盯着寅虎好几秒钟，然后，他们拥抱，拍拍对方的后背，嘴里都说："好！好！好！"

寅虎把朋友郑让进了屋。

朋友郑在客厅里站着，往四周看了看，满意地点了点头。

朋友郑说："我们去买菜吧。"

寅虎回答："刚才下班的时候买好了。"

朋友郑呆了一下，便问："花了多少时间？"

寅虎笑笑说："顺便买的，在小区门口的超市。"

朋友郑追问："顺便也要时间的，是多少？"

寅虎想了想回答："五分钟。"

朋友郑掏出手机，操作了一会儿，说："你接收文件签字吧。"

寅虎的手机接到一份法律文件，点开看后签字发回。

朋友郑确认了寅虎发回的文件，便道："好，我们开始吧。"

寅虎下厨做了家乡豆腐、肉蛋卷等五道美食，当场开封一小坛青梅酒。这酒是寅虎亲自泡制的，味道有点酸，有点甜，有青梅的香气，又有白酒的醇香。

朋友郑闻了闻酒香就很喜欢，当即签了喝三两青梅酒的文件——

无论喝醉喝伤喝亡，跟寅虎没任何关系。

酒喝得很好，也睡得很好。

寅虎和朋友郑抵足而眠，推心置腹，畅谈以前的文学梦，说了追女孩子的幸福故事，最后感叹人生的不容易，辛劳与艰难，又得出共同的结论：只要不断地努力奋斗，就会过上更好的生活！

早上六点，寅虎和朋友郑起床，寅虎做了早餐。

朋友郑吃完早餐，喝了一杯咖啡，便起身准备离开。

走到门前，拥抱了寅虎。

“替我谢谢恩茜！”

寅虎的时间被朋友郑买断了，恩茜只能去住宾馆。如果陪同，朋友郑需要签署更多的法律文件，比较烦琐。

寅虎点了点头，开了门，送朋友郑到门外。

其实，门外恩茜已经特意等着朋友郑了，恩茜微笑又热情地跟朋友郑打了招呼，看着朋友郑进了电梯，关了门。

恩茜进屋后说：“昨晚睡得怎么样？”

寅虎回答：“很好！”

寅虎的手机嘟地来了信息，原来是朋友郑的账单到了。寅虎点击打开，一份非常详细的清单展现在眼前——

“恩茜，你说我要收下吗？”

“你不收下的话，就会违反有关法律，罚金是账单上的一倍。”

“这费用太大了，他来看我一次，却要花费差不多两年的收入。”

“没办法，现在打扰他人的时间就是这么金贵。如果他不给你发账单，或少发账单，都会受到法律上的处罚。”

“难怪现在的人很少有朋友。”

“是的，他能来看你，说明他跟你的友情比金钱还珍贵！”

“恩茜，我们抓紧存钱吧，争取这二三年内去回访他。”

“好，我同意。”

寅虎眼睛湿湿的，颤抖着手点击收下了朋友郑的账单。

就在这时，朋友郑又发来微信：我准备努力奋斗10年，还要来吃你做的家乡豆腐，还要跟你把酒言欢，抵足而眠，推心置腹，彻夜长谈……

（原载《小说月刊》2023年第6期）

我和哥哥

王小东

在我8岁生日那天，爸爸妈妈在护理员的叹息声中领我走出了那间小屋。

那天的情形我至今记忆犹新，我终于不用整日待在十几平方米的空间了，从前的生活一去不返。离开时，我什么也没带走。我礼貌地同护理员告别，她不舍地对我说："幸运的孩子，今后一定要健康快乐啊！"我似懂非懂地报以微笑。

走出小屋的第一件事，就是迫不及待地望向屋顶的天空。说实话，我有些失望，蔚蓝色的天空中只有丝丝缕缕的云，同之前我从窗口看到的景象并无分别。小屋南面那株高大的合欢树下，暴马丁香、玉簪、天竺葵，还有星星点点的紫花地丁兀自开放，花海一直延伸到远处的密林深处。

我拉紧妈妈的手，用只有她才能听到的声音问："我再也不用回小屋了吗？"妈妈疼惜地把我搂在怀里，柔声对我说："是啊，咱们再也不回小屋了。"爸爸驾车飞驰在笔直的公路上，道路两旁的树木快速退向后方，红彤彤的太阳缓缓爬升上来，一眼望去，朝阳像是被金线牵引着在林间跳舞。

爸爸在一幢白楼前停下车。妈妈微笑着告诉我："到家了，哥哥正等着我们呢。"爸爸妈妈从前来看我时，给我讲过很多关于我那孪生哥哥的事，他们说哥哥和我一样可爱，只是他生了一场大病，不能走路，也不能说话。每每谈起哥哥，他们总会对我补充一句："哥哥很爱你的。"

那天是我第一次见到哥哥，他正平躺在床上望着我，眼神清澈、透明，让我不由想起了在小屋里透过窗户看到的星星，既陌生又亲切。哥哥脸上有笑容，眯起的眼睛像一弯月牙儿，他用白皙的手指轻触身前的电子屏幕，一行醒目的红字从屏幕上魔术般跳出来：亲爱的弟弟，欢迎你回家。而后，他调皮地冲我眨眼，我能读懂他的心思，他一定想问："这个创意还不错吧？"

看着床上这个和我长得一模一样的男孩儿，我上前小心翼翼地用手碰了碰他的脸，那一刻，我真的觉得哥哥一直在我身边，似乎我们从来没有分开过。爸爸妈妈在旁边静静地看着我们，他们眼里闪着晶亮的东西，我们一家人情不自禁地握紧了彼此的手。那一刻，我觉得，这辈子再也没有什么能将我们分开了。

第二天，爸爸就要奔赴工作岗位了。妈妈对我和哥哥说："我们一家人今后都要特别努力才行，我们一定能攒够给哥哥做器官移植的费用。"

我知道，哥哥的病并非不治之症，但治疗需要一大笔钱。爸爸为此与野外勘探公司签订了长达5年的劳动合同，每年只有几天短暂的假期，但报酬丰厚。我问妈妈："需要多久才能攒够那些费用呢？"妈妈对我说："等爸爸履行完合同，应该就可以了。"

爸爸妈妈的工作辛苦又忙碌，那几年，我自然就承担起了照顾哥哥的责任。我不觉得辛苦，我喜欢和哥哥待在一起，我觉得哥哥是这个世界上最好的人。

我的13岁生日如期而至。那天，爸爸特意请了长假，带我们去一座美丽的海岛露营。夜幕笼罩海面，远处星星点点的光亮闪烁在夜雾之中。我推着轮椅上的哥哥跟在爸爸妈妈身后，寂静的海岛只有我们一家人。爸爸转过头，说："过段时间，就可以给你哥哥做器官移植了。"夜风拂过爸爸古铜色的面颊，吹起妈妈些许花白的头发，带着爸爸妈妈的体温，一直吹进我和哥哥的心海里。这夜，风在我和哥哥的心里漾起一圈一圈的波纹，细碎而柔缓。

从小岛回程的路上，爸爸妈妈突然接到通知，国家将公布一项重要议案，请全体成年公民表决，爸爸急忙打开车载信息系统。

议案是关于一项刚被曝光的克隆体培植计划，一些无力负担昂贵医疗费用的人，可以通过培植克隆体获得需要移植的器官。当然这些计划都是在地下偷偷进行的，人们对此展开了激烈的辩论：一方说目前法律框架下，克隆体不进行商业用途，只是实现本体自救，是合法且有益的；另一方则说，克隆体也是生命，这样做有悖于人类道德。新闻中不断闪现出那些克隆体的画面，包括他们的生存环境。我又一次看到了那间小屋，屋前的合欢树依然是从前的模样。

爸爸妈妈对视了一眼，不再说话，爸爸快速关闭了信息系统。我们到家时，天色已晚，爸爸妈妈走进房间同我聊了一整夜，他们述说的过往对我来说像是发生在别人身上的事。

妈妈流着泪说："看着你一天天长大，我没办法不把你当成我们的孩子。"

爸爸拉着我的手说："我们放弃了这种残忍的治疗方式，我们有了你，这比什么都要珍贵。"

哥哥手术前，我听见医生对妈妈说："没想到，你们真的放弃了克隆体移植。"

妈妈对医生重复着对我说过的话："我没办法不把他当成自己的孩子。"

哥哥身前的电子屏幕上一行红字醒目而耀眼：谢谢你，弟弟。

我看着哥哥清澈如星星般的眼睛，说："我们都要好好活着，我们一家人永远不分开。"

（原载《天池小小说》2023 年第 3 期）

如鲠在喉

水　鬼

一九九九年，张平十三岁，他的父亲带他去县博物馆参观一具保存完好的元朝女尸。张平当时没敢睁眼看那具古尸，而是看了挂在旁边的一幅介绍图。

图中的女子神色忧郁，下面的文字介绍说，她是元朝辰州刺史黄澄存的妻子杨湘灵。杨湘灵去世时才二十岁，根据县志记载，这位刺史夫人是在一次晚饭时，被一根鱼骨卡在喉咙里窒息而亡。当然，一根鱼骨还不足以让人窒息，杨湘灵为了使鱼骨脱离喉咙，紧接着又吞了一大块肉，这块肉鼓在杨湘灵的喉咙里，黄澄存惊慌失措，乱了手脚，短短几分钟时间，杨湘灵已经绿了眼珠，窒息在地。那块鼓在喉咙的肉随后被人取出，半截鱼骨穿在肉里，另有半截陷在杨湘灵的喉咙里，刺史黄澄存认为，妻子已然去世，不应再动刀损伤发肤，所以那半截鱼骨就留在了杨湘灵的喉咙里。

张平当时念初中，记载杨湘灵的文字，他已经看得明白，当他看到最后一句时，仿佛自己的喉咙也有什么东西卡着似的，他摸了一把，咽了几口唾沫，就眯眼拉着父亲去别的展厅了。离开博物馆时，张平都没敢看杨湘灵存世六七百年的身体，虽然保存完好，但他也难以接受大几百年时间，岁月对一个人肉身的摧残。倒是那幅画，杨湘灵忧郁的面貌，张平有些忘不掉。

从博物馆出来，父亲看着儿子忧郁的神色，问他："不好玩吗?"

张平不出声，只顾低头走，父亲又说："我带你去划船。"

辰州刺史黄澄存喜欢吟诗作赋，在当地小有名气，过了六七百年，虽然他的诗流传不广，但也存留了一些下来。张平之前数学、物理最好，语文、历史马马虎虎，这年暑假结束，他突然对历史和语文发生了极大的兴趣。教他语文的是一位五十岁的男老师，姓王，在小报小刊发表过一些文章，还参与编辑过本县的文学读物《辰州文艺》。张平在语文课上的问题多了起来，这位老师解说得很有耐心，直到有次张平问他："王老师，你觉得黄澄存的诗写得怎么样?"

王老师凝神想了一阵，眼睛放出光来，拍着自己脑门，连说："知道，知道，你这个小孩真是不简单呀，连黄澄存的诗都读过!"

王老师马上对张平另眼相看，他接着说："我年轻的时候参加过县志的编辑工作，才知道咱们县有这么一位诗人，做过辰州刺史，诗写得很好，可惜名气不大。"

张平咬着唇，扬起头来，说："王老师，我读过他几首诗，读得虽然不怎么懂，但是觉得写得很好，他其他作品我找不到，您能帮我找一些来吗?"

王老师摸着下巴，隔了一阵说："好，这个没什么问题，只是费些时间，我也想重温重温。"

王老师搜罗了一些黄澄存的诗，还送给王平一部记载黄澄存事迹的县志。张平认真地读起来，遇到不理解的，就找王老师请教。一来二去，两个人竟成了忘年交。

初三中考时，张平的文化课成绩让父亲有些意外，他原本以为儿子只能考上县城二中，没想到上一中都不是问题。成绩虽然好了，但张平的性格却变得忧郁起来。父亲也不大在意，大概书读得多，人不浪了，心性就得到收敛，自古鱼与熊掌难以兼得。说到底，父亲的喜还是大于忧的。

中考结束后，张平又去了一次县博物馆，这是他第六次去了。每次去博物馆，他都不敢看杨湘灵的身体，只是驻足看那幅画，每次见到那幅画，他喉咙就好像有一根鱼骨横在里面，极不舒服。他后来不大爱吃鱼，遇上吃鱼的时候，他就细细地挑着，生怕鱼肉里含了刺，即便挑过的鱼肉吃进嘴里，他也要咀嚼半天才吞咽。

后来张平进到高中，选了文科，闷头读了几年书，成绩越发优异，高考填志愿时选了一所名牌大学的考古专业，这一点很出乎家人的意料。但张平执意要念考古，父亲劝了几回，觉得这专业也不算坏，就勉强同意了。

大三时，张平交了一个女朋友，女朋友和他接触一久，发现他有一个坏习惯，喜欢摸自己的喉咙，特别是在吃东西时，这样的动作更加频繁。

“喉咙里卡了东西吗？”女朋友见张平有此怪癖，不好说透，就换了一个说法，“一定要去医院检查检查。”随后陪张平去医院检查，并没有发现什么异样。至于为什么养成这个习惯，只有张平自己知道。

再说那辰州刺史黄澄存，在妻子杨湘灵死后，诗性大变。张平搜罗了黄澄存的诗文与事迹，又从里面寻找与杨湘灵可能相关的一切细节，从先前的严密考证，到最后变成了对词句的疯狂猜想。大学毕业后，张平和女朋友一起考进了省里的文物考古研究所。工作一年过后，张平向领导申请，希望把自己调到家乡的县博物馆工作，领导和女朋友都不理解，去那样的小地方，根本就不会有什么发展前途。张平坚持了几回，老领导终于同意下来，说：“你是个人才，在那里不想待了，跟我说一声，我再把你调回来。”

女朋友很生气，张平走时，只是说了一句对不起。

张平回到辰州，进到县博物馆工作，为他接风的是几个比他年龄大至少一轮的同事，他们也不理解张平为何主动申请从省里调到县里。辰州县博物馆设在一座讲寺里面，据说王阳明曾在这里讲过学。晚宴就在博物馆后面的房子里，是一个看守讲寺的人住的地方，几个人熬了一锅肉，用炉子炊着，又做了几样菜，吃肉喝酒，看守讲寺的人咋咋呼呼地说：“给你们说件怪事，之前我睡在这里，到了晚上，总能听到一个女人幽幽的哭声。”

里面一个人伸长脖子，试探着说：“难道是那个元朝的女人？”

好像一阵冷风刮来，听的人抖了一下，张平紧了紧衣服。看守讲寺的人大笑一声，说："我不信这些，后来我就大着胆子循着声音去看，手电照到一堵墙，墙上绿着一对眼珠子——哈哈，原来是一只野猫在叫！"

张平喝了一口酒，说："你们说我们县最大的考古发现是什么？"

所有人都说是那具保存完好的元朝女尸。张平夹了一块肉，说："不错，杨湘灵是怎么死的？史料上说，她是被鱼骨卡死的，可是这些年来，我一直在研究黄澄存和杨湘灵，终于让我发现了一些蛛丝马迹。"

几个人睁大了眼睛，来了兴趣，问："什么蛛丝马迹？"

张平脸色很郑重的样子，说："我发现，杨湘灵极有可能是被丈夫黄澄存毒死的。"

几个人听到这个观点，都张大了嘴巴。张平继续说："不论是被鱼骨卡死，还是毒死，杨湘灵二十岁的年纪就没有预兆地死了，十分可疑。而且，我的重点也不是放在对她死亡的考证上，毕竟人都死了六七百年，怎么死的已经不重要了。"

"那重要的是什么？"

张平双手放在膝盖上，弯着腰，说："我决定把这个课题报到省里，借用现代医学技术，对这宗七百年前的死亡谜案进行破解。这在考古研究上是非常罕见的，而且也会引起社会各界的广泛关注。"

张平说了一些官话，最后又说，关于杨湘灵被毒死的研究考证工作，他已经积累了不少材料，大家一起出力，把这件事做好，成绩自然是属于大家的。

几个人举着酒杯，用力碰着，说："好好好，咱们这个博物馆也该要闹腾闹腾了。"

从七百年前的古人喉咙里拔出一根鱼骨，张平看到这份化验报告时，喉咙一阵收缩，噎住了似的，呕了一阵，吐出一些黏液，终于哇的一声哭出来。

没过多久，张平就离开了辰州县博物馆。

由始至终，张平都没看过那个经历七百年岁月的身体，他觉得那实在太让人恶心了。

（原载 2023 年 4 月 2 日《我们都爱短故事》）

再见鹊桥

刘凤琼

七月初七是我的大日子，也是族里的大日子。

初六清晨，天还困得睁不开眼，母亲高举着蜡烛，将我的床推得地动山摇。我翻身腾起，差一点儿撞上烛火烧到梳理得油光水滑的羽毛。

“祖宗！”母亲咋呼呼地嚷着，熄灭蜡烛，在昏暗中手忙脚乱地检查我，“还好还好，阿弥陀佛！”

若在年祭仪式前烧坏羽毛，便不能参加七夕节。对我们喜鹊来说，参与搭建鹊桥是无上荣耀。在七月初七这天腾空飞起，连接天地，送可怜的牛郎去见他的漂亮仙女，就会获得天庭赏赐的食物，整整一年衣食无忧。更有幸运者，吸了织女的仙气，延年益寿，脱胎换骨，登入仙籍。不过我从未见族中何人吸了灵气，成为神鸟。但这个美好的传说一直鼓励我们，就像鲤鱼跃门幻化成龙，多蹦跶几下说不定能美梦成真。

母亲推我出门，时不时啄一下我的羽毛，又唠叨起来：“我给你找了个好位置，咱们能更接近天庭，沾到仙气！”

其实成仙这件事，对我没有吸引力。织女贵为天帝的女儿，跟爱人见一面都这么难，成仙除了成为个老不死的，有何乐趣？我站在台下，四周挤满了族人。年长、年幼的围在四周，将年轻人圈在中间。台上，老族长字正腔圆念着搭桥规矩：不得东张西望、不得直视仙人、不得东倒西歪……

都是平日里背得滚瓜烂熟的东西。我们这族，从被选定搭桥伊始，除了日复一日练习飞行、背诵规矩、梳理羽毛，生命中再也没有别的大事。参加两届搭桥的老人退下，换上更年轻的，将规则一丝不苟传下来。多少年了，鹊桥稳如磐石，未有丝毫波澜。规矩从舌头里弹出来，我的舌头已经不再属于我，它属于族长，属于明日接天连地的鹊桥。我应和着，双眼微微张开在对面的族人中漫无目的地游荡，过了好一会儿，才聚焦到阿夕身上。

按照族规，明日之后，阿夕将走进祠堂，由族长主持婚配。为保持鹊桥的质量，每对夫妇必须生育三个以上子女。

晨光涂满了阿夕的脸，她紧闭的眼睛，顷刻把我拉入了梦境。梦里有我，有她，有蹁跹的鸟群、望不到头的丛林。梦里的我很清醒，我得做点什么，让梦境变成现实。而现实里，族人已扇动翅膀，围着村落盘旋而上。黑色的、白色的，羽毛遮天蔽日，点点光亮从间隙里挤出来，怜悯地抚摸我。我的翅膀比我更熟悉召令，它俯冲而上，找到了族长为我排的位置。不知母亲使了什么计策，族长将我排在最前，跟阿夕并肩。我生来没有父亲，也无兄弟姐妹，母亲带着我，日子过得很艰难。我们分到的食物最少，住村里最高最破的房子。小时候常有练习飞行的伙伴，冲我大喊“野种、野种”，母亲捡起石头扔过去，带着我挨家挨户找他们的父母理论。她不依不饶，一定要得到道歉才肯善罢甘休。我时常觉得羞愧难当，偶尔也觉得解气。

大地山川成了模糊的轮廓，快要接近天庭，我和阿夕骄傲地拍打着翅膀。身后传来同伴的低语，让我们维持队形，原地不动。这是族长的命令，从地面一一传递而来。

阿夕扭头看我，轻轻动着嘴巴，用我能听懂的暗语传递信息。

“祠堂祭祖，你去吗？”

“你要被指给谁？”

“父母大人说全凭族长做主。”

此刻，我渴望继承母亲的勇敢，但我只能讲些乱七八糟的事情。

“听说别族不搭桥，爱住哪儿就住哪儿，爱生几个就生几个。去年路过的燕子告诉我，南边，有海，沙滩。你见过海吗？”

她别过头，不再看我。

一道银光刺破了云层，祥云徐徐散开，从银光里走出来一个女子。我用余光拼命探看。族里拜祭时有一段皮影戏，专门讲他们的故事。在这个故事里，织女漂亮、深情，牛郎勤奋、专一。天帝是不解人情的暴君，我们是富有同情心的神鸟。我们坚持搭桥，牛郎织女才得以年年相见。

桥的那一头，传来低沉的脚步声。牛郎来了。

织女站在我和阿夕的翅膀上，我感觉不到她的重量。轻轻地，空气里隐有叹息。整座桥安静得像一粒尘埃。族长说，织女会封闭我们的五感，可我分明听到了他们尴尬的寒暄及寒暄后的争辩。

织织，我什么时候能入籍？

修炼的秘诀都教给你了，你自己得努力。

我只会放牛！凭什么你生来就是仙胎，这不公平。

既如此，明天我们不要见了。

天帝会答应？天下的百姓会答应？你以为这戏演给谁看？你们既然给我每年一天的希望，为什么不安排圆满结局。

怪我一时心软。

你什么意思？啊——

牛郎滚下去了。

失去织女的法力控制，我们无法承托凡人的重量，惊叫着，扑腾着，在夜风的裹挟下砸向大地。地上的人一定看到了这异彩纷呈的画面：漫天喜鹊飞旋，如绽放的烟火，将夜空擦亮。

我和阿夕并肩飞行。我朝她大喊：

——转弯！

——你？

——我们去看海！

我飞在前面，阿夕扇动翅膀砸破气流。她追上来，一言不发，越过我，往南，再往南。

（《微型小说选刊》“高校在线”专栏2023年第16期）

韭绿

卜书典

十月份时林田再次翻到了那个旧手机。她看到了自己几年前存的乱七八糟的图片和文档。林田选中那些早已无用的存储，将它们一键清空。

手机是在收拾外婆的遗物时发现的。这原是林田的第一部手机，上大学后，她大概用了它三四年。由于过于卡顿，林田将它给了外婆作智能机用。外婆不懂其他花里胡哨的功能，林田用了很久教会外婆怎么接听电话。外婆走后她从柜子上找到了手机，它还保持着在林田手里的模样，里面的应用和文件甚至没发生什么改变。

林田频繁地按动退出键，手机一时卡住毫无反应。在她烦躁地计划着一会将手机送往哪家回收平台时，屏幕退回了原始界面，指尖误触了某些应用，录音页面又紧接着弹了出来。林田正欲退出时，却发现页面底部有一个一月份的录音，时长十九分钟零六秒。

她不记得外婆什么时候学会了录音功能。林田点开语音，但只听到嘈杂的噪声。她戴上耳机，后拉了一段进度条。

03:22:51　收拾衣物的声音。似乎有两件衣服被扔在沙发上。

04:17:34　桌腿在地面移动，桌子被挪移到较远处。

04:27:08　暖壶在往杯子里灌水，水满，暖壶在木桌上轻磕。

04:32:44　外婆短吁了一口气。

04:47:22　桌腿在地面挪动。

05:08:34　外公：我来挪！

05:13:17　桌腿在地面挪动。

05:22:06　塑料袋窸窸窣窣的声响，有什么东西从袋子里被取出。

05:54:13　水流在铝盆里冲刷。

06:03:21　外婆短促的咳嗽。

06:09:34　水流声变闷，水流在铝盆里积蓄。

06:21:55　一连串巨大的鞭炮声淹没了其他一切声音。

07:00:05　外婆：太响了，震得人嗡嗡的。

07:08:14　外公：亏着我耳朵不好使。

07:16:18　砧板上菜刀似乎在剁某种食物。

07:26:08　外婆说：少往馅子里放盐啊！

07:34:51　砧板上菜刀似乎在剁某种食物。有几下摔鞭炮的声音。

07:36:08　烟花尖锐的鸣叫拖得很悠长。

08:04:12　电视机男声："过年了，过年了！春节期间特价优惠，家电八折促销……"

08:23:58　电视机女声："……买就送豆浆机哟！"鞭炮声。

08:32:17　外婆：不好看，今年的节目。

08:44:07　外婆：田田今年不回来过年了。

08:56:12　外公：知道啊，你又嘟囔一遍。

09:06:18　烟花尖锐的鸣叫拖得很悠长。

09:17:02　外公：刚实习，还没转正，很忙啊。

09:22:04　外婆短促的咳嗽。

10:03:11　擀面声。

12:04:09　外婆：歇上会儿，手疼。不中用了。

12:22:13　外婆短促的咳嗽。

12:38:37　外公：你边上坐着吧，我来擀。

12:52:10　电视机女声："……为您播送天气预报……"

13:21:06　一连串巨大的鞭炮声淹没了其他一切声音。擀面声。

14:08:37　外婆：吃了昨天那顿饺子后，老是犯恶心。

14:15:09　外公：是不是咱买的韭菜有问题？现在的韭菜都打药，洗了好几回还洗不净。

14:59:01　外婆：估摸着是。

15:15:04　电视机中欢乐的新春音乐声。

15:25:07　电视机男女混声："……欢欢喜喜过大年！"

15:52:15　外婆：咱得种点韭菜在园子里。田田不是爱吃韭菜馅子的水饺吗？

16:11:04　外公：她爱吃，她今年又回不来。

16:23:35　外婆：回不来种上以后吃呗，过了年，开春种上。

16:27:06　塑料袋窸窸窣窣的声响，有什么东西从袋子里被取出。

16:39:14　外公：嗯，明年过年那就能吃上了。

16:52:34　外婆：给她打个电话吧。问道问道。

16:59:20　衣物挪动声。

17:03:16　外婆：冷啊这天。

17:33:56　外婆：她咋没接呢。

17:34:16　烟花尖锐的鸣叫拖得很悠长。

17:53:33　外公：那准是忙着了。

18:06:45　外婆：这咋有个录音啊？

18:16:22　外公：你是不是又点开啥东西了？

18:33:32　电视机女声："乏力、头痛、流鼻涕？服用××胶囊，即刻见效！"

18:54:19　外公：我给你看看。

19:03:13　外公：啥时候把录音打开了。

林田摘下耳机。接到外婆重病的讯息是在九月份，外婆于今年四月份查出胃癌。

二月份时，外婆吃东西时呕吐、胃痛。那时周围人都以为是普通胃病。

三月份时，外婆说似乎好些了。病情断断续续，应该快好了。三月下旬胃痛加剧，吃什么吐什么。

也许在正月时就有征兆了。林田的手指慢慢摩挲着语音界面，直到泪水在屏幕洇开一段扭曲的文字。转眼又要到新年了。

林田起身推开窗，窗外韭绿葱葱。

（原载于《微型小说选刊》“高校在线”专栏2023年第2期）

老金

张　琳

小张提干不久，调入炮校后勤工作。办公室里，从大校到少尉五六个人，小张是少尉，军衔最低，因此，一到这里，就承揽了到茶炉房打开水的工作。第一次去茶炉房，小张一手拎着一只竹编壳子的热水瓶，出门左拐，走到这排办公室尽头，再拐过墙角，远远看见，茶炉房前的空地上，一身穿军服须发花白的人，正一板一眼地打着太极拳。近了才发现，那人看相貌也就五十岁上下，军服上领章、肩章都没有，不是现役军人。见小张打水，那人停止打拳，问，新来的小兵蛋子？小张感觉这话问得突兀，像首长的口吻，他一边答是，一边瞥一眼那人的脸，感觉他脸上似乎透出些与常人不同的神色。那人一看小张看他，哈哈大笑，说：不用看，本人老金，炮校谁人不识君？

话音刚落，来了一位拎水的大尉军官，到了老金跟前，大尉抬起右手，一丝不苟地敬了一个军礼。老金一个立正，还了一个军礼。咦？小张心底纳闷一声，感觉老金这人有故事。临走的时候，小张也向老金敬礼，老金同样立正还礼。

甚至有一次，小张值夜班，他去茶炉房打开水，看到一位穿背心大裤衩的矮矮壮壮的中年人在跟老金对弈，老金悔棋，中年人攥住老金手捏棋子的手，争得面红耳赤。中年人穿便服，小张也知道是谁，在炮校，谁不认得中将校长呢。

渐渐地，小张听说了老金的故事。老金曾是济南一地下工作站负责人，公开身份是一家南货店的老板。济南战役前夕，因为看到了胜利的曙光，一时犯了麻痹大意的毛病，被捕了。敌人对他软硬兼施，金钱美女，封官许愿，毒打凌辱，种种手段使尽……老金始终一口咬定自己是商人，不是他们说的什么共党要人。在非人的折磨下，老金精神失常了。被营救出狱后，老金住进医院，经过几年调理，病情渐趋好转，但依然不适宜担任领导工作。老金一再要求分派工作，说哪怕打扫卫生都行。就这样，老金做了炮校的茶炉工。

小时候，围桌吃饭，父亲老张时常讲述他年轻时在炮校的工作经历。讲到老金的故事，父亲慨叹不已。父亲说，老金出身沙捞越华侨富商家庭，在燕京大学读书时，就从事地下活动，老革命呢。

前两年逛旧书市场，我从一册纸张发黄的文史资料汇编中，无意间瞥到金石这个名字——金石正是老金姓名。我迫不及待地读下去，相较于父亲老张梗概式的讲述，这篇文字翔实生动，让老金的形象鲜活起来。

敌人感觉老金是条大鱼，见各种手段都撬不开他的嘴巴，就调来一位上校政战官，走攻心之策——上校是一位心理学专家。在审讯室，两人一见面，都暗自吃了一惊，但表情没丝毫异样。老金认出对面的女军人是燕京大学心理学系同学王媖，毕业后，老金去了延安，而她去了重庆。老金使用的是化名，王媖见到他之前，一直以为对手是一位廖姓共党嫌疑分子，哪会想到是老金呢。令老金难以置信的是，王媖没有告诉其他人他的真实身份。

以后的接触，就淡化了审讯的意味。王媖脱去军装，换上旗袍高跟鞋，一副珠光宝气的模样。而老金也被卸去刑具，沐浴更衣，老板派头俨然。王媖仅带司机和看守两名随从，邀请老金到街上吃西餐喝咖啡，甚至到舞厅跳舞。而看守不得近前，只能远远地跟着。老金问，你这样，不怕我跑？王媖莞尔一笑，说，敢这样，怕你跑？

那天，咖啡屋里光线柔暗，王媄从精致的坤包里取出一个信封，说，令尊来函。老金接过，拆开信封，抖出几页信纸和一张照片。照片上，祖母、父母与姐弟坐在别墅前的草地上，融融亲情扑面而来。金父在信里说，吾儿回祖国报效，老夫全力支持……无奈老夫年迈，欲让吾儿接手打理家里的橡胶园……看到这里，老金忍不住，掩面嚎啕大哭。王媄从包里掏出一块干净的手绢，递到老金手里。王媄扭头瞥一眼心不在焉的看守，轻声对老金说，你逃吧。老金摇了摇头。王媄一见，眼眶湿润了。

那看守是个老滑头，貌似心不在焉，实则盯得很紧，他不光监视老金，也一直窥觑王媄举止。每次回去，他都向上司报告王媄的动向。这次，上司震怒了；革职严查！侦查中，发现王媄有其他“通共”嫌疑，遂被秘密处决。

有一天放风，老金从看守嘴里听到王媄被害的消息，惊愕良久，始仰天大笑，继而捶胸痛哭……

父亲老张说，听过老金演讲，在一次师团职干训班开班仪式上，校长邀请老金给学员讲几句。主席台上的老金神采飞扬，他一手掐腰，一手配合讲话打着手势：你们来炮校这座熔炉进修，努力提高自己的军事素质；而我呢，在炮校烧茶炉子，为你们这些祖国的保卫者服务。熔炉是炉，茶炉也是炉，我们因“炉”结缘，从五湖四海走到一起……老金话语思路清晰，赢得满堂掌声。

老金年轻时的照片很帅，西装革履，发型一丝不乱，有三十年代上海滩的影星范儿。父亲老张对我说，顿了顿，又说，影星怎能跟老金比呢，老金可是享受行政十二级干部待遇的茶炉工。

（原载《广西文学》2023年第2期“微篇妙品”栏目）

消失的丈夫

九峰云

砰。

又是轻轻地关门声，很干脆，不像平时关得那么慢，以至于还会发出吱吱呀呀五金生锈的声音，看来丈夫今晚又要“消失”了。

她从不过问丈夫“消失”这件事，包括他去了哪里，做了什么，和谁在一起，为什么不辞而别。这些都是他的自由不是吗？她经常换位思考，如果她也经常“消失”，自己的丈夫能保持乐观，不大惊小怪、要死要活，难道不是理所当然的吗？家庭不是监狱，她也不是狱警，不是吗？

鉴于丈夫“消失”一晚，第二天就会回来的惯例，她认为没有必要过分担心他的消失。

每当他“消失”后，她反而能沉下心来，睡一个绵绵长长的回笼觉，醒来后伸个不限姿势的懒腰，起床或者不起床。若是起床，她会先打扫屋子，买菜、杀鱼、做饭，擦拭灶台、清理水槽，给垃圾干湿分离打包，然后放在门口，排列整齐，以便丈夫下一次出门带去扔掉（这已经成了默契，他从未忘记过）。这期间，她从未想起过丈夫，仿佛世界上不再有这个人，谁希望自己在做脏活时被别人围观呢？甚至还有可能要接受不公的评价，比如“抹布怎么那么湿？地板会不会弄坏？你的裙子被踩到了……”

接下来，她会休息片刻，给自己做一杯咖啡，随手挑本书看，若是晴天，看到眼乏就出去散会儿步，若下雨，就直接打会儿盹。这期间，她也尽量不想到丈夫，除非书里的人物和他相像，她遇到过一次类似情况，解决的办法是立刻换一本书看。

简单吃过午饭，她洗衣服、叠衣服、打扫房间，给散落在外面的杂物归位。然后开始精心做晚饭，做的都是她喜欢吃的。她似乎已经忘记了认识丈夫这个人，更别提是否见过他了，甚至可能在马路上遇到他，都不一定认得他，万一，她想到，万一丈夫也没认出她来，她也绝对理解，这一点都伤害不到她，反倒让她觉得更有意思，这样她就能对他说些没说过的话，做些不常做的动作，至少可以避免说："几点回家？晚饭吃吗？去哪儿了？"这类双方都知道但都不想听的话。如果互不相识，她就可以对他说："附近有家××餐馆，他们的蟹粉豆腐好吃吗？"或者只是问他："你好，我想买一盒牙膏，这附近哪里有超市？"而如果她知道他是丈夫，他也知道她是妻子，同样的谈话就会变得很无趣，我："你回家路上带一盒牙膏回来，"他什么也不打算说，但是他会带牙膏回来，且她心里清楚地知道他其实一点都不喜欢这么做。

独自做完晚饭，她先吃一些，剩下两人份放在桌上，用盖子盖好。临近八点，她给自己洗澡，洗完澡，她将脱下来的衣服洗掉，它们闻起来有一股混合着菜叶、鱼、咖啡、二氧化碳将死未死的衰败味，防止身上还有这味儿，她从众多香水中拿出最浓烈的一瓶，给自己喷了好几下，穿上新买的漂亮衣服，把自己打扮得像个明星，叫了辆车，直奔GG酒吧。

酒吧尚在预热时段，她挑了个从未坐过的位置坐下，点了一杯从未喝过的酒，等待一个叫"WIFI"的新乐队表演，确切地说，是在等待一个叫"腰窝"的贝斯手。她刚在酒吧的洗手间门口，听到两个女人在谈论"腰窝"，谈他弹到节奏最快处，他背上的汗水会淌过腰窝，不停地往下淌，流入股沟，被CK的松紧带吸收后，似乎还能往下流，其中一个指甲上有骷髅的女人说"不知道最终流到哪里"，她也很想知道。

演出在午夜达到高潮后突然结束，她一直在研究"腰窝"汗水的最终去向，长时间思考的戛然而止让她不免想起了家，想起自己做的饭，她不想继续想下去，便将第三杯长岛冰茶的最后一口全部倒进喉咙里，往酒吧后门走去。

出门后，“腰窝”正在街角打电话，由于长岛冰茶、丈夫的消失、饿、骷髅、垃圾分类这种种乱七八糟的因素，她耐心地等“腰窝”打完电话，一手抓过他的电话，输入了自己的电话，并按通话键，“通了”，她摇摇抓着手机的手，不知是示意他给她打电话，还是在说再见。他一把抓住她摇晃的手，叫了辆出租车径直来到她家。他们先做了几次酣畅的爱，实在饿得不行了，两人喘着粗气一起把她做的饭全部吃掉。

他们一起迅速洗了澡、帮对方吹干头发，一起收拾垃圾、干湿分离，他铺床，她把垃圾并排放到门口。她回到卧室，“腰窝”已经沉沉睡去，发出轻轻的鼾声，仿佛在说：“垃圾，明早我会去倒的。”

（原载《百花园》杂志 2022 年第 8 期）

生命中最黑暗的夜晚

李日宏

当大水从巷道口涌进来的时候，他领着五个工人打眼，准备放今天夜班的第三茬炮。

本来，队长在班前会上，安排他们随便两茬三茬都行，说这几天顶板不太好，怕下个班支护跟不上，自己掌握情况。

下井前，他悄悄地叮嘱虎日到炸药库领三茬炮的雷管炸药。他是个倔巴头，不会说话，遇事较真，在队长区长矿长眼里，是个实在的好受苦人，合格优秀的班组长；在本队人眼里，他就是根炮筒，就是个死受头瞎鳖丁，就是个让人当炮使的不机敏的愣头青。在本班六七个人的眼里，他就是一头牲口，一头不吃草料的毛驴，跟着他干活的人，他都要把你当牲口使唤，不使脱了你的力气别想出井，说话也是放牲口腔调，离了“他妈的”“操你妈”“圪泡”等口头禅不说话。不过，一个班的人倒是很少搬门弄窗往别的班或队调离的；因为这家伙能给受苦人做了主，我领受苦人多干了活你队长就得多给画工分，工分多了钱也就多了。每个月下来，一样都是每天黑眉黢眼地钻黑窟窿，别的班或队的工人就比他们挣得少，他们班的工人挣得永远都是全队最高的工资，有个月竟然比别的班多挣三百多，年底发年终奖时，区长指定多给他们班的人多发五百块，眼红得给矿长开小车的司机都吵闹着要下井，下井就要到他的班组受。

虎旦去领雷管炸药的时候，想起队长的话，擅自做了一回主，领了两茬炮的炸药。今天也不知咋了，竟然特别顺，电钻没坏，镏子正常，当他们放完两茬炮，把煤攉到镏子上拉走后，离正常下班时间还有三个小时。他说："上去也吃不上个饭，还是再放一茬炮吧！"

虎旦嗫嚅着说，我只领了两茬炮的炸药。他一听大发雷霆："操你妈的，不听老子的话，让你领三茬炮，你咋领了两茬？"

虎旦狡辩："队长让放两茬……"

"你妈的个×，县官还不如现管呢，赶紧再去给老子往进背雷管炸药，不然今天扣了你的工！"

虎旦被骂得灰溜溜地缩了头，再不敢争辩，跑得比兔子还快地出了巷道。

当大水涌到几个人的脚底时，他一低头发现了这个情况。凭着一个老工人的经验，他知道，这绝对是别的掘进队打塌了古塘——古塘？古塘有多少水？万一把大河湾的水引过来呢？谁知道！但是有一点可以肯定，今天这股水绝对有来头。刚才还有点昏沉的大脑，此刻比白天更清晰。

现在突然涌进来这么多水，并且水势还在上涨，他明白，他们遇到了麻烦，并且是大麻烦，甚至是马上决定生死的麻烦。不能再犹豫了，赶紧往出口撤人。

他们这是独眼掘进巷，离盘区口还有一百多米，离大巷还有一千多米。现在顾不上考虑是哪个队闯下了天鬼，他考虑的是如何带着这几个弟兄逃生。逆着水跑到了盘区，再跑，跑啊跑，水已经淹进了高腰水靴里，连迈步都吃力。"脱！赶快脱掉水靴，提在手里！"他命令身后几个失了方寸、满脸惊慌、汗水哗哗往下淌的弟兄。逆着水再走，只见漫天溢地的水像一群黄蜂样一股劲地往上涌，简直像江河决了堤。不对，这样逃生，肯定逃不出去，因为井底车场是全盘区和大巷的最低洼处，平时还专门放着抽水泵往上抽积水，这是上下井的必经之路。这么大的水，早已把车场的顶板也伏满了。往盘区里边跑，高是比别处高，显然是死路一条。有了危险，人的本能是向外跑，谁傻逼一样往里跑？除非晕头转向，不辨方向了。但是，他毅然掉回头，向盘区里边跑，后面跟着的几个人犹豫了一下，也跟着跑。

终于跑到了盘区的一条岔道口，水还在脚下跟着跑，像一条如影随形的蛇，并且速度快得可怕，立时淹到了大腿。旁边是进风巷，他让几个人一齐用力，推开一扇沉重的木门。水像鬼魅般飘忽，一下子跟进来，再想关门，门儿都没有。

一股清新的风迎面扑来，通风巷贯通着大巷，里面只有一个直上直下的，从山上直落到底的一条细窄直筒，最少也够百米深，鸟也飞不上去。跑着跑着，觉得脚下硌得生疼，低头一看，光脚踩在了石渣上，水没有追上来。

回头一看，像打了败仗的一伙残兵，拐腿的，捂肚的，喘不上气的，有的丢了一只水靴，有的把衣服挂破了，露出了里边红红的主腰。坐下没有一刻钟，水又像一群蚂蚁大军般向前推进，一直把他们撵到炕大的一个高处的躲避洞里，依然像一只不甘心失败的大鳄鱼，一漾一漾地在下面喘息着，撕扑着，等待着他们支撑不行了，自动掉到它长满锋牙利齿的大嘴巴里。

他们已经无路可退了，面前是深不可测的黑黄颜色的脏水，头顶背后两壁是亿万年来就已形成的铜墙铁壁，只能坐以待毙了。

不知过了多久，几天？十几天？几年？几个世纪？连他都感到神志越来越昏沉，意志越来越消沉，体内像有万虫噬啃般地火烧火燎的时候，他用尽最后一丝力气，拧亮自己一直没有亮过的灯，发现脚下的水似乎低下去许多，然后又无力地垂下了头，昏沉中觉得四周有一团一团的雪花在不断地飞舞。

等他彻底清醒过来的时候，已经过去了一个多月。他们在井下一直待了十五天才被救援队的人找到，这还是因为看到了一丝丝红红的亮光发现了蜷缩在一起的六个人。这场古塘涌水事故，矿上调回许多大水泵，昼夜不停地抽了十二天才露出了坑底车场，水排到十里河河槽时，下游的人以为上游下了一场特大暴雨。打塌了古塘的那个掘进队一个班七个人，全部葬身水底。

他一直没敢问医护人员那个叫虎旦的后生怎么样了，但依然还是知道了那个叫虎旦的背炸药的后生——他的独根儿子，被救援队第一个从车场的煤泥糊中揪扯出来时，尸体被水泡得不成了人形。

当事故处理组的人员和死者家属，在招待所讨论赔偿事宜时，许多家属乘机狮子大开口，除了按规定领取了一笔赔偿款外，提出了各种额外条件——安排一个亲属当正式工，拉几车炭、给几车木头，甚至有个女人要求矿方给自己的男人配个鬼妻。轮到和虎旦家属谈论这些问题时，虎旦还没媳妇，但有爸妈和爷爷、奶奶、叔叔、舅舅等。亲友们纷纷发表了一通意见后各自睡了，他沉默呆坐了一夜。谈判的人先是心上吊了十五只水桶，继而又像挽了一个大疙瘩，等着他提出更加苛刻的条件。

他提出的条件是把他的工作调到安监站，他要当采掘一线的安监员，另外把给他的赔偿款用来给矿上买一套掘进探水设备。

矿上答应了他的第一个条件，第二个条件也满足了，但没有用他儿子的赔偿款。

又十年过去了，他——我的大伯，光荣地从安全矿长的职位上退居二线。这十年，矿上再没有发生过一次透水事故。

（原载《山西文学》2022年第7期）

遂昌街

戴　涛

遂昌街全长五百七十米，隐藏在一片高楼的背后。

它虽离外滩的大钟还不到三千米，且随着上海行政区域的调整，原来隶属的南市区整体并入了拥有外滩南京路的黄浦区，可在上海市民的认知里，遂昌街还是那个遂昌街，依旧是一百年前从十六铺码头上来的外省打工者的聚集地。

李松林出生在安徽六安，一九七〇年出生。一九九六年，他二十六岁，结婚刚两年，他对妻子说，我想跟赖宝他们去上海挣钱。妻子问，儿子才一岁呢，你就不管了？李松林应，可不是不管，是想让他过上好日子。

赖宝带着李松林还有村里一个年轻人来到了上海，他拿出一张字迹模糊的纸说，我有一个远房舅公住在遂昌街，我们先去找他。

李松林跟着赖宝他们坐了好几趟公共汽车，问了好些人，终于找到了遂昌街，找到了纸上写的门牌号码，开门的是一个中年的湖北女人，赖宝说出了舅公的名字。

湖北女人摇头：不认识，我房子是向一个浙江人借的。赖宝顿时傻了眼。

没有了方向的赖宝带着李松林他们在上海瞎转悠了两天后说，我想回家了。同村的年轻人说，我也想回去。可李松林摇头，不，我不回去，我和老婆说好了到上海挣钱的，不能说话不算数。

李松林一个人留在了上海，可如何挣钱，却是一片茫然。为了省钱，他每天逛到半夜后就睡到公共浴室里，然后天刚亮就走人。这天凌晨他走出浴室，脑子里未曾想好该上哪，可腿已经迈向了遂昌街。

尽管大马路上还车稀人少，遂昌街上已是一片生机。人们从低矮的二层房子里出来，就在鹅卵石和块石铺成的，老上海人称之为“弹格路”的两旁，有生煤炉的，有刷牙刷痰盂的，还有外面跑来吆喝卖菜的。李松林边走边看，越看越觉得亲切，越看越觉得这就是他要的上海。

这时他看见有个四十来岁，脸上长满胡子的男人从一条小弄里推出一辆三轮，三轮上放着一个煤炉，煤炉上放着一个平底锅，围着炉子有几个铝盆和一些大口玻璃瓶。

出于好奇，李松林一路尾随着三轮，三轮到了遂昌街的入口处便停了下来，这里已经有十来个人排好了队在等候。

“胡子”停下三轮与他们打招呼，随后动作麻利地在铝锅里舀了一勺面糊，在平底锅上绕上一圈，一张煎饼的模样便呈现出来了，再打上一个鸡蛋，然后问，要小葱还是香菜，辣椒酱还是甜面酱，完了再撒上一点碎油条，最后将煎饼一折四，像个折叠好的小被子，放进一个塑料袋里，买的人便提着袋子满意地走了。

第二天，李松林一早上就到小弄口等“胡子”，然后又跟随着三轮到街口，默默地看着“胡子”操作。“胡子”自然也注意到了他，卖完煎饼馃子后就问李松林，小伙子哪里人？李松林答，安徽人。“胡子”自我介绍说，俺是山东人。接着又问，你从安徽跑到上海想干啥来了？李松林吞吞吐吐说，我也不知道，就想在上海干点事。“胡子”咧咧嘴，你倒像十年前的俺，走，到家去唠唠。

“胡子”的家在一排有近百年历史的二层老房子的三层，李松林跟着“胡子”踩着十分狭窄的楼梯，爬上了搭出来的三层阁楼，弯着腰进门便一屁股坐在了床上。李松林脸上显露出了吃惊的表情，你就住这？“胡子”瞪了李松林一眼，这是在上海，你想住哪？

哦。李松林表示了理解的意思。接着“胡子”开始讲正事，俺在上海打拼已经十个年头了，也挣了一点钱，现在老婆生病了，俺想回去，打算在家建个饲养场……

听完了“胡子”的计划，李松林都有点不敢相信自己的耳朵了，你真打算把这里都交给我？

是的，全交给你了。

那要多少钱啊？

你身上有多少先给俺多少，不够的，等你挣了再给。

可我还不会做煎饼馃子呢。

没事，跟俺学两天就会了。

两天后，“胡子”走了，李松林就正式成了遂昌街的人。

随着上海城市的建设，市容管理愈来愈严了。这天他煎饼馃子做到大半的时候城管来了，李松林赶紧朝遂昌街里跑，城管追了几步就不追了，可城管背后的食客依旧紧追不放，直追到李松林停下三轮，就地继续做煎饼馃子。李松林突然觉得自己像一条鱼，遂昌街还有这些食客就是一条河。

后来有一天上午城管又来了，还没等李松林推起三轮车，就有人上来抓住了车把，李松林想挣脱，一使劲，车翻了，炉子里烧红的煤球弹了出来，正好落在他的胳膊上。

一个领导模样的人对李松林说，我们送你上医院吧。李松林死也不肯去。那人叹了口气说，以后你就早一点收工，我们也会晚一点过来。

时间过得很快，转眼李松林已和当年的“胡子”一样，在遂昌街也已经生活了十个年头。这天晚上，住在街对面三层阁的“小苏北”特意跑来告诉他一个消息，旧城改造，整个遂昌街马上都要拆了。

这消息让李松林一下像失了魂似的，因为他不知道是像“胡子”一样回家呢，还是去寻找下一条遂昌街。

（原载《作品》2023年第4期）

枕头

许晓敏

这个枕头完全密封，很沉，抱不动，也很长，180 厘米宽的双人床，它几乎能横跨，摸起来胀鼓鼓，里面填充的是一个智能机器，装着根据她的症状调配的药材，蒸发出有益睡眠的药气，之后会缓慢地从枕套的孔隙释放出来，治疗她夜晚的失眠症。

自从母亲去世，她已经五年没有睡过完整的觉了。吵醒她的，可能是被怪物追逐的梦魇，可能是一次幅度不大的翻身，也可能是金龟子从墙上跌落的啪嗒声，诱因不尽相同。安眠药也不能整天服用，她一直深受其困，只能在午休时眯一会儿，补充体力。

那天下着细雨，她因为睡眠不足头疼，请了病假，提前下班回家，一时兴起，选了条人烟稀少的路线撑伞步行。她走过邛陶路，一路都是古董铺子，门口摆了各种年代的菩萨、观音、财神的陶像。

她正出神地看着一尊柳枝观音像。

“小姐，要了解下帮助睡眠的枕头吗?”甜美的女声从身后传来。

她转过头，看见一位面容温柔的年轻女孩。

“我们的店就在前面，你可以进店了解下。”女孩继续说。

或许是闲来无事，或许是因为生病，她丧失了判断力，尾随着那个女孩，拐进了一条僻静的巷道。

女孩很快在一栋二层木质建筑前停住了，推开了一扇门，做了一个请的手势。她走进去，店里的装饰很现代化，有很多面弧形设计的墙体，嵌入了玻璃窗，窗后是一人高的白色枕头模型。往前走，是一条类似时光隧道的走廊，连接着所有的房间，充满着科技感。

女孩把她引入一间房，将灯光调成她觉得舒适的色温，点燃了一支香薰，就离开了。之后是穿着白大褂的医生，笑意盈盈地走进来，让她填了一整张密密麻麻的调查问卷，和问了一些很日常的问题。

她写完后，更加头脑昏沉，被对方劝导着就买了一个枕头。使用了一段时间，睡眠确实改善了不少，甚至久违地在梦里见到了母亲。她变成了一岁的婴孩，躺在母亲怀里。母亲摇动着手里的拨浪鼓，她手脚跟着韵律挥舞。母亲低头看她，恬静地笑了。

这样的美梦越来越多，有时候醒来，她都能从梳妆镜里看到自己微微勾起的嘴角。

要说这个枕头有什么坏处，就是每周都有两个穿着防护服的店员来家里，将它抬去店里更换新的药材和重新充满气，第二天再送回来。总有一晚她又要失眠，对这个枕头有婴儿断乳般的不舍。她想这就是枕头设计很长的原因，不然可能两三天就要送去一次。

随着时间的流逝，她越来越离不开这个枕头了，只要待在家里，吃完饭就会靠在枕头上，感受着气流从头皮钻入所带来的舒适感。她也越发对这个枕头的构造产生了好奇。某晚入睡前，她费了很大力气拽动它的一处边角，能听到里面有很长的物体震荡的声音。那胀鼓鼓的似乎不是气体，更像是一种液体，比水流更轻的液体。如果她更用力些，也许就会冲破枕套，泄流出来。

她担心自己弄坏枕头，立马罢手了。买这个枕头，差不多花去了两万块钱，每一次的更换都是额外的收费。

她小心翼翼地把枕头归置到原位，祛除杂念，躺在床上深呼吸，想象着枕头里浮动的液体，像水一样淹没自己。当晚梦到了母亲在溪水里清洗身体，而她潜到水下找螃蟹，影影绰绰地，看到母亲那两条白皙的细腿，在水里游鱼般摆动，她忍不住去摸了摸。母亲的两条腿突然开始剧烈摆动，水花四溅。她的口鼻呛进了水，十分难受，猛的一下睁开了眼睛，在夜里浑身大汗淋漓。

一天，她接到枕头店的来电，还是女孩那甜美的声音。

“小姐您好，我们店因为经营不善倒闭了，枕头会有工作人员上门回收，之后会退一部分费用给您。”

她怏怏地挂断。

等了一周，还没有人上门，枕头已经有蔫气的迹象。她心想，既然已经快要失去这个枕头了，不如看看里面装的是什么，这样以后还能去找找有没有类似的枕头。她去厨房拿了一把水果刀。没想到枕套的质地是很扎实的，好半天才戳开一个小洞，里面泄出一些液体。她摸了摸，嗅了嗅，是很黏腻的手感，闻起来并没有什么特殊味道，很快就干了。她休息了一会儿，液体渐渐流了一摊在床上，床单结成了硬壳状，枕头瘪了下去，显露出一个长方体物体的形状。她想，这应该就是机器了，拍下一张照片以后就可以有对照了。

她翻箱倒柜，终于找到了家里最锋利的那把短刀，是很久之前与别人合租，买来防身用的日本肋差，闲置了很久。

在割出一条裂缝后，里面的物体终于显露了出来，完全接触空气后，开始剧烈地挥发，冒出一阵阵白雾，迷了她的眼睛。大约过了五分钟，一个煞白的人体滑了出来，五十岁左右的女人，紧闭着双眼，在防腐剂流失殆尽后，皮肤恢复了有弹性的肉色。这个湿淋淋的陌生女体，不知为何，有着和母亲溺水身亡时同样的痛苦死相。

她猛的一下睁开了眼睛，又一次在半夜醒来。

（原载于《微型小说选刊》“高校在线”专栏2022年第19期）

绿油油的麦芽

王　哲

在我国的最北边，大雪封山的时候天气很冷，冷到一口吐沫掉地上都能结冰渣子。大栓在村口发现洪恩的时候，洪恩已经被雪埋住了。大栓开始以为是傻狍子被人撵急了钻雪窠子里了，他上去一脚踢在隆起的雪包上，然后便看见一个人撅着屁股趴在雪地上。

大栓费了很大劲儿才把洪恩弄到家里，但洪恩浑身都是冻伤，躺在炕上已经不能说话了。

这时候大栓想到了老胡，他懂点儿医道，村里谁有个小灾小病的都先找他捅咕捅咕，他要没辙了，再去镇上请郎中。

老胡给洪恩把了脉，又把眼睛翻开看看，然后说，没事儿都是冻伤，缓一阵子就好了。

洪恩敷上了老胡用獾子油熬制的冻疮膏，躺了没几天勉强可以开口说话了。他告诉大栓和老胡，他是一家生药铺的二柜，因为和大柜有矛盾被东家开除了，他本来是来投一个朋友的，可朋友如今已经不在了……

说到这里，他长长地叹了一口气。

大栓说，洪大哥没事儿，你要不嫌弃以后你就在这儿待着吧！

老胡说，大栓说得对，你现在无家可归了，以后就把这儿当你的家吧！

洪恩看着大栓和老胡不说话，只是一个劲儿流泪。

老胡说，大栓，洪恩既然倒在咱村口，那说明和咱村有缘，好人也不能让你一人做了。

尽管大栓不愿意，但老胡还是说服大栓把洪恩接到自己家里。

老胡说，不管怎么说我也是半拉郎中，他现在还有病，你有啥能耐和我争？

洪恩对大栓千恩万谢地，住在了老胡的家里。

后来村里人知道有个外乡人遇难了住在老胡家里，都纷纷拿着东西前来看望，还有人拎着酒和肉。

洪恩在这个村子一住两个月，病好的也差不多了。他几乎成了吃百家饭的，只要随便走进一家，大家都会热情地招待他。

但最让他感动的还是老胡，他全身大面积都有冻疮，开始的时候躺也不是坐也不是，很难受，老胡就给他熬草药喝，让他少受不少痛苦。

另外老胡给他单独收拾一间屋子，从不让老婆孩子进去。他虽然是个落难之人，但老胡对他一向很敬重，跟他说话也是商量的口气。

洪恩曾经问过老胡，为什么对自己这么好？

老胡说，谁让你遇上我了？

洪恩明白，换作任何一个人只要落难了遇上老胡，他都会这样对待的。这也许就是他的性格。

洪恩感叹地说，老胡哥，我真不知怎么谢你了！

老胡说，我又不是为了让你谢我？

洪恩本来对人性丧失信心了，他一门心思地为东家劳碌从无二心，可东家还是不信他，把他扫地出门了。是这个村子和这个村子的人让他对生活又有了希望。

老胡在听完洪恩对往事的诉说后，对洪恩说，但凡人做事儿，老天都看着呐！不是老天没长眼，是我们求的太多了。

老胡家过得还不错，在村南有好几垧地的麦田，播下种子以后，洪恩经常陪着老胡在麦地边儿走走。

天蓝得仿佛像刚用水洗过了一样，几只山鸟儿落在麦田里吱吱地叫着，刚刚萌芽的麦田绿蒙蒙的，有一股清香飘浮在空中，很好闻。

洪恩说，老胡哥，我看种地真不错，比做生意强多了！

老胡说，种地是靠天吃饭，旱涝成灾的，弄不好就会颗粒无收。

洪恩说，起码省心。

老胡说，我天生就是吃这碗饭的，你不一样。总有一天你会离开这里的。

老胡说得没错儿，刚要收麦子的时候，洪恩所在的生药铺东家不知通过什么途径找到这里，说错怪洪恩了。现在他已经把大柜撵走了，要请洪恩回去当大柜。

洪恩临走的时候，全村人都出来送他。老胡和大栓套了一挂马车一直把洪恩送到城里。

洪恩拽着老胡和大栓的手说，大恩不言谢！

送走了洪恩，大栓和老胡回到村里天已经黑了。

大栓对老胡说，哎你说这小子以后发达了，能不能把咱哥俩忘了？

老胡说，你说啥呐？

大栓说，我怎么看他不把咱哥俩当回事儿了？

老胡说，你知道啥？依我看洪恩是个有心人，再说了，我们帮他是看他落难了，又不是图他啥？

三年的时间很快过去了，洪恩走了以后再也没回来。一次大栓去城里看亲戚听说洪恩做了生药铺掌柜的发了大财，便去生药铺看他。

他一到生药铺门口，正好洪恩从屋里出来上了一辆黄包车，他赶紧喊洪恩的名字，可洪恩连头也不回坐着车走了。

大栓很生气，回村便把这件事儿告诉了老胡。

老胡沉吟一下说，他可能没听见呢！

大栓说，我离得那么近，他咋会听不见？明明是听见了也不搭理我！

老胡说，大栓，这事儿过去了，以后不要再提了！

大栓说，怎么能不提呢？当年我们那么帮他，要不是我把他背回来，他旱冻死了？

因为这年天旱，附近的几个村子都颗粒无收，大家都是勒紧了裤腰带过日子，好不容易盼到春天要下种了，大家都很犯愁。

这时候，洪恩忽然派了一个伙计赶着大车挨家送麦种，只是没有老胡和大栓的。

大栓问赶车的伙计，为什么没我的？

伙计说，这你要去问我们东家。

大栓气得真想揍洪恩一顿。

老胡呵呵地笑了，然后调侃大栓说，你也别着急，也许咱的恩太大了，他一时还不上。

大栓说，啥？小恩都还了，大恩反倒不还了，这世上就没这个理儿啊？

所有的村民得了麦种以后，都在欢天喜地播种。只有老胡和大栓的地里冷冷清清的。

老胡架不住大栓撺掇，还是套了一挂车准备到城里去看看洪恩。他只想和洪恩叙叙旧。

当车经过自己和大栓家地头儿的时候，老胡被两片地里绿油油的麦芽惊呆了。

老胡惭愧地低下头，他当初帮洪恩虽说不图啥，可在洪恩回报了一村人以后，他当时心里也不是个滋味啊！

（原载《山西文学》2023 年第 8 期）

界河

安晓斯

五十岁的时候，夫妻俩都觉得很累。老李就对老婆白燕说，吵了三十年了，也不知道还能活多久，能不吵就不吵吧。白燕同意老李的意见，不吵了，真不想再吵了。

退休后，夫妻俩回到了十几公里外的农村老家居住。老家的院子宽敞，阳宅，坐北向南的堂屋是五间大瓦房，宽大的院子像个小花园。农村的房屋布局，当中三间是大客厅，两头是两间小卧室，东屋一间是小厨房。

抽了口烟，喝了口茶，叹了口气，老李对老婆白燕说，为避免吵架，咱各住各屋，各做各饭，各花各钱。他们还商量着在院中间挖了条小沟，找工匠用砖、水泥和瓷片砌好，做成一条长长的水池。

老李说，男左女右，东为上，我住东边卧室，你住西边卧室。

不想再争吵。老婆白燕说，成。

从此，院中间那条长长的水泥池子就成了夫妻俩的“界河”。

植树节到了。夫妻俩又商量着在大门口正中间栽了一棵绿化树，约定好了，老李走东边，白燕走西边。

小院里，“界河”边，放着两把一模一样的竹椅子。为消磨时光，老李买了张小桌子架在了“界河”上，上面摆着他们常下的那副“五子棋”。每天，夫妻俩就隔着“界河”说说话，下下棋，有时还争论点从朋友圈看到的稀罕事。遇到家里的大事小情必须决策，又争执不下时，就下“五子棋”，谁赢棋就按谁说的办。大多的时候，赢家都是老李，白燕就嘟哝着说老李耍赖。小日子慢慢过，老夫妻糊涂活，一天天就这样稀里糊涂地过去了。

农家小院里，窗台上都会有青砖垒成的鸡窝。鸡要下蛋了，就会飞上去，呆卧在鸡窝里铺垫的麦秸上，肚下面压着主人预先放好的“引蛋”，愣怔半天后，咯咯哒、咯咯哒地叫起来。这是告诉主人，下了一个蛋。

那天，白燕喂养的一只黑花母鸡发癔症迷瞪了，飞过“界河”卧在老李的鸡窝里下了个蛋。在“界河”边竹椅上晒太阳的白燕，就去老李的鸡窝里收走了那枚热乎乎的鸡蛋。同样在“界河”边那把竹椅上晒太阳的老李，正好看见白燕去他的鸡窝里收鸡蛋。

这不太好吧。老李说。不是自己喂的鸡下的蛋，就不要去收。

白燕不服气。是我的黑花母鸡飞错了地方，把蛋下到你的鸡窝里了。

老李说，啥证据？白燕就拿出手机，给老李看自己抓拍的照片。照片上，那只黑花母鸡刚下完蛋走出老李的鸡窝，正仰着脖子咯咯哒、咯咯哒地叫着。

无话可说，老李就点点头。

趁着老李上洗手间，白燕顺手在老李的小菜园里薅了一把蒜苗。转过身，老李正站在她身后。

这季节蒜苗正贵，按市场价，再低一点，收两元钱。老李的竹椅上用小绳子拴着个微信二维码，就顺手递了过去。“嘀”一声，白燕扫码支付两元。

那天正值农历二十四节气的“惊蛰”，夫妻俩没事闲聊。老婆白燕就问，“惊蛰”是啥意思？老李说，“惊蛰”的意思是大气回暖，春雷始鸣，惊醒蛰伏于地下冬眠的昆虫。农谚说，“未过惊蛰先打雷，四十九天云不开”。白燕就问，真的假的啊？老李笑笑，很准。当天晚上，真的就电闪雷鸣，下起大雨来。老李知道白燕害怕打雷，就端着茶壶来到老婆的卧室陪她坐着。看到老李进来，白燕眼角湿湿的。你还记得啊？给老李的茶壶加过开水，白燕又端过一盘老李喜欢吃的水果。《晚间新闻》播完了，雷停了，雨小了，老李从沙发上站起身，端起茶壶往外走。你睡吧。白燕的泪水就一个劲儿地往外涌。

结婚纪念日到了。白燕割了韭菜，包了饺子，坐在“界河”边吃，还剥了大蒜，倒了一小碟醋。正巧那天老李吃酸汤面叶（方言：面片），薄薄的白面片在碗里晃，上面洒着葱花、香菜末，汤上漂着的小磨香油闪闪发光。

白燕知道老李喜欢吃水饺，就递过去几个。老李也用勺子盛了点酸汤递过去。白燕说，知道今天啥日子不？老李装出一副茫然的表情。高兴了，天天都是好日子。

吃过饭，两人就看“界河”里养的鱼。白燕养的鱼是红色的，老李养的鱼是黑色的。白燕就说，上次那鱼食钱，该算算了。老李就用手机扫码支付五元钱。白燕的手机设定了语音：微信收款，五元。老李笑笑，真像个卖鱼食的老太婆。

日子如春水般平静流过，“界河”两边的竹椅子上，老李和老婆白燕就这样打发着漫长的光阴。“界河”两边的葡萄树也长得旺盛，粗壮的老藤蜿蜒曲折，爬满了“界河”上面用竹竿做成的葡萄架，一嘟噜一嘟噜的葡萄紫红紫红，很是喜人。

忽然有一天，他们接到闺女的电话。闺女要生孩子了，想让白燕去那座大城市里帮着照看孩子。

临走前那个晚上，白燕走到老李的卧室前。我明天就要走了。

半夜，老李走到老婆白燕的卧室前。我查了查，得坐两个小时高铁。

送走老婆白燕，老李坐在“界河”边，呆呆地看着对面那把空荡荡的竹椅子，心里空落落的，有一种莫名的酸楚。

老李拿出五子棋摆在“界河”上面的小桌子上。擦擦眼角的泪水，老李对着那把空椅子说，老婆啊，咱下盘棋吧，我让你赢。

正流泪间，手机响了，是老婆白燕在高铁上和他视频。

老李就把手机镜头对准“界河”上的小桌子让白燕看，黑白相间的棋子摆满了棋盘，那局“五子棋”，“界河”对面的白燕真的赢了。

（原载《作品》2022年第8期）

喊早

张建春

天刚蒙蒙亮，庆爷的妈就隔着房间大着嗓门喊：“庆啊，太阳晒屁股了，还不起来。”

庆爷应了声：“太太，起了，起了哦。”庆爷喊太太是按孙子的称呼喊的。

实际上庆爷早起床了，房前屋后已忙了一大气，庆爷早过了睡懒觉的年龄，在床上躺不住，一过时间浑身酸疼。

庆爷的老伴庆奶也起来了，正忙着熬稀饭，稀饭庆爷的妈喜欢吃，早饭必吃。庆奶熬的稀饭不简单，大米、小米、红豆、薏仁、山药、玉米糁，搭配得精细，还要在熬的稀饭里煮上三枚鸡蛋，粥锅鸡蛋香，庆爷的妈爱这口。

喊过庆爷，庆爷的妈摸摸索索地起床，起了也不闲着，摸把扫帚扫地，地庆爷扫过了，庆爷的妈还是要扫上一遍，多年形成的老习惯了，自自然然的。

庆爷妈九十六岁，庆爷七十八，庆奶七十二岁，三人加起来快二百六十岁了。三个老人一早就把家的烟火气燃得浓浓的。

家的烟火气一早是从庆爷妈“庆啊，太阳烧屁股了，还不起来”开始的。这话庆爷八岁时听起，已听了七十年了，庆奶至少也听了五十年，天天没落过，天天没变过。

庆爷的回话发生过变化，先是“妈，起了，起了哦。”之后是“奶奶，起了，起了哦。”现在是“太太，起了，起了哦。”在庆爷妈的早晨喊起中，庆爷结了婚，有了儿子，直至儿子有了儿子，成了爷爷。

小时庆爷贪睡，庆爷妈喊了一遍又一遍，还是赖在床上，要妈拎耳朵才不情愿地起床。结婚后的头天早晨，庆爷妈毫不留情，天麻麻亮就喊：庆啊，太阳晒屁股，还不起来。庆奶以为婆婆生气了，眼一睁天才麻麻亮，但还是披衣起床，倒是庆爷一把抓了，要赖会床。还真是“起迟了得罪公婆，起早了得罪丈夫”。略赖了会床，庆爷妈的喊声又起：庆啊，太阳晒屁股了，还不起来。吓得庆奶一拱跳下床，满脸羞红，不敢正面对着婆婆。不过，自此，庆爷妈早晨的喊声再没出现过第二次。

“庆啊，太阳晒屁股了，还不起来”。这早上的叫喊声，不因日月星辰的走逝变化，和风雨雪雷电无关，即使是大雨、大雪、大风天，也是“太阳晒屁股”，太阳是一轮升在庆爷妈心中的太阳，心中的太阳是云雾遮不住的，升起了就会晒屁股。

庆爷一家肯定是村子里起得最早的一家，也是日子过得滋润的一家，一天之计在于晨，早起了，把时间花在田地里，人勤地不懒，多收个百儿斤的是顺手的事。

庆爷本是一大家子人，儿孙满堂，可近年一个接一个的进城，当下就庆爷、庆奶、庆爷妈三人住乡下了。庆爷、庆奶本可进城的，可庆爷妈奔百岁了，去城里和儿孙们生活，多有不便，何况庆爷妈说过：死也死在家里，扒门槛，当家鬼。庆爷、庆奶孝顺，妈说的话不忤逆。好在村子建得好，一应新房子，水、电、气顺溜溜的通，和城里没啥子大区别。

三个老人身体好得很，一早庆爷妈的话是号令，早早的起，各忙各的事，忙好了，“嘘嘘溜溜”的吃早餐，吃好了庆爷、庆奶搀着老太太在村子的游园里散步。庆爷的妈眼不花，对些花花草草留意，不少花草是外来户，庆爷的妈不认识，就问庆奶，庆奶也叫不上个名字，左右向人打听。没打听出个所以然，倒让人生出好奇：老太太咋这么长寿？庆爷庆奶身体怎这么好？老太太笑眯眯看庆爷，庆爷不吭声，庆奶话语多：都是托老太太的福。如何托福？场面上的话，也没有人去深究。

庆爷的儿孙们常回来，回来住上几天，再一挂锣车地走。孙辈们都很年轻，对老太太早晨的喊起不适应，但会总结，说是大宾馆里有“喊早”业务，老太太也喊早，但此喊早非彼喊早，喊早的内容不同，老太太的喊早是喊人，也是在喊一地的庄稼，挺有诗意的。庆爷听了“嘿嘿”的笑，难道老太太是个诗人不成？

“庆啊，太阳晒屁股了，还不起来。”

“太太，起了，起了哦。”

一个大声喊，一个大声答应，就让村庄的早晨涟漪起来。庆奶有时抹眼泪，庆爷问：“怎么啦？”庆奶就说：“想妈了哟。”庆爷幸福满满：“七十六岁的人了，还有妈喊早，多好，多好。”

庆爷突然一天早晨在老太太喊早后改了口，庆爷大声应答：“老祖，起了，起了哦。”头天晚上儿子打来电话，说：“我当爷爷了，你当太太了。”老太太随之升级，还不就成了老祖。

早晨的风在村庄刮过，花香、草香、稻麦香，好清新、好清新。

（原载《北方文学》2023 年第 2 期）

荒原

张璐瑶

“欢迎来到《黑迷宫》。”

凯文怔怔地望着眼前的黑暗，墙壁上的青苔和蜘蛛网交织成了一道道交织的纹路，昏暗的光线来自于转动的时钟，拉长石柱的影子。地面上铺满了厚厚的尘土和碎石，仿佛整个世界都荒废于此。

他的身后突然传来了一阵低沉的喘息声，紧接着一只巨大的黑色猛兽出现在了他的面前。它伸出了锋利的爪子，咆哮着向他扑来，凯文只能尽力躲闪，身体一阵颤抖，他能感受到猛兽发出的狂暴气息，仿佛一只来自地狱的恶魔，蓄势着下一次攻击。凯文的每次躲避，都能被猛兽精准捕捉，他开始慌了。当黑色猛兽再次扑向凯文时，突然一道身影出现。那是一个身着黑色长袍的神秘人，他手持一把闪耀着寒光的剑，迅速地向着猛兽挥去。剑光如电，瞬间将猛兽的身躯斩成两截。凯文惊讶地看着眼前的神秘人，正准备说点什么，却见他一挥衣袖，消失得无影无踪，黑暗洞穴中的场景裂成碎片而散尽。

“恭喜通关!”机械歌姬的播报声响起。

凯文退出游戏，摘下 VR 眼镜和厚重的手套。窗外传来此起彼伏的喧闹声，人们在狭窄的街道上穿行，他们手持各种自制的标语牌，高喊口号。

今天是“转移星系”计划实施的第五个紫云周年纪念日。自地球变成废墟以来，这个远离银河系的星球——紫云星球成为了人类的避难所，而这些生活在最底层的人不得不在摇摇欲坠的建筑中苟延残喘，他们的愤怒和无奈渗透到了游行的每个角落。

凯文无法忍受吵闹声，关上窗户，他倒头瘫在床上。这个房间里，破旧的床铺占据了大部分的空间，被褥已经脏得不堪一览，角落的物品堆叠成山，墙面的油漆早已剥落，露出灰暗的砖墙，墙上挂着一只电子钟，床头柜上摆着他和爸妈三人的全家福，那时候他还是个五岁的孩子。

睡醒之后，凯文又准备戴上 VR 眼镜，进入《荒原》的世界。这是一个风靡全球的虚拟现实游戏，这个世界的构造完全仿照曾经的地球。地表被复杂的机械系统和科技装置所覆盖，摩天大楼的残骸和垂死的电线杆上挂满藤蔓和爬行的机器蛇。天空总是浓重的灰色，电闪雷鸣已是常态，近海地区偶尔会刮龙卷风、陆地会下暴雪。人们沉浸于游戏世界，乐此不疲，有的人通过这个虚拟游戏逃避现实的痛苦，也有人在游戏里创造了全新的人生。

而凯文内心深处一直渴望着能够回到地球的家中，再见父母一面。但受技术限制，要连接远在 20 万光年外的地球废墟的虚拟影像是几乎不可能的，而且科研人员也没有怎么在意过这个问题。曾经，阶级不同的人们共同挤在逃生仓里，经历了数十年的宇宙飘荡和忍耐，已经变得麻木，“活着”是他们唯一的希望。

在游戏中，凯文从一个疯子的口中得知，想要捕捉地球故人的虚拟影像，唯一的办法是：通过《迷宫》系列最难关卡——《心迷宫》，得到心之网络。他记得那天，那个人身穿一身黑袍，站在立交桥中央，咆哮着呼吁大家不要忘记地球的故人和逝去的情感，但人们都把他当作疯子，嘲笑他，然后凯文目睹这个疯子纵身跃下立交桥，破裂成四分五裂的碎片——他的游戏数据就此消失了。人们根本不在乎这个疯子，也不在乎过去的日子，早已把地球当作一个遥远的神话，而凯文更加迫切地想见到父母，什么办法他都愿意试试。

凯文直奔《心迷宫》，他忽略里信号里的播报声。迷雾笼罩，眼前是错综复杂的岔路，没有明显的出路。扭曲的怪物四处飘荡，他感到深深的恐惧。一道微弱的光出现，他振作精神，跟着光的方向走去。迷宫深处，墙壁上生长着不知名的病毒样植物，散发着令人作呕的气味，他捂住鼻子继续向前，突然视野开阔起来，洞穴中央是一个大型机械装置，滚动着密密麻麻的数据，周围摆放着数台电脑和设备，它们各自稳定地运行着。凯文踏进洞穴中央的一瞬间，机械装置的能量剧烈波动，仿佛在等待他的到来。凯文面前的圆形微光急剧扩张成一个巨大的黑暗虚空，一个身穿黑袍的人从虚空中走向凯文。

凯文一怔，在《黑迷宫》里救他的人、在立交桥呐喊的人，也穿着同样的黑袍。那个神秘人摘下缠绕的头巾，凯文熟悉又陌生。

他喊出："爸……妈，你到底是谁。"他的脑海闪过相片中父母的笑脸，两人的脸像是重叠在一起了。

"我不是你的父母，我是你的心魔。"神秘人缓缓开口，他的声音像男人女人的混响，看着吃惊的凯文，继续说："你的父母在数年前为了让你进入'转移星系'计划，自愿成为《神舟》游戏的试验品……也就是《荒原》的前身，那批人来到紫云星球，也在进行实验……"声音变得断断续续。

凯文听罢，感到一阵剧痛，似乎整个身体都被撕裂开来。机械装置的能量波动异常剧烈。

"警报，警报，危险人物入侵游戏。"电子歌姬的声音变得尖锐刺耳。整个空间开始震荡。

他想逃离，但是来自四面八方的能量波动让他动弹不得，他感到自己正在被吸收，身体逐渐瓦解成数据碎片。

当凯文重新睁开眼睛时，他发现自己躺在地上他的身体感觉异常疲惫，脱下 VR 设备，脑中还在回忆游戏里的情景。凯文拉开窗子，阳光透进来，窗上的玻璃碎片闪闪发光，他决心好好活下去。

（本文为第三届"丰湖杯"全国大学生小小说大赛三等奖作品，由主办方统一授权）

18 号界碑

苏三皮

白映秋发觉张光明挺小气，为一句不经意的玩笑，搞出那么大动静来。

也不知道白映秋搭错了哪条神经，突然没头没脑地对张光明咆哮了一句，你能不能正儿八经地像个男人？

白映秋话音刚落，张光明整个人瞬时愣住了，脸苍白得像一张纸，好半天说不出一句话来。这句话像一把锋利的刀子，深深地插入了张光明的心脏。几乎那么一瞬间，张光明听见心脏碎裂的声音。那声音沉沉的，像一记闷雷。

当眼光落在足球场那幅巨幅征兵海报上时，张光明整个人瞬时就又仿佛沐浴在了春风里。军营！对，就是军营！张光明要把自己变成一个阳刚、坚韧、钢铁般的男人，再也没有比军营更合适的载体了。

几乎不做任何犹豫，张光明就到学校保卫处报了名。

顺利通过初检初审、体检政考和走访调查等环节，张光明披红戴花地坐上了专列。靠在车窗上，张光明望见白映秋追着火车跑了很长一段路。张光明内心五味杂陈，有一丝离别的伤感又夹带着报复般的快感。

火车一路向北，穿越大巴山到达宝鸡后，扭头转向西行，河西走廊、祁连雪峰、丝绸古道、嘉峪关、星星峡、巍巍天山……第一次如此近距离地领略祖国的壮美山河，张光明内心不禁被自豪感填满。这不正是自己内心一直渴望的诗和远方吗？张光明清晰地感觉到心脏的伤口开始愈合，他不禁暗自庆幸自己的选择。

新兵下连，张光明被分到了距离边境线不足百里的连队。连队中士李子华告诉张光明，连队的职责是守护 18 号界碑。李子华还说，可别小看一块小小的界碑，它宣示着祖国的主权，守护界碑就是军人的使命和荣光。

李子华说这些话时，张光明对界碑的理解还很模糊。但是随着时间推移，张光明听了越来越多关于戍边军人以及边民守护 18 号界碑的故事，18 号界碑在他的心底就越发神圣起来。

李子华多次参加过联合武装巡逻。他告诉张光明，当迎着刺骨寒风，穿越山谷、冰河、雪原，终于抵达 18 号界碑，看到刻有“中国”两个大字的界碑，那一瞬间他不由自主地热泪盈眶。他热切地抚摸着界碑，仿佛在抚摸着自己的亲人一般。那一刻，他强烈地感受到他和祖国心心相印，他的脚下就是无比伟大的祖国。李子华还说，只有站在界碑跟前，你才能有这样的感觉。

张光明还认识了一个老边民。老边民已经八十多岁。新中国成立那年，老边民刚十三岁。从那时开始，老边民就跟在父亲屁股后面守边，已经守了将近七十年。那天在哨所，老人告诉张光明，只要还有一口气在，他就会一直守护 18 号界碑，要是不在了，就让他的儿女继续守护 18 号界碑。说到 18 号界碑时，原本消瘦得有些佝偻的老人瞬时挺直了腰板，眼里闪烁着耀眼的光芒。

这些故事，让张光明热血沸腾，他恨不得立即就加入巡逻队伍，恨不得就站在 18 号界碑跟前。但作为新兵，张光明还不能参加巡逻队伍，他得先通过三个月的适应期训练才能参加联合武装巡逻。

三个月适应期训练结束后，张光明终于可以参加联合武装巡逻了，他第一时间报了名。按照连队以老带新的惯例，连队安排了李子华带张光明。当巡逻车驰骋在蜿蜒的边防公路上，望着窗外远处云雾缭绕的边境山峦，张光明不禁想起了白映秋。刚下到连队那时，白映秋曾苦苦哀求张光明回心转意，甚至给张光明下了最后通牒，在她和当兵之间张光明只能选一个。张光明不做回复，心底苦涩得很，那段刻骨铭心的恋情怕是再也回不去了。

巡逻车在一个山头停了下来。18 号界碑就在山头的另一边，巡逻车开不过去，剩下的路，张光明和李子华就只能步行过去。实际上并没有路，半人高的积雪已经把路给抹掉了，一脚下去，积雪就淹没到了大腿根。张光明和李子华用背包绳把他们系在了一起，然后手拉着手，一步步艰难地往山上腾挪。

凛冽的山风从张光明的耳畔呼啸而过，他的手脚麻木了，身体开始不听使唤起来。李子华提议张光明歇一歇，张光明倔强地说，不，不能歇。

再艰难的路，我也会坚定地走到底。张光明在心里暗暗给自己打气。

终于，18 号界碑出现在了视线里。果然如李子华所说，那一刻，泪水模糊了张光明的双眼。

张光明笔直地站在 18 号界碑前，让李子华帮忙拍了全身照。张光明挑出一张最满意的照片，在照片右下角添加了一行字：我站立的脚下，就是我伟大的祖国。张光明把照片发给了白映秋，然后立正，啪地向 18 号界碑敬了个标准的军礼。

（原载《湛江日报》2023 年 1 月 15 日）

鹰

丁迎新

不到十一点，兵就起了床，把穿衣服的声音压到几乎没有。他已经看了十几回班长交给的手表，没有一毫睡意，脑子乱糟糟的，也不知道在想些什么。走出宿舍门，连队哨兵诧异地看了兵一眼，抬腕看看手表，比正常接岗时间早了半小时。

夜太静了，静得能听见自己的脚步，再轻也能听见。走出营区才按开手电筒，一束光直射出去，把黑暗刺出个窟窿，揭开了伪装。有了光亮，兵踏实了许多，光亮似乎是枪，可以随时消灭一切威胁。

半年的新兵生活结束，工兵哨正好轮到本连队，交到新兵排，每班一个月。昨晚第一次是班长带的，细枝末节交代了个清。八小时一班，提前十分钟接岗，从连队到哨位是半个小时路途，不得睡岗坐岗和做任何无关的事，子弹袋和枪不离身，没有危及生命安全的情况绝不许开枪，等等。还暗示，那是挖在山体中的工兵仓库，须保证绝对安全。兵能背出来。

营区在山脚，哨位在另一座山的半山腰，走出营房的地界就是荒草掩映的山坡，曲曲弯弯的小路越走越细，细到看不出是路。没有星光，黑暗如慢慢收紧的网，压迫着兵，冲锋在前的光亮也渐渐无力抵抗，兵的肌体在收缩，而且寒意渐浓，总感觉路边会有什么扑过来。

兵从小就胆小，不和大人一道，不敢出门。屋里灯不开，不敢进家。晚上睡觉用被子蒙着头，尿急了也憋着，不到天亮不下床。兵是爸爸逼着他当的，不把胆量锻炼好了别回来，这是爸的原话。兵很委屈，不是自己想胆小，是不由自主地怕，究竟怕什么，自己也说不清。比如现在就是。

总算接近了哨位，冷汗遍布全身，内衣沾在了皮肤上。这才感觉到握手电筒的手有些麻木，另一只紧握成拳的手像是攥着一团火，松不开了。

站住！口令？

我是雄鹰。回令？

鹰击长空。

敬礼，交接，兵站到了哨位上，随着下哨战友手中的光亮隐入黑暗，世界只剩下了黑暗，紧紧围裹着兵，黑暗里什么都会有，什么都会出现，兵透不过气来。兵闭上眼睛，一层眼皮果然隔开了世界。不行，危险一旦出现，会措手不及。兵睁开眼睛，还睁得大大的，向周边的黑暗里搜索。习惯了黑暗的缘故，能看到近前模糊的影像，是树，是草，也可能是其他，兵握枪的手更紧，像弹簧，一触即发。

不行！我是兵，连这些我都怕，还怎么担负保家卫国的职责？兵的脸开始发烫，一直紧绷着的心也烫，烫得周身发热。今晚的口令不知道是谁编的，男人应该是鹰，军人更应该是鹰。

兵决定就利用现在的机会锻炼胆量，大好的机会。哨位方圆五步开外，是低矮的灌木草丛，再远些是成林的杂树，兵端枪在手，身体微躬前倾，开始迈进。右手食指贴紧扳机，大拇指紧贴保险，这是班长教的，开保险和击发可以在瞬间完成。走过灌木草丛了，走进杂树林了，黑暗成团成堆汹涌而来，兵不再是兵，目光也成了枪，不顾一切地挺进。

大不了以死相拼！这是最坏的结果。如此一想，反而豁然了。

突然，啊的一声长叫在上空划过，紧接着是翅膀振动的气流和枝叶碰撞。兵一个激灵，枪口迅速抬起，直指向天，差一点就打开了保险。不知什么鸟，被兵惊动了，一场虚惊。

回到哨位，兵有了变化，心在心的位置，跳动有序，身体和肩背的枪一样正直，目光坦然扫视，黑暗尽收眼底。兵想笑，像打了一场战，赢了，不累，反而精神抖擞。

谁在用力地擦洗天空吧，天微微地泛白了，泛蓝，泛青，主要是白。听见营区的起床号响了，兵一下子振奋起来，这才感觉到双腿麻木僵硬，感觉到深秋的寒，赶紧原地跺脚，伸展臂膀。

天边泛红了，山巅不改初衷，厚重坚挺。仰头间，兵发现一只鹰，在天空优雅盘旋，一圈又一圈。昨晚惊飞的，会不会是它？

鹰越来越低了，能看清鹰的翅膀和爪，兵目不转睛，脖子都仰酸了。突然，鹰化为一粒子弹，直射下来，兵的反应快，视线猛地下滑，一只野兔的身影一闪而过。鹰一个拉升动作，第一次突袭失败了，又开始画圈。兵看出鹰的凶狠来，开始担心弱小的兔，本能地从地上捡拾石块，向天上扔。石块是无能的，还在远远够不着的高度就掉下来，兵还扔。可惜不能开枪，否则，非要了你的小命不可，看你还欺负弱小。

鹰飞走了，是认了输还是另寻目标，兵不知道。扔石块用力过猛了，胳膊跟训练投手榴弹之后一样酸痛。

厉害呀，把鹰都打败了！

随着说话声，班长从灌木丛中笑盈盈钻出来，衣服上湿迹斑斑，是霜的痕迹。班长什么时候来的？兵不解，欲张的嘴又抿紧了，脸上不好意思地笑，心里已溢起一股暖意，向周身弥漫。

（原载《安徽文学》2023年第7期）

格桑花的忧伤

王雪菲

×年×月×日

我背着一把老旧的木吉他，来到了这个叫莫通的偏远山村支教。今天是第一天。

我来这里并不是出于什么高尚的情怀。我初高中都没上好，只考了个破三本。好在我的音乐天赋不错，又弹得一手令人嫉妒的好吉他。所以高考走了音乐特长这条路。

问题是，就算我毕业了，拿到了音乐学院的毕业证书，我的日子差不多还是回到了原点。我根本找不到中意的工作。有一家音乐培训机构，我毕业的那个暑假去代了几天课。并没有什么意思，结算下来，拿了不到3000块钱。

小暖说，你不是爱玩吗？干脆咱们去雪域玩一趟好了。我心没动，脚却动了。

×年×月×日

迈欧又打人了，今天他打了吉米。

小暖坐在河边弹唱《红唇》。一曲终了，她睁开婆娑的泪目，却发现身边围了三个藏孩。

高高大大的迈欧，才十三岁，已经高过小暖半个头。他喜欢用拳头解决一切。

瘦弱的吉米让人看一眼就会心生怜惜。但其实，吉米比迈欧更倔强。迈欧把他嘴角和鼻子都打出了血，可他毫不示弱，就算一次次被迈欧击倒，他还是一次次爬起来继续扑向一堵墙似的迈欧，就像一匹暴怒的豺。

最终迈欧手软了。他几乎不敢正视吉米那张血葫芦似的脸。

还有一个是女孩，叫格桑曲珍。她和迈欧、吉米一样，也是被小暖的吉他弹唱吸引过来的。

×年×月×日

迈欧和吉米仅仅是因为各自想更靠近小暖一点而起了摩擦的。

“这歌，你们都喜欢听?”小暖把吉他竖抱在怀中。

吉米拿藏袍袖子抹一下鼻子上的血，开心地点头。迈欧则一脸冷漠，胖脸上的小眼睛不屑地眯着。格桑曲珍小脸真的笑成了一朵格桑花：“喜欢！你唱得真好听！”

“吉他也好听！”吉米补充。

迈欧仍然凝望远处头都不回：“是唱得好！”

“吉他好！”吉米仍不示弱。

迈欧小眼微眯，两道幽幽的光扫向吉米的脸。吉米撇了撇嘴，拉好了扑咬的架势。

格桑曲珍细小的身子挡在了他俩中间。

×年×月×日

我和小暖决定教他们吉他。我那笔代课费还有两千多块，全都转给了在吉他厂搞设计的杜英廷。

“两千块搞毛啊？”杜英廷微信语音跟当面说话一样爆粗。

我喜欢打字，懒怠开口：“三把吉他，白给也得给。”

“坑爹！”杜英廷发了俩字，外加一个怒火中烧的表情。

×年×月×日

藏孩仿佛个个都是天生的音乐精灵。才半个来月，迈欧、吉米、格桑曲珍三个人就娴熟地掌握了吉他演奏技巧。

迈欧和吉米虽然时有拌嘴，但是从怀抱了吉他那天开始，他们之间再也没有发生过斗殴事件。

格桑曲珍不仅弹奏吉他，还有一副好嗓子。她清亮的歌喉能把雪域神鸟招引过来。

×年×月×日

高原的天，真蓝。

遇见栗芝是今天下午的事儿。我和小暖带着迈欧他们到乡里演出，却意外撞见她。原来，她大学毕业来这里当村官儿都三年了，脱贫攻坚已经到了决战阶段，为了这里的乡亲们，她几乎跑断了双腿。最终，这里的茶树获得了新生。栗芝指导他们生产生态茶，还亲自拍视频发短视频推销。

听说我们培训藏孩器乐，栗芝非常高兴，说精准扶贫既要从物质生产入手解决生活贫困，又要从精神层面扶贫，满足藏民们对精神生活的追求，尤其要在少儿心里播下理想和追求的种子，这样扶贫才更为精准。

×年×月×日

我有种想写一首歌的冲动。但是写什么，却又一片茫然。

×年×月×日

我不知道的是，我的内心究竟从何时变得柔软了，似乎还有了热度。

小暖已经跟我分手，去了一个她更喜欢的地方云南。我知道她是一片云，行踪永远在她的思维之外。

我决定留下来，其实连我自己都很不解，我原本也是那种不愿意被拴在桩子上的野马，如今居然成了恋厩的“卧槽马”，很是不可思议。

栗芝正在协调，要帮我们建一个像样的音乐学校。

但很快，一个坏消息传来了。

×年×月×日

栗芝牺牲的消息，我是从网络新闻上看到的。她，才二十四岁。

报道说，栗芝是去乡里跟领导谈她对精准扶贫的新想法，归途中遭遇了山体滑坡牺牲的。

栗芝的新想法里，一定有关于音乐学校的内容……

×年×月×日

小暖走后的那个夜里，我独自拨弄着吉他。

清脆刚劲的音质，仿佛能穿透高原的夜空。高原的夜空，一如白天清朗，星斗密密麻麻，是我吉他弦上迸飞的音符。

当我一曲随心流泻的情感戛然咽住，忽觉肩上多了一件小小的藏袍。回头，格桑曲珍不知什么时候站在了我的身后。她轻轻柔柔的声音，在夜空中宛如吉他G弦的泛音："达奚老师，这是什么曲子，又好听又有点儿心酸？"

我随口答道："格桑花的忧伤。"

"啊，这名字太美啦！"格桑曲珍惊喜地叫了起来。

我回身把藏袍披还给她，然后匆匆回到宿舍，铺上一张A4纸，拿起水性笔，记录下刚才的曲子……

×年×月×日

吉他三人合奏《格桑花的忧伤》在网上一发布，立即火遍全网。

迈欧、吉米和格桑曲珍现在已经是小有名气的格桑花音乐组合。

×年×月×日

小暖的微信发过来了。

"达奚波，《格桑花的忧伤》太棒了！只有你才能写出这样的曲子。我知道，我就是那朵格桑花。我还想告诉你，那朵格桑花的芬芳，会始终氤氲着你。"

我沉吟了好久，把作家老鬼的一句话发给了她："我想，人活一世，应该明明白白，赤条条来去无牵挂，留下一条真实的生命轨迹。"

不知道小暖能不能明白我的意思。

（本文为第三届"丰湖杯"全国大学生小小说大赛一等奖作品，由主办方统一授权）

巨树

肖雨芊

一日，我牵马出游，一路上平平淡淡，没什么值得驻足。我不由怀念起我那避世之所。一座简单的竹舍，屋外有竹林，有溪水，有凉亭石桌，闲来无事可以约几个好友饮茶对弈，简单朴素却乐趣无穷。

正值日上三竿，太阳炙烤着大地，我连连抬袖拭汗，马儿也气喘吁吁。远远地，瞧见前方有一巨树，想来树下一定凉爽，我便快马加鞭朝那树奔去。到近处才发现树下围了许多人，指指点点，窃窃私语，令我感到异常好奇。

我拨开围观的人群往里面看去，映入眼帘的是一具死去多时的尸体，一摊暗红融于死者头下的土地。尸体僵硬扭曲，双目圆睁，脸上定格的表情极为怪异，似喜似嗔，似惧似怨。树干上架了一把梯子，死者的死因已经明了，但我仍然好奇是什么使这个人非要爬这棵树。我探头向围观的村民打听这件事。

这个村子有一棵巨树，没人知道这棵树是何人何时栽下的。所有的村民提到这棵树，必然会感叹一句“这是我见过的最大最高的树”。这棵树从未结果，树叶倒是长得浓密，四季常绿。村子的夏天总是很热，多亏了这棵巨树，村里人得以庇荫纳凉。

今年，村里的人惊讶地发现，树和以往不一样了——树上结了一个绿油油的果子。果子长在高高的树冠顶端，若不是村里视力最好的小伙子看到了，恐怕果子烂掉了都不会有人发现。

果子形状极其普通，硕大的外形看起来既像苹果又像桃子，深绿的颜色却像未熟的李子。那味道，想想嘴里就直冒酸水。然而就是这样一个果子，却使宁静祥和的村子变得鸡飞狗跳。

人们被这颗果子所吸引，树干像是被狗啃了一样伤痕累累，几乎找不到一块完好的树皮。我几乎能想象无数把梯子卡在这棵树上，各怀心思的人们仰头望着这庞然大物，不管它愿不愿意就手脚并用，带着各式各样的绳子钩子在树上穿来荡去，试图爬到树顶将果实占为己有。然而他们最终无功而返，老老实实臣服在这巨树底下。

大多数村民都回归了平静的生活，即便每天聚集在这里避暑闲谈，也当那个果子不存在。但总有人不甘心，毫不避讳地显露出对那神圣之果的向往。那是村里的一个小混混，无所事事，整天游手好闲，看到什么珍奇稀罕之物，总是想方设法地占为己有。

趁着夜色，混混搬了一把很长的梯子架到树上。

据说他背地里下了不少功夫，对那果子势在必得。混混凭借着敏捷的身手往上蹿，即便如此，他也花了大半宿的时间才爬到树顶，最终顺利摘到了那颗果子。果子大得超乎他的想象。那一刻，仿佛全世界都被他抱在了怀里。混混难掩内心的喜悦，一抹得意的笑容浮现在脸上，他忍不住向下探望，俯视众生一般意气风发。他感到浑身轻飘飘地发酥，所有的疲惫瞬间消失得一干二净。

这种美妙的感觉，又疾速地唤起了他新的欲望。果子长在这样一个半天云里的人间佳境，吃了是否能成仙呢？他迫不及待地想一饱口福，羽化成仙。风卷着稀薄的云拂过他的脸颊，夜深露浓，树干湿滑，他一不留神便一脚踏空，身体倒栽下去，刚刚还很轻柔的风转瞬间变成了刮骨刀。他一阵窒息，无数个画面从他的脑海中掠过又回归空白，最后只剩下巨大的恐惧。背在背上的果子加速了坠落，触底之后和他同归于尽。

村里几个壮汉簇拥着村长走来，其中一个壮汉手里拎着一卷草席。尸体被卷起来抬走之后，村民们也慢慢散去。然而，他们的闲言碎语却依然围绕着树下的那一方天地。

“到底是一个不一样的人呐。”

“嘻嘻，不如说他确实得到了一个不一样的结局。”

“倒也算是做了一件好事，毕竟他终止了大家对那果子的念想儿。”

“这话说得有点早，如果明年再长出一颗果子呢？”

“哈哈，话说我已经等不及明年的这个时候啦！”

我盯着树下那抹融入土壤的暗红和碎裂的深绿，想象着事情的始末和必定的轮回。日头西斜，我默然无语。

我牵着我的马返回我那避世的青山竹舍。一路上平平淡淡，没有什么让我驻足。我走了很久，渐渐欢喜起来，那熟悉的情景重上心头：山色如黛，溪水淙淙，竹林涛声似海，一切都是我离开时的样子，不差分毫。下一秒我勒住缰绳，久久地杵立在原地。

因为我的竹舍已荡然无存——只有它不在，就仿佛它从未存在。

（原载于《微型小说选刊》“高校在线”专栏2022年第21期）

急救者

田洪波

李炳业，一九八一年二十五岁时游览黄山，回归途中大巴翻车，他和二十三名游客被紧急送往当地医院急救。他仰仗年轻，自己走进了医院。

医院条件有限，只有一间急救室、两间病房，受伤的游客按轻重之分，被临时安排到病房、办公室、走廊和医院长条椅子上候诊。李炳业稀里糊涂和一个胖哥混搭在二号病房，胖哥好像受伤很严重，满头满脸是血，躺在临时腾出来的一张床上输液。李炳业歪着半边儿屁股，坐在床尾。

李炳业只身上溅了一些血，出出进进的医生护士没人多看他一眼，倒是胖哥的痛苦呻吟引人侧目。

李炳业就像这场车祸的局外人，他慌促着，也不言，忐忑地看着四周。护士清房时，差一点儿把他给清走，怪异地扫视他一眼，刚要向李炳业问点什么，胖哥的哀嚎声响起，说，怎么还不给我包扎呀？疼死我了！从走廊经过的一位老医生就走进了二号病房，瞅了眼李炳业说，你让一下好吗？我给他检查一下。李炳业脸上虚汗直冒，说着好的好的，咬牙站起身，缓慢坐到另一张儿童急诊患者的床尾一角。

检查完伤口，老医生和蔼着征求胖哥意见，说，稍等片刻好不好，现在伤重的妇女和孩子很多。

胖哥对这话不满意，说，这是什么论调啊，难道我就伤得不够重？同样是患者，不能一视同仁，这说不过去吧？

老医生说，你只是擦伤了点皮，不要紧的。

胖哥诧异着提高嗓门儿，说，你没见我流了这么多的血吗？

老医生苦笑说，你身上的血不全是你自己的，我们人少，暂时忙不开，等下好吧，理解下好吧？

老医生和护士离开了病房。

李炳业追随着他们的背影，想说点什么，又说不出，就那么迟疑着，傻望着。胖哥说，你听听这是什么话？这还有一点医德医风吗？隔了会儿，瞅了眼李炳业说，帮下忙，你去把他们喊回来行吗？我疼得实在受不了啦！李炳业眉头锁了下，下意识望向吊瓶里的液体，脸上掠过一些犹豫。胖哥又说，求求你了。李炳业点点头，慢慢起身，艰难地向走廊挪去。

走廊里纷乱嘈杂，老医生正向两名护士吩咐着什么，李炳业犹豫了下，见缝插针，把胖哥的请求说了。老医生叹了口气，脸阴着，不知是对胖哥不满，还是对李炳业不满，转身返回二号病房。老医生又做了检查后，让护士给胖哥包扎伤口，临走扔下一句话：虚张声势！

李炳业看着护士为胖哥擦拭伤口，看着护士耐心为胖哥包扎，想说什么，望着输液瓶里的液体又止住了。

胖哥并不满意这个待遇，护士离开后，他继续抱怨有些医生护士职业素养低下，抱怨当地医院的设施条件太过简陋。

一个多小时过去了，期间有护士进到病房，李炳业几次想张口，就是没张，没问，就在那里安静地等，云淡风轻地等。偶尔，疼痛会让他咧一下嘴，不过很快又如常了。

好像所有受伤游客都得到了妥善处理，医护开始最后巡视，这才发现李炳业。此时的李炳业，脸色青紫，虚汗满头，已经站立不稳。急忙检查，众人皆惊，李炳业坐骨骨折，大腿根部有两寸长伤口，沾满了玻璃碎渣，局部已呈暗紫色，是二十四名游客中受伤最重的一个。

老医生说，你这个人，怎么不早说？这么大个小伙子，怎么腼腆得像个大姑娘似的？为别人求情就诊，怎么就张得开口啊？

当天，李炳业成为医院里传播的笑柄。不仅如此，先前那些热衷给他张罗对象的人，也不再热心了，私下议论李炳业，说，人还有傻到这份儿上的？这样的人，谁敢把终身托付给他？做梦去吧。

李炳业一直单着，四十岁时才结婚。

（原载《作品》2023 年第 2 期）

逃跑的月季

胡　炎

惨白的月色。鬼魅般的黑影。胆怯的虫鸣。风中凋零的花瓣……

两年后，当她站在阳台上，努力寻找记忆的时候，脑海里出现了一些模糊的影像，支离破碎，她无法确认它们的真实性，更无法将它们还原成一个整体。

丈夫一面解着围裙，一面说："吃饭了，做了你最喜欢的糖醋鱼。"

丈夫待她很好，厨艺也是一流，总变着法做她爱吃的。可她没胃口，那些影像，像《聊斋》剧中恐怖的片段，在她眼前旋舞。

"别想了，都过去了。"丈夫劝她。

"过不去，"她哀怨地摇摇头，"我只想知道，两年前那个夜晚，到底发生了什么。"

丈夫叹一声，沉默。那是个悬案，发现她时，她已经昏迷了，醒来便失去了记忆。警察想尽办法，最终未能破案。

"多好的天气，出去走走吧。"丈夫说。

她不置可否。丈夫开车带她去郊野，那里是一座月季山。漫山嫣红，远远地，花香便沁入了肺腑。

可她说："回去吧。"

“为什么?”丈夫不解，“眼看就到山脚了。”

“没什么，就是不想去了。”

她不想让丈夫知道，那些摇曳的花瓣，在她眼中是魅惑的血光。尽管丈夫告诉过她，月季是她以前最喜欢的花。

许多年，那些破碎的影像，在她眼前挥之不去，无论醒着，还是梦着。有时，她似乎抓到了那朵凋零的花瓣，但转瞬之间，那朵花瓣又像一个恶作剧的孩子，诡诈地笑着，逃得无影无踪。

她痛苦，情绪无常，脾气也越来越暴戾。丈夫还给她的，只是隐忍的微笑。她知道，丈夫是个难得的好男人，忙里忙外，两鬓早早斑白了，逢她不讲道理时，也从不计较。他太累了，是她连累了丈夫。她应该对他好一点，可她没办法让自己温柔，郁闷时，她唯一的发泄对象，只有他。

“别想了，都过去了。”这句话，丈夫每日都在重复，月月年年，重复多少次，无法计算。

丈夫老了，她也老了。

“去花园里走走吧。”丈夫说。

她点点头。毕竟上了年纪，她的情绪稳定了不少。她想顺着丈夫，让这个疲惫的男人多一些舒心。她欠他，欠了一辈子。

丈夫的背驼得厉害，本是个大个子，此时却像一棵弯榆，顶着满头白絮。他的步子很重，蹒跚着，穿过小区的甬道。一座小花园，月季正在盛开，落霞般绚丽。

“年轻时，你就喜欢月季。”丈夫一手扶着花茎，回头一笑。

她想回他一个笑，可她笑不出来。那些血红的花瓣，在惨淡的月色下疯狂逃跑，撒着魅惑的冷香，引她去寻找。她就这样寻找了一生，使尽浑身解数，还是找不到。可她不甘，只要活着，她就要努力把记忆找回来。

月季凋零的季节，丈夫走了。弥留时，留下的还是那句：“老伴，别想了，都过去了。”

三年后，她坐在轮椅上，又来了花园。推着轮椅的，是她的小孙女。小孙女跑到月季丛前，把鼻尖探进花瓣，忘情地嗅着。

“奶奶，瞧，这月季多美啊！”小孙女嫣然地笑，也像花一般灿烂。

“是啊，真美……”

这么多年，她第一次说出“美”字。说的时候，她几乎没有意识到。可她听到了自己说出的这个字。她忽然一阵伤感，丈夫活着的时候，她从没说过，也从没笑过。刹那间，她似乎感到那些梦魇般的影像，在岁月的风中，如烟般渐渐飘散。

“都过去了。”她又想起了丈夫的话。是啊，都过去了。如果说，这一生她所有的努力，都在寻找失去的记忆，那么，从现在开始，她要做的，就是学会努力忘掉。

“奶奶，你笑了。”小孙女说。

（原载《山西文学》2023.2）

双面

朱红娜

A面

许嫣没想到，别人一个小小的疏忽，竟然让她差点离婚。

那天是周六，中午，老公又喝上了，许嫣皱眉，嘴巴嘟得老高，老公知道许嫣又不高兴了，赶紧辩解，今天不是周六吗？周六喝点酒放松一下。

你总是有理由喝酒，周末喝酒放松，上班喝酒解压，高兴喝酒助兴，烦闷喝酒解闷，哪天不喝酒？

许嫣最反感老公喝酒，一喝就醉，喝醉了全世界都是他的，但他的世界没有许嫣。

老公不管许嫣叨叨，一口一口，三杯落肚，胜似神仙。

正喝得高兴，“滴，滴……”从阳台传来洗衣机故障的声音，许嫣起身走到阳台查看，将电源关了。重启，一会，“滴，滴……”声音又起。奇了怪了，刚买三个月的洗衣机怎么会坏了呢？

我去看看。老公放下酒杯，走到阳台打开洗衣机，刚刚搅拌过的水有点浑浊，左看右看，同样看不出所以然，又关机重启。“滴，滴……”噪声顽强地灌进耳里。

买的什么破洗衣机。许嫣抱怨。

这不是你让我买的牌子吗？坏了又不是我的错，怎么能怨我呢？老公喝了酒，声音高了八度。

这么大声干吗？说你一句都不行吗？许嫣也提高了分贝。

你这是说吗？这是指责，无理取闹。老公丢下筷子，气呼呼回了房间。

许嫣也吃不下去了，将大半碗饭重重地砸在桌上，也回了房间。

只剩下婆婆在饭桌上默默吃饭。

房间里瞬间又响起了吵架声，一声高过一声，陈年旧账又被翻出来吵一遍。

离婚，过不下去了。老公咆哮起来。

离就离，谁怕谁啊？

婆婆抱着三个月大的孙子进来劝架，也不怕吓着小孩，一点鸡毛蒜皮的事，吵什么啊？动不动就把离婚挂在嘴上，也不怕丢人。不是有保修吗？打个电话给老板就行了。

一语点醒梦中人。许嫣老公的气吼出了，人也清醒了，他自知理亏，赶紧翻出电话打了过去。许嫣在看到粉嘟嘟的儿子那一刻，也止了声。

下午，师傅上门了，一看，原来是排水管被吊起来了，挂在墙上的一个钩子上，排不了水。

大家都没注意排水管。一定是搞卫生的阿姨弄的，马虎大意。

婆婆愤愤地说。

上门费30元。师傅说。

不是免费保修吗？婆婆问。

是的，机器坏了免费维修，你这不是机器问题。

许嫣老公虽然很不情愿，但还是乖乖地掏出30元。心里的气又砰地喷向许嫣，你这家政叫的什么破阿姨。

这又关我的事？许嫣毫不忍让，大声回击。

眼看一场吵架硝烟又起，婆婆马上发话，是阿姨的错，去家政公司投诉啊！

对，不能这样白白损失了30元。许嫣立即找了客服，客服态度倒是挺好，答应付30元作为补偿。

一场战争终于停止。

B面

家政公司不会做亏本的生意，谁身上惹出的骚，当然由谁去洗。阿姨被扣罚了30元，心里像压着一块石头，堵得慌，辛辛苦苦忙活了一个上午才80元，一个小小的疏忽就弄丢了30元，太不值当了。可怨谁呢？主家没错，公司没错，只能怨自己，怨命！谁让自己没文化，没本事，干这吃力不挣钱的辛苦活，还要时时处处小心翼翼，一不小心，摔了个茶杯，破了个碗角，都要赔偿，客户不满意投诉了，还要扣罚。唉，都是命！阿姨哀叹着，不禁心中涌起悲凉。这30元够读大学的儿子两天的饭钱了，就这样被自己损失了。阿姨自怜着，竟然没有注意到天色暗了下来，忘记了做饭，直到老公回来了，才磨磨蹭蹭准备做饭。

老公一看老婆凄然的神情，知道她肯定又受了委屈，关切地问，又被扣罚了？

老婆眼泪滴滴答答就掉下来了，都是我该死，上午去干活，为了洗阳台方便排水，竟然把人家洗衣机管子挂起来，做完却忘记放回去了，结果主家请师傅花了30元，当然扣到我头上了。

原来这个事是你干的啊？老公没想到事情竟然这么巧。

你怎么知道？老婆问。

就是我上门去看的啊。

这么说，30元是你收了？老婆惊讶地问。

当然。

这样，我们是不是没有损失了？老婆转悲为喜，苦瓜一样的脸舒展开了。

老公点点头。

太好了，30元失而复得，又回到我们家来了。老婆开心得就差拍手了。

不对，我们还是损失了30元。过了一会，老婆想了想，对老公说。

没有损失了，只是损失了一点点时间而已。老公轻描淡写地说，并嘱咐老婆，以后干活注意细节，尽量小心一点，减少损失。

哎，知道了。老婆心里的石头被老公搬走了，屁颠屁颠做饭去了。

（原载《边疆文学》2023第5期）

L教授的火车

安石榴

L教授五十年代末出生，家中老大，父母可能因为贫困也可能因为天天吵架，早亡。

L教授的两个弟弟两个妹妹，不，还要加上两个弟妹、三个妹夫——其中一个妹妹结了两次婚，和八个侄辈，十七人，全由L教授一手辅助长大。虽然他和一个弟弟一个妹妹年龄相距一岁和两岁，可他们还是由他带大。

L教授有时候觉得自己是一棵大树，而他们是树上的红果子。有时候又觉得和他们在一起就重合了中学历史书中的一幅插图：张衡地动仪。自己是中间那部分，而他们是那一圈张着嘴的蟾蜍，等着每一次地动，等着“珠子”掉进比脸大的口中。不过说实话，L教授想象自己是大树的时候更多，因为他喜欢绿树红果。关键是，他确定他爱他们。

L教授没结过婚，也就没有老婆，没有孩子。他的床上永远都是他一个人，任何女人男人都没有上过他的床。他的两个妹妹总是哭着说他们连累了他。他解释过很多次，他说没那回事，与他们一毛关系也没有，他就是那么怪癖。他们都不信，就是不信，就像不信他没有安排好自己的遗嘱一样。他们总会抽冷子问上一句：将来这个大别墅给谁呀？其中两个侄子、一个外甥受他引领资助留学过欧洲和北美，谈论这个的时候加上一句洋腔儿：我无意冒犯。

L 教授没有和女生发生过绯闻，一次也没有。他也没有“奴役”过他的研究生和博士生。

L 教授退休后没有停下来，开讲座、参与学术研究、给企业当顾问、为客户上庭辩护，这些和他在教职的时候没有什么变化。就像人们常说的那样，生活在继续。

L 教授捐助的事情也依然在继续。他每个季度匿名登录一次水滴筹，他并不查验求助者的申请资料，排名前十名的账号，他依次每个捐助 200 元人民币。有时候也会因为暴雨如注，它们在他的窗玻璃上不停地倾诉；或者落叶飘飞，他在树篱下见到一只僵直的红尾巴蜻蜓；或者大雪迷离，他隔窗追随着一个孤独的人踽踽独行，这时候，这样的情形下，L 教授就继续滑动手机屏幕，捐助的名额可能二十名。

每年旧历十二月三十，照例所有亲眷都集中在 L 教授家里，整个家族欢聚三天。L 教授事先预备下丰盛的食物塞满厨房和两个立式超大冰箱，并总在新年钟声响过之后，拎起他的拉杆箱去参加一个重要的会议。亲眷们把他送到车上，他叮嘱他们在他的家里玩儿好吃好，便驾驶他的车，离开郊区别墅小镇，直奔市中心。

市中心一处超高建筑中有他一个公寓房间。这是 L 教授人间唯一的秘密，世界上没有第二个人知道。房间里家具和摆设一律当代北欧风格，隔音做成家装中的顶流。房间正中间被一座超大火车沙盘占据了。这个巨大沙盘里的所有模型都精工制作，和实物一模一样，只不过微缩了不等的倍数。

L 教授输入指纹解锁房门，把拉杆箱推到角落里的柜子中，拉上窗帘，摁下几乎所有开关，房间里立马雪亮，一列火车奔驰而来！它从一座山中隧道呼啸而出，奔向一片松林，闪过与铁轨平行的高速公路上的各种车辆，进入高楼耸立的城市，但它没有停，继续奔驰。它爬上一架铁路桥，桥下江面开阔碧蓝，却只有一叶扁舟漂浮在水中，大江两岸绿色田野的尽头错落着几点黑瓦粉墙的农舍，平畴当中偶尔有一两个孤独的树挺立着。火车车轮与铁轨摩擦出令L教授沉醉的声音，前方已见一个沿铁路铺展的小镇，在镇外一条乡间小路与铁道交界处，黑黄条纹隔离杆外站着一个西装男，他拖着一只黑色拉杆箱，目光越过铁轨，注视着远方。

火车沿途上依然千山万水，高峻的岩石山、茂密的竹林交错横陈，岩羊在山坡回望，溪流掩映在竹林中，更远处还有水库、风力发电大翅膀、湖泊，半圆形欧洲风格的机车库……这时候，另一列火车相向而来，火车带起细腻风声，瞬间交缠一股复杂的流变。它们在小镇水塔旁边相遇，又各奔前程。相向而来的火车驰过十字路口的西装男，他的目光未变。火车循环往复、嘶嘶作响、风起风息，一次一次经过十字路口的西装男，他拖着他的黑色拉杆箱，一直注视着远方。

L教授坐在房间西南角上的皮质单人沙发中。他已经换了一身居家服，左手端着一杯红酒，两腿分开，赤足，舒舒服服坐在自己的单人沙发中。他这个位置正好与十字路口拖着拉杆箱的西装男遥遥相望——他是巨型沙盘中唯一的人类。火车还在奔驰，铁道口的信号灯亮起红色，L教授隔着山山水水、铁轨、红色信号灯、铁轨与车轮间辗转的嘶嘶声、空气中微微震颤的风声，向那个人举起了杯。

（原载《作品》2023年第5期）

糖

薛　菲

（一）

戏子是梨园的戏子，先生是学堂的先生。

那年冬天，鬼子的枪炮打到虞城外。不费半颗子弹，守城的军阀在全城的愤怒和唾骂声中，将小城和百姓让给了日本鬼子。

梨园的戏班主早听闻鬼子的凶残，早散尽家财将手下的人安顿妥当。只有戏子是个孤儿，从小被班主带大，无依无靠。这乱世，多一张嘴就多一份累赘，班主有妻有儿，实在没办法，将戏子交给了老朋友先生。

"这孩子生得聪明，打杂做小随便你，交给你我放心！"班主匆匆交代，踏上凌晨的火车离开虞城。

戏子抬眼偷看一旁的先生，他长了一张典型的书生脸。

先生察觉到戏子在看他，朝她宽慰地笑笑："来，吃颗糖。"

他放进戏子手里一颗糖。戏子小心剥开糖纸塞进嘴里，浓郁的桂花味冲淡了心头的不安。

戏子喜欢吃糖，但只有她曲儿唱得好了才有糖吃。

（二）

日本人占领了虞城，街上门可罗雀，时常有扛着刀枪的鬼子兵走动。

先生所在的学堂因为拒绝教日语被勒令停办，他偷偷将孩子带到城郊的茅草屋里教课。

戏子不理解，不就是教一门语言吗？和她偷学天津老爷们说天津话有什么不一样？何必冒着杀头的风险偷偷教书呢？

可是戏子看在黑板上板书的先生，他写下“我爱中国”时，眼里有生生不息的光。

“少年强则国强，少年独立则国独立。”闲暇时，先生也教戏子读书。

戏子只是听，先生问她为什么不跟着念，戏子摇摇头：“别人都说戏子低贱，不配读书，我们天生就是给别人解闷唱曲儿的。”

“这是什么话？”先生不赞同，“书面前没有三六九等，王侯将相宁有种乎？”

戏子听不大懂他的话，只在心里跟着他默念。

时间长了，戏子话也多了，在先生给她念古诗词时，也讲一两段戏文里的故事。

“瞧，你记忆那么好，哪里不是读书的料？哪里不配读书？”先生对她笑，“有的地方我还得向你请教呢。”

头次有人告诉戏子她读书读得好，明明没吃桂花糖，她心里却泛着一丝甜。

她问先生为什么不愿意教日语，先生呷了口茶：“日本列强踏我国土，伤我国民，他们想让我们学他们的语言，是要让我们忘本！让我们彻底成为他们的奴隶！汉字中文是老祖宗留给我们的根，只要我们不忘它，中华民族就会永远团结在一起，战胜侵略者！到那时，我们将会建立人人平等的国家，不管是戏子还是小姐，都能读上书！”

戏子其实不是很理解民族、国家、文化，那些听起来高大上的东西，似乎离她很遥远。可是她看到先生那双漆黑的眼眸，因为这些话语而迸发出耀眼的火光，几乎能灼烧一切黑暗。

人人都能读上书，挺好的。

戏子愿意为了先生，实现这个愿望。

（三）

山本队长带着人马撞开茅草屋的大门。

孩子们像一群鹌鹑挤在先生身后，先生伸手护着他们，面不改色。

山本气得给了他一耳光，抬手让人绑了他要拉到街上砍头，杀鸡儆猴。

就在绳子即将套在先生身上时，戏子站了出来。

“太君别生气，先生不好意思说，我们是在给您排戏呢。”茅草屋里，戏子听见自己的声音在回荡，镇定自若。

“排戏?”山本眯着眼睛，捻着胡子凑过去，“我怎么不知道，这虞城还有会唱戏的人呢?”

“先生知道太君喜欢听戏，特意把我寻来呢。我自小跟着戏班长大，就是陪人唱曲儿解闷的。不信?就让我唱与——诸位——听——”

提腕、翻手、翘指、抬眼，一系列动作行云流水，勾得山本魂都飞走了。山本一高兴，放了先生，带着戏子浩浩荡荡离去。

从那之后，人人都说戏子攀了高枝，当了汉奸，去给日本人唱戏。

先生越发忙碌起来，有时穿梭在巷子里，有时待在阁楼。他买了好多桂花糖，偶尔摆在窗台几颗，第二天就不见踪影，兴许是被路过的孩子拿去了。

第二年冬天，山本为了听戏，特意给戏子建了座昆玉楼。除夕那天，大雪纷纷扬扬，山本带人去昆玉楼听戏。

第一朵烟花升上空中时，炮火攻向虞城，昆玉楼蹿起几米高的火光，隔着十几里都能看见。

城内外里应外合，山本和不少士兵活活被烧死在昆玉楼里，虞城防务空虚，八路军顺利打下胜仗。

昆玉楼的火烧了两天两夜才完全熄灭，洁白的雪落在焦黑的废墟上，全城上下都是对各位英雄的感谢。

孩子们围着先生欢呼雀跃，先生笑着，手里攥着一把桂花糖，眼里有一丝悲伤。

只有他知道，戏子不是汉奸；只有他知道，昆玉楼的火是戏子放的。那个曾经不懂家国仇恨的孩子，带着对“人人都能读书”的向往去与日本人周旋，为虞城内的革命人士传递情报。

茶铺的老板和先生要好，经常来阁楼上找他，每次都在三更半夜，锁上门聊好长时间。

那一晚，戏子听见他俩的争吵。

“计划就差最后一步了，我俩都没办法得到更多情报，那女孩是个好人选……”

“不行，她是普通人，不能被拉进这么危险的事当中！”

“干这事儿哪有不牺牲的？一个戏子……难道你想让我们的计划都毁掉？”

“会有其他办法的……我们不能去害普通人……”

天快亮了，茶铺老板才离开。

先生满脸疲惫，递给戏子一块糖：“会有办法的……”

戏子接过糖忽地笑了，像须臾间花开的春天。

（四）

很多年过去，红旗飘扬的那一天，一位头发花白的先生瘸着腿来到虞城。他走到城外的林子里，杂草中掩映着一块石碑，没有刻字。

先生走过去，哆嗦着手在口袋里摸索半晌，掏出什么东西放在石碑前。

那是一颗桂花糖。

（本文为第三届“丰湖杯”全国大学生小小说大赛二等奖作品，由主办方统一授权）

小人物肖三

刘立勤

肖三在剧团里是个小人物，在舞台上也演的是小人物。路人甲、红军乙、匪兵丙，他演的任务都是没有名字的角色。他满怀热情高高兴兴走上舞台蹦跶几圈，要不是让红军战士一枪毙了，就是被哪条好汉两脚踢飞，很少有扛过两枪或者三脚的时候。有时一场戏他也连演几个角色，这场士兵甲，下一场群众乙，第三场可能是鬼子丙。要是留心看看他演的角色，好像也有那么一点味儿，只是还没等到那味儿勾住你的眼睛呢，他就让人“消灭”了。

在舞台上被“消灭”的肖三绝不气馁，走进后台就还魂了，常常穿着舞台上的衣服担负起其他的事务，有时帮灯光师管灯，有时帮老秦拉大幕。他最喜欢的活儿是到门口看门收票。那时，他多半穿着鬼子的黄皮，或是二鬼子不合身的黑皮，一会儿“吆西吆西”，一会儿“撕拉撕拉”，逗得人笑声连连。有人喊住他想逗逗他玩笑一番时，他又急乎乎拎着那把破烂的长枪跑上台，砰地又挨上一枪，就在观众献给英雄的掌声中极不情愿地又“死”了一回。

肖三死不瞑目极不情愿，他多想在舞台多蹦跶几圈。他也知道自己的存在是为了衬托主角的英武，是角色的需要，怎么也不能喧宾夺主，他认命。

每次都是那几步路那几个动作，他演得真真切切，努力地让主角光芒四射。按说主角应该感谢他的配合，感谢他的牺牲，有的主角演员并不这样认为，他觉得自己的能力高强演技高，肖三是无能之辈，看不起他不说，对他非常轻慢，人前人后都喊他“鬼子甲”“匪兵乙”，弄得他更抬不起头了。他有了在舞台上让主角出丑的想法，也想借此机会露一手，争取扮演一个有名有姓的角色或者是大人物。记得那次演《智取威虎山》，主角扮的是杨子荣，他演土匪甲。威虎厅里杨子荣掏出手枪随手一指，他本该应声而死，可他没死，踉踉跄跄爬起来举起枪，还瞄准杨子荣。主角没想到会是这样，急忙又补一枪。他还不愿意死，依然踉踉跄跄举起枪，杨子荣不得不又补了一枪。他真的是极不情愿呀，几经挣扎，终于“死”了。他“死”，却把一个坏人演得活脱脱的让人恨，剧场里顿时掌声雷动。

这是他第一次收到观众的掌声。掌声的结局是他受到导演的一顿臭骂，好在那顿臭骂让主角认识到小人物的作用，让老团长认识了他的能耐。老团长动了让他担任其他角色的想法，导演一票否决了。在众多角儿面前，他终究是个小人物，老团长纵然爱才惜才，也犯不着为他这个小人物得罪导演，得罪那些角儿。

他继续去扮演路人甲、红军乙、匪兵丙，要么让人一枪毙了，要么两脚被好汉踢飞，很少有扛过两枪或者三脚的时候。日子呢，也过得平铺塌。谈恋爱时，有工作的姑娘也看不上他，没工作的农民他看不上，只好找了个打工妹，结婚，生子。

他在舞台上安安分分演小人物，也在生活中规规矩矩当个小人物。唯一与人不同的是他喜欢钓鱼，闲来无事就去瓮城水库钓鱼。钓鲫鱼、钓草鱼、钓黄辣丁，遇到什么钓什么。他也能徒手潜入水底逮鱼，每次都能满载而归。他很得意自己小人物的生活。

世事如棋，人生如戏，他竟然当了一回大人物。

那是去年八月的事儿。我们那里发生特大暴雨引发山洪，洪水携带泥沙树木杂草奔流而下涌入水库。不到半天，水库蓄水已经超过警戒水位。暴雨仍在继续，洪水滚滚而来，水库急需泄洪放水，可是泄洪闸被洪水携带的树木杂草缠塞，无法打开，如果任其发展造成溃坝后果不堪设想。专家建议必须派人携带炸药潜入泄洪口，炸开闸门泄洪。水底暗流涌动，杂草树枝缠绕，派谁下去都是九死一生。

水越涨越高，眼看即将超过坝顶，情况万分紧急。

犹如舞台上一样，没有锣没有鼓，也没有唢呐，小人物肖三来了。众目睽睽之下，他不言不语抱起炸药包，穿越坝顶，跳进洪水，转眼就不见了。也就三五分钟吧，感觉过了好久好久，其实只听一声闷响，泄洪口鼓起一个巨大的水泡，闸口的水柱飞流直下，水库的水开始缓慢降落。人们终于松了一口气，开始揪心他的安危。这时，他却悠悠闲闲游出水面，手里还捏着两条肥硕的红尾巴鲤鱼。

肖三成了英雄。在演过无数次小人物的舞台上，他身披红色绶带，胸戴红色大花，笑得灿烂可爱。看着那张笑脸，领导有意让他到文化局当个副局长，或是在剧团当个副团长，那也算是一个大人物呢，他淡淡一笑，拒绝了。他说他是一个小人物。

他继续在舞台上演小人物，路人甲、红军乙、匪兵丙……不过台下的观众都知道，小人物有时也可能会成为一个大人物。

（原载《山西文学》2023 年第 2 期）

火炕

郭　宇

我躺在热烘烘的火炕上，身下的火炕在源源不断地向我传输热量。我对这条炕很有感情，从十二岁到十八岁的年纪，它都是我赖以生存的温床。

今天这条炕有点不一样，我紧盯着炕上印着卡通图案的炕席，上面有一只白色又有点泛黄的小羊，小羊用它乌黑的眼睛也紧盯着我。我冲小羊笑了笑，小羊也冲我笑了笑。

现在是上午，清澈的阳光打在整个屋子里。这代表我能看见绝大部分东西，我能看清小羊的眼睛，能看清它的耳朵，我能看见小羊在慢慢地变黑，变深，在黑色中旋转，空气都要凝固了，我看见空中的尘埃，在那一瞬间都叹了口气。

一个大洞出现了。

别人家的火炕上也会出现这样的黑洞吗？我不知道，反正我家的炕上是出现了这样一个洞。洞静默地看着我，我冷静地看着它。它在慢慢旋转，过了半晌，一只手从洞里探了出来，我眨眨眼睛，伸手接住了那只手，然后我手上用力，把那个人从洞里拉了出来。

现在事情有点尴尬，这个人从头到脚跟我长得一模一样，更尴尬的是，她还没穿衣服，像个新生儿一样白花花地趴在炕上，我能清晰地看见她肚子上的肥肉，一层又一层地堆叠在一起，在阳光下晶莹剔透。

我这个人一向不喜欢跟陌生人说话，我自己也算在陌生人的范围内。于是我俩只好坐在炕上，互相盯着对方，谁也没有开口。

她是谁，为什么来到这，我一点都不好奇。像她这样来路不明的东西，我每天能看见好多个，虽然它们长得并不和我一样。

过了一会，一个女人推开门走了进来，手里还端着一碗面，她走到我跟前，拿起筷子，熟练地喂了我一口，又喂了另一个我一口。我试图看清女人的脸，却只能看见她的脸上，五官都在不停地挪动位置。

现在，她的鼻子下面是一双眼睛，我叹了口气，又吃下一口面条，两个人一会儿就吃下一碗面条，我感觉正好饱了，女人也满意地端着碗走了，临走前还拉上了窗帘，黑暗倾泻了进来。

我害怕黑暗，喜欢阳光。这是千万年前原始人时期就埋藏在祖先身体里的喜好，我的大脑和身体跟原始人是完全相同的。

我看了看那个和我一样的人，她比我更恐惧黑暗，她是赤裸的，灵魂和情绪都赤裸着。我听见她在尖叫，声音快要穿破房顶，穿过身下炙热的火炕，透过砖块和水泥，与烈火和灰土搅在一起。

我不能让她破坏这个炕，这是我生命里为数不多，或者是仅有的源头。我四肢并用地冲过去，恶狠狠地扇了她一个耳光。

我要让她闭嘴，她的嘴唇上薄下宽，这张嘴可以吃饭，可以呕吐，但是不能说话，也不能尖叫，要像个正常人一样！

她闭嘴了，我满意地笑了笑，这才对。我伸出手抱住了她，她的身体一半冰冷，一半炙热。我紧紧地拥着她，同时听见她在说话，不是她的嘴巴在说话，是她的身体，是五脏六腑，是皮肤血管，是指甲发丝，是每一个客观存在的事物，都在默默地哭泣。

我听不见自己身体的声音，但是我想，我的身体肯定也在说话，她能听到。声音的共鸣会产生巨大的力量，这间十几平米的房间，忽然运动了起来。她在与我融合，每一寸身体都变成一滴水，迫不及待地要汇入大海。

房间里的桌子、壁画、电视，还有地板和衣柜，都多了张嘴巴，它们在同时发出声音，听起来窸窸窣窣，又刺耳无比，像原始森林里的猎杀声，又像深海里大鱼的悲鸣。

她伸出手去捂住了我的耳朵，她已经跟我融合了一半，我看见她破碎的脸庞，那张和我一样痛苦的脸上，眼泪在不停地蒸发。

世界旋转，我的眼前漆黑一片，她消失在我的身体里，我听见世间万物的哀嚎，却仍然在与看不见的敌人抗争。

（原载于《微型小说选刊》“高校在线”专栏2022年第21期）

格桑梅朵

何君华

我叫泽仁多吉，是川藏线上的一名邮车驾驶员，也是一名押运员。这种驾押合一的模式，在川藏线上是家常便饭。我总是这样一个人开着车来回跑。茫茫的青藏高原之上，白云朵朵的蓝天之下，几百公里范围内通常只有我和我的影子。

那个时候，我们甘孜州全州共有邮车 27 辆，驾驶员 27 名，押运员却只有 8 名，平均每天在途邮车是 18 辆，因此大部分邮车只能实行驾押合一。也就是说，许多时候，我除了要开车，还要当押运员。你一定觉得不可思议吧？但那个时候我们就是这么过来的。

我负责押运的邮件和机要文件，大部分发往西藏昌都。在我们那个年代，地球上所有发往西藏昌都的邮件，都要经过成都、雅安、康定、甘孜、德格五地中转。从成都到昌都，海拔从 500 米升到 5000 米，要途经二郎山、折多山、橡皮山、罗锅梁子、雀儿山等许多过往司机胆寒的地方。

现在，许多事情我都记不清了，但我仍然记得一个数字——5050。准确地说，是 5050 米。岂止是记得，应该说从来不曾忘记。这是一个海拔高度，但它不是一座山的海拔，而是一段公路的海拔。这段公路就是雀儿山山顶的那段路。

雀儿山藏名叫措拉，意思是大鸟的羽翼。“爬上雀儿山，鞭子打着天。”每一名路过的驾驶员大概都熟悉这句谚语。那时候，我每个月都要翻越十遍雀儿山不止。

每次出行前，妻子洛绒卓玛都会为我准备几沓龙达。龙达是我们藏传佛教祭祀神灵的纸制品，上面印有六字真言，顺风撒放，可以保佑我们平安吉祥。

每当抵达雀儿山垭口时，我就会将这些龙达高高地撒向天空，一边高喊着祭神的祷语：“哈索，哈索！”做完了这些，我才感觉我可以平安翻越雀儿山了，尽管我对这里再熟悉不过，但为了在家中等我的洛绒卓玛，我总是这样一遍一遍虔诚地祈祷着。

除了险峻的公路，雀儿山另一个响亮的名号是漫山遍野的格桑梅朵。格桑梅朵，就是格桑花。生长在5000米高海拔地区的格桑花，其实是青藏高原上最普通的一种花。它在雪域高原简直太普通了，一到花季满山都是。但雀儿山的格桑梅朵却不普通。在我们藏区有一个美丽的传说，无论是谁，只要找到八朵花瓣的格桑花就找到了幸福。我就是在雀儿山找到了八瓣的格桑梅朵，并用它将美丽的洛绒卓玛变成了我的妻子。

我太喜欢这片美丽的格桑梅朵了，每次行经这里总是难免一番流连，一定要找到一朵八瓣的格桑梅朵才肯罢休。我将它带给洛绒卓玛，她总是将它们种在阳台前，我们的阳台简直要成为一片格桑梅朵的花海了。

常年穿行在川藏线上，危险还是时时会来。我们有时会遇见狼，有时是孤狼，有时是群狼。比狼更可怕的，是劫匪。那个日子我一生都不会忘记。那是个冬天，我们的邮车行至雀儿山时，公路上突然出现乱石码起的路障，邮车还没停稳，枪声就响了。

事后我才知道，原来，是四名劫匪埋伏在山坡上，用改装的半自动步枪疯狂地向我们的邮车开火。我的左眼被击中了。好在这回车上有一名押运员次仁（那几年我们州局好不容易增加了押运员编制），我俩在一起有个照应，算是不幸中的万幸了。让我们感到意外的是，歹徒抢走次仁身上的几百块钱就逃走了，目标似乎不是车上的邮件尤其是机要邮件。但那也不能大意，我捂着汩汩流血的左眼眶让次仁赶快去报警，我在车上守着邮件。

等救护车来时，我早已经晕过去了，眼眶里流出的血凝结成了冰块，但我对此浑然不觉。

昏迷整整10天后，我醒了，我问身边的人，机要文件还在吗？身边的人告诉我，都在。这我就放心了，只要机要文件安全，我受点伤就无所谓了。

我们所有邮车押运员和驾驶员都知道，在每一车邮件中都有一个特别的邮袋，袋子上有两根红色的竖条，里面装的是机要邮件。大件不离人，小件不离身，这是对机要邮件的管理规定——那是比自己的生命还要珍贵的东西。

我捡回一条命，但我的左眼眶变得像藏区公路一样空荡荡了。更加残酷的是，我的右眼球下也有弹片，因紧邻大脑无法手术，视神经不断萎缩，我右眼的视力也慢慢消失了，我成了废人一个。

怎么说呢？我现在连牙膏都不会挤了，要么挤在手上，要么掉在地上。可我曾是一名优秀的神枪手啊！我可以毫不谦虚地说，退伍成为邮车驾驶员之前，我是我们连队最优秀的狙击手，几百米的目标从来不会浪费第二颗子弹，射击项目大比武年年我都是第一名，但是现在，一支小小的牙膏我都不能准确地把它挤到牙刷上。我还有什么用呢？我将牙膏狠狠地摔在地上。

洛绒卓玛听到动静，轻轻走进来拍了拍我的肩膀，她什么也没说，我知道她在流泪。

第二天，我在卧室里闻到了熟悉的格桑花香。我摸索着，摸到了一盆盛放的格桑梅朵。我用手指数了数花瓣，是八瓣。

我感觉我空荡荡的眼眶里有泪水涌出来。我哭了，像高原呜咽的北风一样失声痛哭。

我报名参加了盲人按摩培训班，在成都开了一家小小的按摩店，店的名字叫格桑梅朵。

我跟洛绒卓玛说，等我攒够了钱，我们就再去一趟雀儿山，去漫山遍野的花海中寻找八瓣的格桑梅朵，只要我们仔细找，就一定能找到。

（原载《百花园》2022年第10期）

点

扈永明

回忆录的封面有一个点，圆润的墨点。

回忆录第五十四页有一段话：

海先生学问高深，教课也与别家不同，总喜欢让我讲与他听，讲不好也仍要去讲。我又总讲不完，好在先生一直是管饭的。

1

我认识江老师已经八个年头了，八年里老师的头发愈发银白，年龄虽高却风骨不减。我记不起来那是何时，只是突然在一个秋日的下午，接到了师母打来的电话。

“老师病了？是什么病？”

“阿尔茨海默病。”

“严重吗？”

“一开始还好。现在，唉，只认识我，还有你。”

挂掉电话，我脑中一片混沌，接着是无边寂静的空白。

2

不知是哪个秋风摇落的下午，一向爽朗且康健的老师病了，变得糊涂，认不清身边的人。他常常望着墙上的照片，陷入深深的思考。时光穿过他的银发，搅扰起那些支离破碎的记忆。

照片里有那么多人，同事、学生、老师、亲人、朋友……但是，他只认出了“一个半”，一个是陪伴他半个多世纪的师母，另外半个，是我，也不是我。

3

阳光沉在水泥路上，我走过那条旧路上的秋叶，沿着时间的约定默默走去。小区一如既往的质朴，狭小且拥挤，还是八年前的模样，只是经受过了更多的磨损。随老师上学的那些年，老师总喜欢问我在读什么书，还总要我讲给他听。听到兴奋时，还要记录下来，老师称之为“点”。如此到答辩毕业，竟积攒了一个小册子。

毕业之后，因工作在外地，我并没有常常拜访老师。除去春节，印象深刻的只有两次，一次是在济南市安家，一次是我送去新婚的请柬。每一次见到老师总有说不完的话，如人生初遇的知己，也像半世重逢的故友。

老师开口的第一句话往往是：“小河，最近读什么书啊?”我也就形成了一个习惯，每一次来，都随身带着最近在读的书。有些书老师没读过，便争着要我讲给他听。

“我讲不好啊，老师。”

“讲不好才要你讲。”

“讲不完啊，老师。”

“我管你饭。”

讲书的过程中，老师的眼里总闪烁着一种光芒，从时间尽头奔涌出来，均匀洒落在我的身上。我在慢慢地讲，老师在慢慢地听，不时用笔写下一点东西，老师称之为“点”。讲过一段时间，老师总要提出一点问题。这些问题，有的已经进入了我的文章，有的还在酝酿沉淀。

我总会留下刚刚讲过的这本书，好满足老师的学习欲望。临走，他会回送我一本书，老师称之为“礼尚往来”。于我而言，书的意义不只是在于其中的内容，还在于莫名的温度。每一本书都有自己的逻辑与体系，侧重各不相同。然而共同的一点是，它们承载着某些高于书本的东西，在文字之外熠熠生辉。

4

这一次，我带的并不是新书，而是一本泛黄的回忆录。回忆录的封面有一个点，圆润的墨点。

回忆录的第一页，有钢笔手写的字迹，遒劲的笔画拼凑出了一个不很年轻的时间。

“海老师，您终于来了，我最近读了好多书，有好多东西要听您讲呢。”

“啊，啊，我……我来晚了……”

回忆录的内容雪花般地飞过我的脑海，我尴尬地回应着老师的问候，虽已有过心理准备，但一时还难以完全接受。老师眼睛中的光告诉我，他需要我来。不止为他，为我自己，还为另一个人。

“今、今天海老师不讲课，今天小江你给我讲讲……就讲你最近读的书。”

“我讲不好啊，老师。”

“讲不好才要你讲。”

“讲不完啊，老师。”

“我管你饭。”

5

“师母，怎么了？”

“原来是不打算告诉你的，可老头子的病……”

“老师病了？是什么病？”

“阿尔茨海默病。”

“严重吗？”

“一开始还好。现在，唉，只认识我，还有你。”

“师娘，放心吧，老师还没忘记我呢。”

“这个……这个认识，其实并不是认识你。”

于是，见老师前，我先见到了师母，还有一本泛黄的回忆录，回忆录的封面有一个点，一滴圆润的墨点。

秋云散漫的一个下午，阳光脱离天空的缝隙，经由窗外红叶的转接，映到了房间的书架上。他在慢慢地讲着，我在慢慢地听着，不时用笔写下一点东西。

就这样，我成了老师的老师。

（原载于《微型小说选刊》“高校在线”专栏2022年第24期）

铁匠肖

陈振林

村头有家铁匠铺，师傅姓肖。远远近近的男女老少，都叫他肖师傅。

肖师傅个头不高，敦实，立在地上像个铁桶一般。皮肤本是白白的，做了铁匠，不黑也黑了。眼睛却大，不笑。人家唤他“肖师傅”时，他会乐意，就有了笑的神情。据说，村里读过书的先生曾小声告诉他，这姓“肖”的人做铁匠好啊，削铁如泥，自然，“肖”铁如泥，铁匠活儿就炉火纯青了。

有了这肖姓，铁匠铺里的铁器应有尽有。开口笑的镰刀，逢稻麦如断丝。锄头遇杂草，草自倒伏。剪刀剪布匹，咔嚓有韵。也有斧头，能开山劈柴；有锅铲，能熬汤烹鱼；有铁链，能拴狗系羊。邻村有一壮汉，自称看了三国，找上肖师傅门上，直说：“肖师傅，帮我打制一把青龙偃月刀如何？”

肖师傅盯了来人一眼，用嘴对着面前那黑铁疙瘩呶了一下：“你试着提起它。”

来人双手上前，一提，不动；再提，也不动，只得怏怏而归。肖师傅对着背影道：“你知不知关大爷的青龙偃月刀儿多重？八十二斤哩。”他又摸了摸站在身旁小徒弟的光脑袋，指着黑疙瘩问：“看看这个，像什么哩？”

“师傅，像只缩了头的铁乌龟啊。”小徒弟笑，肖师傅也笑。

那铁疙瘩，就是铁砧，徒弟们都叫它乌龟砧。这个乌龟砧，其实是连着下边的厚实木凳子的，木凳子的四只脚呢，是深埋在了地底下的，谁能拉得动？那铁片、铁块、铁球，或碎铁丝，在那拉着风箱的炉上一烧，红红的铁就放在这乌龟砧上，然后经肖师傅和徒弟们的小锤大锤的一阵猛烈攻击，就变成了镰刀锄头菜刀斧头千千万万的铁器，散布到千家万户。

我和小伙伴们那时不过五六岁的样子，时常到肖师傅铁匠铺外的煤渣里，找几个铁片玩。他不让我们进到他的铁匠铺里，说会伤着眼，火星也会伤着人。但，我们会在铁匠铺子外边，看着肖师傅和他的徒弟们劳作。

每有熟人介绍了徒弟来，肖师傅会考上一考。考试内容就只有一个，他铁匠铺子里的铁器是不是全认识。认全了，就留下来；认不全，自觉地低下了眉眼回家去。大多的时候，肖师傅有两个徒弟，不管年龄大小，先到为师兄后来为师弟。肖师傅一声“开始”，大徒弟自觉用火钳捅开火炉，小徒弟自觉拉动风箱。叭嗒叭嗒的风箱声，呼呼作响的火炉声，加上肖师傅不间断的咳嗽声，他们一天的忙碌就开始了。

肖师傅的铁器手艺好，价格也不高。有时，人家田地里等着镰刀或锄头下田，手中没有现钱，肖师傅也不急，说声“有了钱再给”，就将镰刀或锄头给人了。那账目，肖师傅只记在心里。转过一个年头，肖师傅也就忘记了。他不记这些，有徒弟提到那笔账，他就说，种田人比我铁匠的日子不好过哩，谁愿意欠我这几个钱？

倒有一次，肖师傅是认真收钱的。三里远的李大个，拿着一把火钳来，说是去年在肖师傅这儿打制的，用了不到一年，却歪了口，夹不了柴火进灶了。肖师傅又给了他一把火钳，说：“收钱二元二毛，一分不少。”

“咋了？不是说不到一年时坏了可以换一把的么？”李大个知道肖师傅的规矩。

“这火钳，不是我肖某的。”肖师傅边抡着小锤，边说。

“咋不是你姓肖的？”李大个声音大了起来。

肖师傅停下手中的小锤，拿过火钳，指着火钳把手说：“看，这是我肖某人的印。”

两个徒弟这才看上来，那火钳的把上，印着个“X”的形样。

“这是我肖某人的肖，X是声母，知道不?”肖师傅对着李大个讲，声音更大了。李大个接过火钳丢下二元二毛钱，那旧的火钳，也忘记带走了。

徒弟们知道师傅果然有绝招，从不敢放肆。其实，真正的绝招是淬火。各样的铁器，在大锤小锤的击打下渐成形状，到了火候，肖师傅会猛然将它丢在冷水之中，哧地一响，或是菜刀，或是镰刀斧头，就完工了。但这道工序，是快要出师时，肖师傅才教的。之前的日子，肖师傅从来不说，淬火的火候也从来不教。

硬气的肖师傅也软，怕他家的老婆。老婆有时会揪着他的耳朵说：“你看你看，你打了千万把菜刀，我们家里没有一把好的菜刀，一把火钳也用了快十年了……”肖师傅不辩解，只是说“明天明天吧”，就又开始摆弄那乌龟砧上的铁器了。他的儿子，读书不听话，听说在读初中时曾经拿着他刚刚打制的一把菜刀在校园里追着高年级同学，吓得同学要死，也将肖师傅吓了个半死。

我一直在外读书、工作近四十年了。上个月我回到老家，肖师傅还是那个身形，只是背驼了一些，头上有了不少的白发。他的铁匠铺里，早已换成了电锤，没有了徒弟。其实，这乡下铁匠铺几乎是没有什么生意了的。他的手中，正打制着一把剪刀。剪刀，是村里谢婆婆刚刚说好的。

我想和他说几句话，就问：“这铁匠铺根本没有什么生意，您也七十多岁了，可以不做了哩。”

“我不做，要是这几个村子里的老乡亲们想要一把菜刀或镰刀剪刀，他们都上了年岁了，到哪儿去买啊?”肖师傅说。

（原载于《微型小说选刊》2022年第19期）

老莫的情人

袁有江

我亲眼见过那棵长相奇特的树。

保安老莫将它养在门卫室里，有两个多月的光景。下班后，三三两两的工人，总喜欢聚在保安室，围着它品头论足。有人叫它“美人树”。半人高的树身，似一葫芦，上瘦下肥，中间束着细细的腰肢。两根枝丫修长扭曲，叶如令旗，往两边展开，呈要拥抱的臂膀。美人头顶一蓬花瓣，浓浓密密，俨然女人的发髻。最叫人称奇的是，髻上还翘出两根螺旋丝绦，雉鸡翎似的。活脱脱一位古代巾帼英雄。有人联想老莫动不动就哼唱豫剧《穆桂英挂帅》的段子，便说，干脆叫它穆桂英好了。对于“穆桂英”的出处，大家莫衷一是。有人说，她应该来自山东穆柯寨。有人反驳，你没见她肚子都大了，这是和杨宗保结婚后，应该来自河南天波府。也有人说，这是从国外引进的一种盆景树……

权威的说法是老莫发布的。老莫说，它来自老河滩。

老莫那天相亲归来，正垂头丧气地顺着河滩走，远远地望见一簇花，红艳艳的，在冬天凛冽的寒风中熠熠生辉。老莫裹了裹身上的大衣，眼里瞬间涌出了泪花。他几步小跑，奔下河滩，一把将它抱在怀里，抱了回来。

自从有了“穆桂英”，人们发现老莫的精神面貌焕然一新。或早或晚，不经意间，总能听到他断断续续地哼：“辕门外三声炮如同雷震，天波府里走出来我保国臣。头戴金冠压双鬓……”夜深人静时，老莫更是掩了门卫室的门，半眯着眼，瞅紧花树，一遍遍地低吟浅唱。灯影绰绰中，那花树就幻出人形。恍惚间，一位衣履朴素的农妇，正漫不经心地一边搓玉米，一边跟老莫唠叨，今年的雨水均匀，瞧这籽粒，颗颗饱满。想那年大旱，只一层皮，玉米秸真难下咽。一进腊月，村里老少娘们都讨饭去了……妇人的声音，温润如玉。老莫相跟着含混搭腔。

突然，一束强光扫过窗外。嘟嘟两声之后，震颤的轰鸣声，持续在门外山响。梦醒的老莫，赶紧去开门。厂里的送货车回来了。

老莫再回身时，只剩那株花树立在墙角，一言不发。

过年厂里放假，只留下老莫看厂。小岛制衣厂，也是一个怪名字。为什么这家厂名为“小岛”？大家猜测，可能因为工业区百分之九十的工厂都拆迁了。只有这幢破旧的三层小楼，还孤岛样残留在瓦砾间。起雾的时候，四周空地淹没在雾霾里。小楼有半层浮在雾气之间。远远望来，确有点海岛的味道。其实这说法没道理。在工业区还没开始拆迁的时候，它就叫小岛制衣厂。之所以一年多没拆，是因为老板无论如何舍不得。

除夕之夜，老莫对着花树说，唉！你毕竟是一株花树，连陪我说说话都不行。我要去老吴那边过年了。你就在这帮我守厂吧。说毕，轻抚着它头顶那撮红艳艳的花瓣，眼前就弥漫出老吴家饭菜的清香。

老莫走之前，给它浇足水，上好肥，搬进了楼梯道。

老吴是小区的水暖工。每年过年，都要上班，从不回老家。因为春节假期间的工资是平时的三倍。老吴习惯在过年的三天，叫上老莫来做伴。

正月初三送年酒后，老莫别了老吴，醉眼迷离地回厂。那天，当他临近制衣厂时，看见了天大的奇迹。士别三日当刮目相看。树别三日呢？简直让老莫爆眼珠子。仅仅三天时间，那株原本半人高的花树，竟长成了一棵参天大树。

粗壮的树身穿墙裂壁，顶出楼顶。那篷红艳艳的花瓣，显得格外茂盛，像苍穹下陡然升起的一面旗。合抱粗的树身，将小楼胀裂两半，向两边倾斜着，摇摇欲倒。仿佛又倒不下来，树身像一根擎天柱般壁立着。两根枝丫，长成钢筋铁骨的手臂，一手抓住一半楼身，像独闯敌营的英雄，抓着两个俘虏。

这事的确不该发生。事实上也没有发生。过完年，我回厂后听工友说，老莫不在的三天，制衣厂被强拆了。拆迁队在春节期间，连夜奋战，不仅拆了小楼，杂物都快清理干净了。老莫那天回厂时，披红挂彩的挖掘机巨臂，正矗立在寒风中作业。没准，老莫看到的是挖掘机。

据说，老莫那天一整天乌着脸，大过年的，手臂上扎着黑纱，还在废墟旁燃了三炷香，一个人默然无语。不远处，有人看见，小岛制衣厂的老板，坐在他那辆黑色轿车里，摇下车窗，久久地望着老莫，满脸是泪。

（原载 2023 年 5 月 13 日《我们都爱短故事》）

阳光普照

岱　原

我们的话题终于和工作不再挂钩。辣条开始讨论路边的广告牌，比如对面服装店的蓝底白字看上去很俗，天地食府连专用 logo 都没有，都很失败。沿街统一规划的灯箱简直就是灾难，一条街都没了个性。这样的讨论就好比打开了一扇语言的大门，我发现上班时沉默的辣条并不寡言少语。一瓶啤酒一个话题就能导向他灵魂的另一面。上班时我对他喋喋不休，这个时候我却只能选择沉默。他对到处都是火柴盒式的楼房充满厌烦。他说菜市场杂乱的雨棚更有艺术气息。他谈起后现代，再扩张至贝聿铭。他的语言让我再次对他深深打量，这种打量让我觉得他吐出烟圈时都透着德拉克洛瓦的浪漫气息。

最后他还是落地了。我们咽下最后一根肉串，喝下最后一滴啤酒后，辣条用一种近乎讨好的眼神看着我，他说，柴刀，我想请假。好吧，或许他请我吃饭真正的目的就在这里。我说，辣条，这个事并不难，你不需要绕这么大弯子，你打个招呼就可以了。辣条看了看我，说，我不是请一天假，我是每个星期都要请一天假。

海皮亚厂并不是我人生中需要浓墨重彩去记录的地方。在我南方万千的经历中，它只是我记忆里一个小小的驿站。在这个厂，我是车间里的一个小组长，这是世界上最小的领导，我手下管着十几号人，而辣条是我十多个手下中的一个。

时间需要回到二十年前，当年的私企一个月的工作时间有三十天，所以员工们偶尔请假很正常，但辣条一个星期请一天假的要求还是把我吓到了。一个星期休一天，相当于一个农民工在给自己争取公务员的休假待遇。我沉默了很长一段时间，辣条也陪着我沉默了很长一段时间。他知道我要算计工作任务的安排，需要调配其他人手来完成他缺席时的工作量。当我确定我做出的决定不是酒精上头后的一时冲动，我抬起了眼皮，这时我看到了辣条的眼睛。是的，无论多少年过后，我都无法忘记那种眼神里的真诚。这个真诚让我觉得，一个人做出决定并不一定都得理性。我改变了最初的想法，我对辣条说，好吧，我尽力而为。

我尽力了，事实证明，我这个尽力也给自己带来了苦恼。在辣条请假的日子里，我需要把他的工作量平摊到其他十几个人头上。一旦辣条不在，其他人需要多上近一个小时班才能弥补辣条缺席落下的生产任务。我开始听到抱怨，一个员工甚至在我的办公桌上敲了一拳头。他说，你不能由着辣条乱来，一个星期一天假，他以为自己是谁？国家干部？在我的记忆还保留着辣条请客时烤肉串弥漫的孜然香味时，我对这样的责难只能睁一只眼闭一只眼。

四个星期，五个星期，辣条的缺席并没有让人产生习惯。有些麻烦是联动的，一天，车间主任问我，他说那个工位怎么经常空着，是不是需要再招一个新员工？

当年的南方工厂什么都可以缺，就是永远不缺干活的人。一个工厂炒一个人或者招个人比吐口唾沫都容易。这是一个很不好的信号，我把它转告给了辣条。我说辣条你再这么下去可能工作不保。你得告诉我，你生活中到底出了什么事，需要这么接二连三地请假？恋爱了？还是这边的亲人出了什么状况？我尽量委婉地问，我询问的时候才发现自己对辣条请假的原因一无所知。辣条没有正面回答我，他搓着手，有点拘谨。这个……他欲言又止，末了才蹦出一句，以后会告诉你的。

辣条的遮遮掩掩让我有一种脊背发凉的感觉。我甚至联想到一些新闻里不好的报道，否则，辣条的闪烁其词到底指向何处？我决定私下打探一下原因，我不想等到哪天辣条主动告诉我，我打探的目的除了好奇还有一种对朋友负责的态度。现在回想，我那天的跟踪也是一个谋划已久的行动。

我忘了那天是不是礼拜天。因为一竿子撸到底的工作时间让我对星期这个概念比较模糊，我只记得那天天气非常好，没有雨，云朵在蓝色的基调里搭配得很合理。我穿过街道时能感觉空气的温软。当时，辣条慢悠悠骑着单车在我前面。他背着一个大包。那个大包将他的背影遮得严严实实。这装束乍看上去就像一辆自行车驮着一个正方形在前进。我几乎不用保持距离他也无法觉察到有人跟踪。我们穿过喧闹的街道，杂乱的菜市场，横跨污水沟的小桥。辣条没有停下来的迹象。当我们穿过工业园区的时候，我发现我们已经走到镇子外面了。那是一条向东的路，越走越偏。到最后连水泥都没有了，黄土和沙石在一片杂乱的环境里画着一条痕迹向前。

在一个岔路口，我把辣条跟丢了。我弄不清他去了哪里，他忽然就不见了，我撞大运似的在两条路上乱窜。前后消磨了大约一个多小时，才在一片小树林旁看到辣条的自行车。它被锁在一株碗口粗的树上，人已经不知去向，只有路边倒伏的青草指明这里曾经有人经过。

我怀着忐忑的心情穿过小树林，我不清楚自己会面对什么。小树林的昏暗放大了我的焦虑。直到最后，一片清新的水汽扑面而来，我发现自己来到了一个湖边。那是一片大水，在响亮的日光里纵深向前。我从来不知道，小镇旁边还有这样的风景，水天相接气势宏大。

在湖边我看到了辣条。开阔的环境里，他的身影显得渺小且孤独，他在水边支起一块画板，地上是调色盒——他在绘画。一个人要怎样用心才能找到这样一个所在？不过，多日的困惑一扫而空，事情没有我想象中那么糟糕。当我走到他身边时他才发现了我，他腼腆地笑了笑。他说他很不希望我看到他不务正业的样子。我也笑了笑，我不知道该说什么，我给他递了一根烟，我很想告诉他，我不认为他这是不务正业，我还想说在今后的日子里，只要我还是小组长，他一个星期请一天假肯定不是问题。但是，这么感性的话我说不出口。这一刻，我只能静静地坐着，然后看他绘画。

在画布上，我看到远山的淡影，粼粼的波光，若隐若现的建筑，一截木头在水里腐烂……

当然还有阳光，那是画布里往外溢出的力量，在云层之后，在波光之上。

或许，生活中不仅仅有工作，还应该有其他。我想说的是，阳光普照，时光正好。

（原载 2023 年 3 月 13 日《我们都爱短故事》）

枕头、浴缸及其他

阿明仔

枕头

世界上最会睡觉的人开了一个枕头店，世界上对睡觉最挑剔的人来店里买枕头。最会睡觉的人觉得他的枕头都很棒，因为不管哪个枕头都可以让他睡得很香，他不用枕头也能睡得很香。最挑剔的人却觉得这些枕头简直烂透了，他躺在店里那张床上试遍了所有枕头，最后出于礼貌勉强买了一个。最会睡的人很高兴，另外赠送了他一个枕头。

第二天，最挑剔的人拿着两个枕头过来了。他说一个枕头太高，一个枕头又太低。一个枕头头向左边睡的时候好一点，另一个枕头头向右边睡的时候好一点。最会睡觉的人只好把一直舍不得卖的一个“枕头”卖给他——自己的手臂，这是他经常用来睡觉的“枕头”。最挑剔的人试了试，觉得真的很不错，他就买了最会睡觉的人的手臂回去当枕头了。

第三天，最挑剔的人抱着最会睡觉的人的手臂过来了，他说，这只手臂，只有在最会睡觉的人的身上时才是一个完美的枕头。最会睡觉的人只好把手臂装回身上，然后把自己整个人卖给最挑剔的人当枕头。

当天半夜的时候，最挑剔的人睁开眼睛离开最会睡觉的人的手臂，叹了一口气，说："还是昨天在你店里的时候，你的手臂才是一个完美的枕头啊，现在它真是糟糕透了。"

最会睡觉的人已经睡着了，没有听见最挑剔的人的抱怨，他白天还要去店里卖枕头，只有晚上才能给最挑剔的人当枕头，他不知道，自己作为枕头简直糟糕透顶，因为他对枕头太没追求了。

船与浴缸

夜里，一条船从水中站起，上岸。

为了那个时刻，它已等待了很多年。黄昏，老渔夫把为数不多的勇气，呵在手心里慢慢搓碎。他的妻子在河边用磨刀石，把一支银筷子，磨成发簪。

从一条鱼肚子里剖出的定情信物，那真是一条大鱼啊！

他用尽了力气，而它也经历了生命中唯一的高潮。那天的阳光可真明亮。他们一起躺着，慢慢摇晃，摇晃。

这是它第二次回忆起自己，它原本是岸边一棵树的一半，另一半被渔夫做成了浴缸，为了她，他爱上的那个不会游泳的女人。

这个黄昏，它意识到自己作为船的使命已经结束了，现在它应该重新成为木头，走到火焰中去。

在微弱的烛光里，老渔夫躺在床的外沿，右手静静垂着，梦见河面上空空荡荡，陪伴多年的那条船，变成了一条鱼，那条鱼真大啊，躺在水底一动不动，肚子里藏着一个打开了的百宝箱。

渔夫的妻子，在隔了三十年之后，又给浴缸里注入水，只是她忘记自己的背已经驼了，为了磨出那把发簪，双手的力气也都已经用光。她在水底静静地躺着，白色的头发像是发光的水草，正如她一直对水底的想象，那里有最迷人的光芒。

这个夜里，一条船从水中站起，上岸。当它碰到泥土的时候，它走向了房屋后面的那座山。在它还是一棵树的时候，渔夫还很年轻，他在它的身上遥望过那里。

当然，所有的一切并没有什么关联，本来就是这样的，最终都是这样的。就像那个浴缸，一直认定自己是一条河流，当它还是一棵岸边的树的一半的时候就已经这么认定。

而一条河流，只有在淹死一个人之后，才能成为真正的河流。

斑马树

他确定自己是某棵树上结着的一个苹果的梦。这个苹果有两粒心，同时也就有了两个梦。在一个梦里他是一棵永久不动的树。在另一个梦里，他是奔跑不停的斑马。

他不认为自己和其他人有什么不同，但他也不觉得别人和他一样。

他是如此与众不同又如此不能与其他人区分开来，就好像宇宙里的一切一样——即使，这个星球上只有一个独一无二的他，其他的星球上也会有独一无二的其他。

作为一棵树，他总是孤独的，有一块只属于自己的土壤，比如想象自己是一颗苹果的梦，比如自言自语、发呆，完全暴露在光天化日里或者独自隐藏在无边的黑暗中。

而作为一匹斑马，他有很多的同行者，他们可能没有他这样黑白分明的条纹，却也有各样鲜美的皮毛，坚硬的盔甲或者尖锐的爪牙。但是没有任何土地是属于他自己的，他和其他同行者一起，一直努力向前奔跑，却不知道要跑向何处。

他知道自己在苹果的任何一个梦里都不是完整的。他常常不安自己是如此残缺，另一半总是永恒空缺——一半永恒等待，一半永恒寻找。一半总是沉浸在美妙的怀念和向往中，一半又总是迅速地以麻木的节奏把自己推向遗忘一切的边缘。

他期待有一天，作为斑马的自己跑过作为树的自己的身边的时候，会停下来。他也期待作为树的自己能等到作为斑马的自己经过的那一天。

他身上有多少条黑白条纹，就已经奔跑过了多少个白天黑夜，它们总是在不停交替，又区分得如此明确。要么他只能是作为一棵树的梦而存在，要么他只能是作为一匹斑马而存在。

世界从来没有尽头，作为斑马树的他只能一直这样无限循环地活下去，为了不能实现的寻找和等待。

或者有那么一天。斑马来到树下并停止了它的脚步且得以永久的安息。而树也结出了生命里唯一的一个苹果，一个会做梦的苹果。

这个会做梦的苹果砸进了正在树下休息的他的梦里。并在他的梦里怀了孕，结出两个同卵双生的梦。

在那之前，从那以后，他再次并一直确定自己真的是一棵独一无二的斑马树。

玫瑰人

她一直坚信自己是因为某人的凭空想象而存在于这个世界上的，因此她与这个世界是如此的格格不入。她这辈子所要做的事，就是要把这个想象她存在的人给找出来。

她每天的工作就是涂指甲油，工作之余就是把指甲油洗掉。她常常懊恼自己为什么不能随心控制指甲的颜色而弄得自己这么疲惫。她懊恼的样子就像是要睡着，她也常常就这样睡着了。她会梦见自己走在吊桥上被木瓜击中掉入水中，然后就冷死了。

她小时候和别的人类没什么不同，但是当她爱上公园里那个园丁的时候，她就发现自己与别人不同的地方——她的身上长出了一片玫瑰花瓣。

后来，她爱上过很多人，他们职业不同却都是真正的人类。每爱上一个人，她的身上就长出一片花瓣。她害怕被他们发现自己的秘密——自己只是一个被凭空想象出来的植物人。因此，她和他们的故事都没有结尾——她一旦离开自己爱的人，身上会长出一根刺来——这更令她无法和自己下一个爱上的人赤诚相见，她怕自己会刺痛了自己爱上的人。

她后来又发现了自己的另一个功能。她爱上又不爱了的人，都意外死亡了。只要她想象到他们死亡的方式，他们就真的那样死了。

她快变成一朵玫瑰花的时候，她就不打算再爱上任何人了。她现在每天的工作就是给自己的指甲涂上各种颜色。她希望那个把她凭空想象出来的人厌烦了她的这种行为，就不会再想象她的存在了。

她还没爱上自己，等哪一天她爱上了自己，那时候她就会梦见自己走在一座吊桥上，被木瓜击中掉在水中。

冷死了。

（原载 2022 年 9 月 3 日《我们都爱短故事》）

井

丘玲美

响声先于黑暗来临，甚至来不及做出反应。不像雷，架势十足，直接来这么一下子。这响，是憋了很久吐出来的闷嗝。我们置于山腹。

灯替我挡下一小块碎石，再也不亮了。老包，老包！一束黄光射过来，刺破黑暗。

在呢，别嚷，别乱动。老包说。

我害怕。我说。

小子，这会儿知道怕了？老包说。

我不作声。刚来矿上时，工长把我丢给老包，叮嘱他，一个月内必须教会我下井。老包不说好，也不说不好，上下打量我，一张包子脸笑起来全是褶。工长让我跟他，于是人前人后，我都跟在他屁股后头。可他下井从不让我跟着。

头天见人上井，我蹲在井口，脸一张张从地底下冒出来，跟煤球一个色。我认不出哪个是老包，正要喊，老包龇出两排大牙，雪亮晃眼。夜里呼噜声此起彼伏，跟满池塘蛙没两样，脚臭味汗酸味更是熏得我睡不着。

老包摸过来，问，臭小子，你多大？我看着他说，早上不是跟你说了吗，二十二。净他妈瞎扯！老包说。

我有点发虚。身份证是跟朋友借的，为了跟证上的人更匹配，来这儿前特意留了几天胡茬没刮。

听我一句劝，哪来的回哪去，这不是你待的地。老包说。听了这话，我倒狠下心了，倔起头，说，我不回。老包似乎早料到我会这么说，眼皮都没抬，打了个哈欠，说，睡吧。

工长看我成天跟着老包瞎晃悠，把我俩狠批了一顿。那晚，老包又摸过来，真想下？我说，你说呢？跟叔说句实话，为啥来这儿？老包问。我说，能为啥，不就为个钱么。我说的是实话，矿上工钱每日结，来钱快。还有半句实话在我肚子里：干上一个月，我就能买下那套游戏装备了。老包沉吟良久，说，行，明天带你下，睡吧。睡不着。我说。这就对了。老包点头。

矿灯忽闪几下，灭了。黑暗漫无边际，饥饿腐蚀着胃，干渴灼烧着咽喉。不知过了多久，氧气越来越少，头越来越沉。小子，别睡。老包拍我脸。我哇一声哭出来。叔，我想回家。

我感觉到老包往我嘴里塞了东西，小小一块，又干又硬，香气自喉咙萦绕开来。饥饿促使我急切吞下，东西卡在嗓子眼，我咳起来。慢慢咬，这东西噎人。老包往我胸口猛拍一下，东西从嗓子眼蹦了出来。我用舌头把它顶住，推到左侧大牙，轻咬，又推到右侧，直到它被唾液浸润，细细咀嚼，直到再也无法从牙齿缝里舔刮到一丝粉末。这人间至味。

叔，这是啥？我问。压缩饼干。老包说。你咋还带着这个？我说。这可是好东西，关键时刻能救命。老包说。还有吗，叔。我咽了咽唾沫。有，老包说，但我不能一下全给你。

叔，你说我们能出去吗？我又问。

跟叔说真话，你多大？老包没接茬。

十八。我说。

哦，高中？

嗯，高二。我轻声说。我没说谎。刚过完成人礼，我就从学校逃了。

我小孩比你小三岁，半年没见，正是蹿个儿的时候，也有你这么高了吧。老包说。他捏捏我肩膀，又说，出去后，别再来这儿了，还有，别走歪了。

嗯。我说。

睡一觉，咱指不定就出去了。

我点点头，偎着老包，嗅着他身上的汗酸味，觉得心安。

像是做了很长的梦，梦里一片漆黑，醒来四处都是明晃晃的白，天花墙壁床单被子枕头，白得刺眼。床头吊瓶里的液体一点一点往下滴，我又闭上眼，试图回到黑暗里。

小子，叔通铺下有张卡，你记得替我拿回去，告诉你婶，密码是娃生日。绳子拉我上去时，老包突然揪住我，他用了很大力气，把我都给揪醒了。昏迷之前，老包喂了我五次压缩饼干。我们还喝了自己的尿。

直到现在，我还在想，如果老包先上去，他能不能得救。可是他让我先上了。尽管后来我一遍遍问医护人员，他们都说，老包一条腿被砸断，后背也破了个洞。

我把卡交给老包的女人。女人脖子上挂着个军绿水壶，搭三轮转中巴再换火车，一路辗转到这。她从行李包里摸出只碗，给我倒了水，才伸出手来。那是一双长年劳作后被彻底驯服的手，皲裂，粗粝。盛水的碗有个豁口，我端起喝了一口，涩、咸、苦。原来是这个味。老包说过，他的家乡有大片盐碱地，水也是碱的。

老包的儿子蹲坐在边上，双手在手机上快速游移，手机上的人穿梭在王者峡谷，眼皮没抬起过。我想说点什么，嘴巴张开，什么话也没说出来。一只大鸟扑棱棱从门口掠了过去，我突然意识到，秋季入学在即，该回去了。

（原载《小说月刊》2022 年 10 月刊）

空中杂货铺

陈星如

这是老比尔经营这家地下室杂货铺的第五十六年，他们终于得以说服他离开这里，用一笔丰厚到令人难以拒绝的拆迁补偿金。

事实上，真正打动老比尔的，不是足以让他花上几辈子的钞票——那不过是信息卡芯片上一串虚拟的数字。

“比尔先生，我知道您对这里有着非常深厚的情感，任谁也不会改变您的心意。但我想您对我们或许产生了一些误会，我们并非责令您离开您的家，我们只是提供一些新的建议。这幢楼里除您之外的居民都签署了搬迁协议，很快这里就会变成一座现代化的摩天大厦，您当然可以继续留在这里，但要知道一家开在地下室的杂货铺，这对于都市人来说可并不便捷。所以，您为什么不把您的杂货铺开到天上去呢？”

当那个年轻的男人第17次来到这家杂货铺时，老比尔没能像往常一样将他挡在门外。因为老比尔不得不承认，那个男人的话确实让他心动。很快，一场令人愉快的聊天结束，老比尔在签署下协议的同时，做出了一个疯狂的决定——他要开一间空中杂货铺。

得益于那笔数额庞大的拆迁款，空中飞行器的采办就变得容易起来，而真正困难的事是考取飞行器驾驶证。老比尔已经七十六岁了，在他还是少年的时候，人们尚且都还在地面生活。那时，小比尔看着路上驶过的汽车，他觉得汽车就是一只巨大的甲虫；现在，老比尔看着空中飞过的飞船，他觉得飞船看起来更像一只巨大的瓢虫。人类花了五十年的时间，将一只甲虫变成了一只瓢虫，老比尔被自己的想法逗乐了，连带着看眼前这只“瓢虫”也可爱起来。就让老比尔也赶一回时髦吧，老比尔这样想着，坐进了驾驶舱。

考取驾驶证的过程就要麻烦得多，检测结果显示，老比尔的视力和反应力已经大不如前，他只能佩戴着厚重的眼镜，尽管已经尽可能小心驾驶，总还是难以避免将飞船撞在树上或者掉进河里。在第三次从重症监护室的病房里苏醒时，老比尔几乎就要放弃了，可他依然奇迹般地坚持了下来。终于，在三年后那栋摩天大厦落地时，老比尔如愿以偿拿到了他的空中飞行驾驶证。

老比尔的故事很快受到了大众的关注，这得追溯到那次偶然的气象报道。“今日天气晴转多云，西南风 3 ~ 4 级……”正当播报员将镜头转向天空时，一颗白昼流星从天际划过，正落在前方的密林丛中。外星人降落地球的消息铺天盖地传播，但当人们充满兴奋地揭开覆盖在那片密林之上的迷雾时，才发现这只不过一次意外的飞行器失事。随后，人们又将目光转移到这次事故的当事人——老比尔，这个看起来平平无奇的老家伙为什么会落在这里？他的身上又有什么样的秘密？

面对人们或好奇或探究的目光，老比尔平生第一次感到如此局促。他略微浑浊的目光茫然地扫过一台台机器，他的回答只有一句话：“我想要开一间空中杂货铺。”除此之外，老比尔说不出什么更漂亮的话，但人们对这个答复并不满意。

“你应该是一个战士，至少是一位勇士，别谦虚我的朋友，你是个真正的英雄。”听到这句话时的老比尔只是耸了耸肩，然后对着那位作家先生微笑，“老比尔只是老比尔。”老比尔这样说道。

老比尔的故事就这样在润色和想象中不断丰满起来，以老比尔为原型的人物纷纷被搬上了小说、舞台和荧幕，老比尔很快成为了这座城市的名人。地产开发商从中敏锐地嗅到了商机，将那座从老比尔的地下室上拔地而起的大楼命名为“比尔大楼”，老比尔似乎不再仅仅是老比尔，而是成了某种精神的象征，画有老比尔和他那间空中杂货铺的海报贴满了大街小巷。

老比尔现在每天都要工作十几个小时，飞跃几百个窗户，顾客从月初排到月末，日子就在签名、握手和合影中一天天过去。起初，老比尔为此而自豪，人们需要他，就像需要汽车、飞船、摩天大厦那样，人们需要一间杂货铺。可渐渐地，老比尔感到难过，因为人们需要的不是杂货铺里的商品，而是那些被虚构出来的符号和标签。

老比尔终于下定决心，就像当初他决定要开一家空中杂货铺那样，老比尔决定永久地关闭它。这是他经营这家空中杂货铺的第二年，老比尔不知道自己还能活多久，他生命中的绝大部分时光都围绕着杂货铺打转。老比尔不知道关闭杂货铺之后，他的生活将会变成什么样，但他决心这样做。

“好吧，现在，我要迎来新的生活了。我也该用最后的时光到处看看，去旅游也许是个不错的选择。”老比尔对自己说。

老比尔拍了拍飞行器的机身，和他的伙计做最后的告别，就在他关上杂货铺大门的那一刻，电话铃声第三次响起。

“您好，请问是比尔的空中杂货铺吗？我是第 100169 号预约的顾客，我从半年前就开始预约了，我想要……”稚嫩的声音从电话那头传来，听起来是一个小男孩。

“很抱歉，老比尔不再接受签名、握手和合影服务，老比尔要把他的杂货铺关门了。”老比尔说道。

“我不要签名也不要合影，我的玩具摔坏了，我需要一枚螺丝，可是这种老型号的只有这里才有，真是太不走运了。”电话那头的声音逐渐变得沮丧。

“等等，你是说你需要一枚螺丝钉是吗？老比尔的空中杂货铺很荣幸为您营业……”

直到电话挂断的那一刻，老比尔的手还在微微颤抖。

现在，老比尔决定带着他的空中杂货铺一起去旅行。

（本文为第三届“丰湖杯”全国大学生小小说大赛二等奖作品，由主办方统一授权）

红薯思想家

陈子旋

我自山中来，带着一片爱。

秋收时节，主人把我和伙伴们从村庄的地里挖了出来，装进麻袋，送给从城里返乡的侄子侄媳。他俩成了我们新的主人，将我们放在车尾箱里。

好闷！这跟我们还在地里完全不是同一种感觉。

车子一路飞奔，不时颠簸，有的伙伴被磕磕碰碰得皮开肉绽，苦不堪言。

途经一个听说叫作老隆的地方，主人停留一晚。我和伙伴们纳闷却也安静地在车库里睡了一天一宿，次日，被咣当咣当的铁闸门吵醒，顿觉头疼欲裂。麻袋、车厢、颠簸的日子实在不好受。

中午时分，天热得很，主人偏偏又要启程。低矮狭小闷热的车尾箱里，还被另一麻袋的伙伴硬生生挤了进来。

忽然间，我听见女主说："唉，热死啦！空调再开大一档吧。"

我暗自思忖："空调？那是什么东西？听起来是能让人凉爽的吧？可我们为什么一点也没感受到呢？"

当此之际，我又听见男主说："天太热，要不把番薯也放到后排来？"

"番薯在车尾箱又不会被焗熟或者闷坏的，我们停下车来那么一弄，肯定满身大汗。”女主显然不赞同。

哦，我们在主人乡下原产地通常是被叫做番薯的——但为什么有些人也经常被喊成“番薯（番薯头）”呢？我们被困在车尾箱麻袋里，当然还不至于被焗熟，但我们宁可躺到铁锅里被蒸熟、放进烤箱里被烤熟，让人填饱肚子或者解解馋，也要比眼下闷得难受在这里好得多！

车子继续一路飞奔，仍然不时颠簸。原本就窄小局促、黑咕隆咚的车厢里似乎越来越昏暗，外面呼啦呼啦阵阵作响，过一会又听见噼里啪啦，慢慢地感觉清爽透气一些。

啊哈哈，台风雨来啦——让台风雨来得更猛烈些吧！

主人明显放慢了车速，颠簸也没有那么厉害了。从男主与女主的交谈中，得知快到省城广州了，他们又要停留一顿饭工夫，还得把我们其中一袋伙伴送给他们在广州的姐姐家。

我真希望能够被转送并留在广州，最终还是一直跟着主人到了佛山。

一个月之后，跟我一起到了佛山的伙伴们，陆陆续续被吃的被吃、再转送的转送。

如今这时代，尤其在城市，我们那么受青睐？被作为礼品送了一袋再一袋，主人换了又换！

被吃也就吃了，再送也就送了，天命之所在也！

然而让我郁闷的是，主人却把我独自遗忘在厨房小阳台的一个小纸箱里。

直到近日，主人请来一个维修师傅，要在小阳台施工，才在一堆杂乱废旧物品中重新发现了我，一头已经长出了苗的我。

男主说：“跟纸箱一起扔到楼道垃圾桶里去吧。”

我有点气愤地想：要扔就扔！不是再换主人，就是重回地里，总比烂在角落里强。

女主好像有些内疚、有些心疼，找来一个玻璃瓶，倒满清水，将我当成盆景放到厅堂大阳台上。

没几天，我的根系长满整个瓶胆，我的叶苗绽放整个瓶口，我的身心舒展整个阳台。

男主看着是好的，就用手机拍了照，发了什么微信朋友圈，据说还有不少人点赞。

我惊喜看见，阳台上竟然还有自己一些同类，都是早于我被主人栽种在花盆里的。不过它们显然比我要好，尽管受限于花盆里，但毕竟没有离开土地。主人为何不将我也直接埋进某个带有泥土的花盆？只有清水没有泥土的玻璃瓶，供养得了我的躯体，安放不了我的灵魂。

特别是男主对我们“薯类”还是呵护有加，挺有情义的，几乎每天都会往玻璃瓶里添水，尽量保证瓶里水位不低于三分之二，也给花盆里的其他伙伴浇水，望过去醉醉的。他还写了一篇关于他本人和我们“薯类”的文章，发表在什么文学刊物上，在阳台上朗读起来，听得我迎风招展，于瓶沿处翩翩起舞。其中有这么一句，特别真实感人：“番薯不怕落土烂，只求枝叶代代传！”

男主的爱好，除却番薯就是书。他时不时剪我们的苗，炒来做菜还在阳台上对着我们吃，每次都说：“好吃、真好吃！比市场上买的更香更有味！”总是没完没了对女主讲他与我们“薯类”的那些陈年往事，听得出来对我们是有真感情。他经常在阳台上对着我们读书看报，有时还会朗诵起来。有一次，正好听见他在朗诵一篇题为《红薯》的文章：

“老实厚道的红薯，喜欢串门的红薯，多情善感的红薯，也标准化了商业化了，从今再不在自家利益地盘之外牵藤挂蔓浪费感情了，就守在自家的塑料棚里，精心盘算，闷头生长，力争占领市场，卖出个大价钱。”

我似懂非懂：我们“薯类”，其他植物和它们的主人——谁才是“主人”？今天都这样了吗？

（原载于《佛山文艺·陈村文艺》2022 年第 10 期下）

蝴蝶婚床

许　媛

远志是一个漆匠。

父母早逝，他跟着老木匠学习手艺，师傅是个木讷又严厉的人。对于乡下人手艺人来说，一个木匠当然要会油漆的功夫，木匠就是漆匠。

那年六月，师傅接了个活，茨村这家的女儿要在腊月出嫁，请师傅打全套嫁妆。

听说待嫁的新娘温婉安静，勤快能干，正在镇上女师傅那里住家学裁缝。新郎是风水先生家的儿子。

师傅和远志一门心思要把这些嫁妆打好，以便让自己扬名，以后再也不怕接不到活了。

远志跟着师傅去山里割漆制作油漆，长在山里漆树会咬人。一不小心，漆树流下的几滴乳白色的液体，滴在他的手臂，手臂瞬间现出红斑，漆树的眼泪击伤了他。他全身红肿，师傅滑下山坡溜到茶树旁边，摘下一朵朵茶树花瓣，茶花的花蕊里盛着蜜蜂留下的花蜜，师傅把花连同蜜揉碎，涂在他的身上。他全身香喷喷的，蝴蝶也跟着跑，他感觉自己的皮肤暖洋洋的，充盈着愉悦的气泡，那么温暖。

除了嫁妆之外，东家还要求再打一个双人床放在女儿闺房，小两口回娘家的时候就可以住。

碗柜、衣柜、椅子、饭甑、升、洗脚盆、脸盆架……全部被远志涂上了喜庆的颜色，画上了花好月圆和囍字。

忙完一天的活，远志总靠在主家门前大梨树下乘凉，抬头望着茂密的梨树出神。

床已经打好了，打的是新式靠背床，远志涂上了大红色，只要放上了木板子，铺上新的稻草，再加上当年新棉花弹成的棉被，就是一张漂亮别致的床，远志骄傲地看着这完美的作品，屋外的院子里还剩下一块木板，师傅说，别浪费，你用它制点什么吧。

远志操起墨斗，觑着眼睛，左弹右弹，不一会儿根据木板的大小画了一只蝴蝶，栩栩如生。他用锯子把蝴蝶锯出来，用砂纸打磨了边，抹上灰，又用砂纸细腻打底，开始涂上五彩缤纷的油漆，他用毛笔给翅膀点上了波点纹路，用木片削了些木钉，将蝴蝶镶在床的背板上。

东家千恩万谢，木材不多不少，没有浪费也没有节余。

结婚的家具都是必须漆上大红大紫，并蒂莲、鸳鸯、福娃，五谷丰登，在水桶上画上福字，在碗柜上画上五谷丰登，涂金描红的技术，他当然都掌握了。

在师傅的严格要求下，远志的技术日益精湛，师徒二人也小有名气。

有一天，远志正在灶房给师傅煮饭，突然外面传来吵闹声。

一个头发花白的老太太带着几个壮汉，抬着一个漂亮的床进门，轰的一声扔在院中。

你安的什么心？因为你打的家具，我闺女离婚了。老太太一屁股坐在大门口，卷起门口的飞尘，她拍着膝盖，眼泪鼻涕糊在脸上，呼吸急促，差点晕过去。

这，这从何说起呀。师傅结结巴巴地说。

你给我妹打的什么床？你为什么只做一只蝴蝶？一个男人拿起院子里的斧头，开始劈这个床。

远志看着那张床，以前没有注意，现在他发现那只色彩富贵的蝴蝶，孤零零地挂在床头的板壁上，像一只宿命的图腾。

师傅脸上也露了后怕的神情：这？

师傅也明白了。

他们大闹了一场终于走了。围观的人散去。

深夜，师傅取出自己的墨斗、刨子和一套油刷毛笔工具，郑重递给远志说师傅不配再打家具了，你去外地找份活养活自己吧。

远志挑了师傅的木匠担子，远离家乡，他来到佛城。零零散散打一些工，又过了几年。他在一家中式彩绘家具厂找到了一份工作。这家厂专门制作明清时的家具，鞋柜、碗柜、鼓凳、博古架，精致耐看，在网上销售。

他的工作就是画一些花鸟虫鱼，他画的这些粗笨的画还挺受欢迎。

那些散发着樟木香气的小玄柜，小鼓凳，画得花花绿绿的。他喜欢用靛蓝打底，土地红，画下卷草纹、花鸟纹、人物纹、山水纹，加上并蒂莲，或者用大红底，画上巨大的黄白牡丹，绿色的叶子，全是喜气洋洋，或者画鱼戏莲叶间，或者画大脑袋的福娃。

但是不管画什么，远志都要画一对，从来不画一只……

下班了，他去厂旁边裁缝小店给自己的工作服改裤脚。小婉正在突突踩着缝纫机，黑亮的头发挽在脑后。旁边一块木板写着：改裤脚，绞边，换拉链，衣服定做。

远志看着她想：我就要娶这样的妻子啊。他走了过去。

……

几个月后，周末远志和小婉在出租屋做饭。有一搭没一搭地聊天。

“上个月有个人买了一个玄关柜，她特别要求画一幅《婴戏图》，我去书店找了很久没找到了资料。”远志一边洗菜。

画好了吗？小婉在择菜。

画好了，柜子寄过去了。

婴戏图，哼，蛮好的。她陡然想到自己以后的孩子，脸竟然红了。

看，这是什么？远志把自己的手伸到小婉面前。已是大雪了，天气愈来愈冷，他的臂上的皮肤就像龟裂的田地，起了一小片一小片鳞片。他不停地搔。

干痒干痒的。他说。

傻！她瞟了一眼，嗔怒道。她进到厨房，打开碗柜，倒了一些蜂蜜在碗里，找了一条干净的棉布，抹了一点蜂蜜涂在他手臂上。红色的抓痕没那么清晰了。

蜂蜜？甜！他抓了她手，想吃一口沾在手上的蜂蜜。

她轻轻甩开他的手臂，羞红了脸。

他凝视着自己手臂，突然想起那一年，他在大梨树下那户人家打家具，他的手臂曾被漆树的眼泪灼伤。

年底，小婉带远志回家过年见爹妈。

长途跋涉到了家，他走下出租车，手中拎着大包小包的礼物，他瞪大眼睛站在那里恍惚，怔忡地望着前面那几间熟悉拙笨的瓦房立在田野边，屋前，一棵熟悉的大梨树伸开茂密的树枝朝他招手。

（原载于2022年第10期《作品》杂志）

她的名字叫红

朱文彬

她的眼睛紧闭着，脑海里却是一片的红。

她看得见那一片的红，那一片漫山遍野的映山红。她红扑扑的脸，就是一朵映山红啊，初升的太阳，映得她妩媚动人。

她看得见那一片的红，那猎猎招展的一片红。红红的旗帜映红了苏区的天，也映红了她的脸，她的心。

她看得见那一片的红，那莹莹闪耀的红。闪闪的红星，与枪上的红缨交相辉映，映得她英姿勃发，妩媚动人。

她看见了，看见了那一大片一大片满江的红。五万红军将士的血啊，映得残阳泣血，天地凝悲。

她看见了，看见了雪山上那晶莹澄澈的一片红。金子般圣洁的光啊，驱走死亡的阴影，温暖冻僵了的躯体，和心。

她看见了，看见了那旌旗漫卷山河流金的一片红。走过了二万五千里，胜利会师了！她的眼里满是泪，泪里满是一片一片的红。

“山伢子……”

她的嘴唇轻轻动了动。

她无力再说出一句话，但她的心还能呼唤。

“毛伲子……”

“细妹子……”

“小石头……”

她在心里呼唤着一个又一个熟稔的名字。

“到！”

“到！”

“到！”

她听到了，她听到了一个又一个响亮的回答，如同在千百遍重复的梦里一样。

她看到了，看到了山伢子，小石头，看到了毛伲子，细妹子……齐齐整整，精精神神，他们集合在她面前，三十四把大刀，三十四杆红缨枪，三十四张稚嫩的脸。

她看到了，看到了小红军山伢子、细妹子、小六子……他们的血洒在了湘江，把湘江染成了红河，他们生命的年轮永远停留在十三岁、十四岁。事隔七十多年了吧，可当时那个悲壮惨烈啊，她想一次心里还生生地钻心地疼一次。

她看到了，看到了田伢子。田伢子是在雪山上走着走着倒下去的，一只被冻掉的耳朵也同时落了下来，而停止了呼吸的田伢子却是一脸的安详。

她看到了，看到小成子。小成子是过草地时吃了有毒的草根，肚子胀得像个皮球，口吐白沫在地上打滚，滚着滚着就一动不动地离开人世。

她看到了，看到了小石头。十四岁的小石头陷进沼泽里拼命挣扎，转瞬间年轻的脸就没入了沼泽，随后只浮起来他的拐杖。那根拐杖就被插在沼泽旁，成为一个路标，时刻提醒着后来的队伍。据说，那根拐杖后来在沼泽旁生根发芽，长成了一棵柳，人们把它叫作红军柳。

……

她看到了，和小石头、小成子他们一般年纪的年轻人，把她家砸了个稀巴烂，把“叛徒”“反革命”的高帽子戴在她头上，押着她把大街小巷游了个遍！

她看到了，养子扭曲着那张脸，愠怒，张狂，嘲讽，他喊道，就你个老古董，守财奴，害我出不了国……

她听到了，听到了小石头的尖叫，听到了小成子的呻吟，听到了心底里沉重的呼吸：你，还是不是红军的后代！

她听到了，听到了毛伲子最后的嘱托：“等革命胜利了，替我回家看我阿妈。”

她听到了，听到了毛伲子她阿妈的呼唤，听到了山伢子他阿爸的呼唤，听到了小六子他盲眼阿奶的呼唤——

伢啊，回来吧！

伲啊，回来吧！

她听到了，听到了她阿妈在呼唤——

红伲啊，回来吧！

她听到了，听到了养女好几次的劝：想家乡，就回去一趟吧！

她听到了，听到了自己的胸腔在呼啸——

七十多年了，我做梦都想着回家乡啊，我多想回去看看那漫山遍野的映山红，看看那魂牵梦绕的家乡、可敬可佩的乡亲，我多想回去，把父母的遗骸合葬在一起呵，可是，我却不能回、不敢回啊！当年我拉起一支三十多人的队伍，全是家乡十来岁的伢崽，组成儿童团、少宣队，加入红军队伍，长征，打日本，打蒋介石，解放全中国，这还活在人世间的，就只剩下我一个了啊！我回去，他们家人向我要人，我怎么交代哟！

她听到了，听到了她阿妈在召唤。

她看到了，看到了那一片一片的红。

……

她就这样安详地离开了人世。

在她贴身的衣服里，养女找到了一份遗嘱：

把骨灰撒在老家屋后的那片山野上。寄给家乡穷孩子读书的费用不能停，一分也不能少。

养女看到，遗嘱的署名只有一个字：红。

（原载于2022年7月13日《三门峡日报》副刊）

揉纸团的人

叶惠娟

不知谁走漏了风声，将笔记本最后一页的秘密泄露了出去。

我暗暗发誓，谁要是敢动它一下，这一次，我坚硬的拳头绝不放过他。我低头看了一眼攥紧的双拳，似乎已经看到了它挥舞起来带风的模样。

纸飞机是我照着视频学了好久才学会的，夹在我笔记本最后一页，笔记本安静地躺在我的书包里，书包和我的拳头一起藏在课桌抽屉下。我扫了一眼教室，没有出现任何异样，似乎大家都敏锐地察觉到了我铁一样坚硬的拳头。我早已做好了各种准备，比如像之前那样故意挑衅将我引开，又或者推搡着撞翻我的课桌。这一切都没有发生，我得意地仰起头。

课间，我需要去一趟洗手间。当然，在这之前，我犹豫了好一会儿，我不想离开我的书包，准确地说，是不想让纸飞机脱离我拳头的保护范围。可我转头一想，总不能拿着笔记本或者书包去洗手间，这样只会更加遭到那些人的笑话。如果有人敢趁我上洗手间期间动我的纸飞机，我的拳头绝不放过他们，想到这里，我站起身。我在离开之前还不忘用眼神冷冷地横扫了一遍教室，我用眼睛传达一句话：想尝尝拳头的滋味就尽管来吧。

就在我从洗手间往回走时，有人嬉笑着对我指指点点。我预感到事情不妙，不由加快脚步走回教室。

果然，课桌被翻动过。我的书包就像被遗弃的孩子，长着大嘴躺在地上无力呻吟，书本等学习用品散落一地。最刺眼的莫过于笔记本以及那只变形的纸飞机，无声地躺在地板，它扭曲的样子，还有上面的脚印，都在告诉我有人故意为之。纸飞机在我眼前慢慢变大，模糊了我的视线，我的双脚就像被人施了魔法，久久不能动弹，只听得自己双拳咯咯作响。

老师来了。不知谁喊的这句，就在我举起拳头准备挥舞时，老师急促的脚步声由远及近，击落我眼眶里打转的泪水。

我的双拳重重地落在课桌上，发出砰的声响，我喘着粗气，脸色通红，直到老师站在我的面前。

周围又是一片寂静，像极课上众人回答不出问题悄悄把头埋进书本那一瞬间。

老师弯下腰，拾起一地凌乱的东西，拾起我碎了一地的心。

老师的目光很柔和，他看着我，没有说话。老师素来温和，似乎也正因为这样，调皮的孩子们毫不畏惧。老师大大的手掌很暖和，覆盖住我的双拳，一阵暖流袭遍全身。我眼眶再次模糊了起来。

同学们常欺负我，我恨他们……我呜咽，话音未落泪先流。

老师拍了拍我的肩膀，似乎告诉我这一切他都知道。老师用眼神示意我坐下。

我以为老师会像往常那样，揪出始作俑者，然后叫去办公室问话。这次，老师并没有这样做，他转身走向讲台。

老师从讲台上拿出一张崭新的白纸，对着台下的我们晃了晃，所有人的目光就都聚集到了那张白纸上。老师要做什么？

老师对着白纸说，你这个笨蛋！你长得不好看！你脾气暴躁我们不和你玩！老师每说一句，就用力揉一下手中的白纸，几次过后，那张原本平整光滑的白纸就被揉成小纸团。

老师的动作依旧没有停，接着他又对纸团说了很多句对不起，每说一句，就试图将手中的纸团打开，抚摸平整。直到那张皱皱巴巴的白纸出现在我们眼前，像极了垂头丧气的孩子。

老师看着我们，缓缓地说，同学们，会有人愿意做这张伤痕累累的白纸吗？

众人低下头。

老师把我叫上了讲台，让我当着大家的面重新折一架纸飞机。崭新的纸飞机在教室上空盘旋，最终回旋到讲台，飞回我的手中。

我将它送给了老师，这也是我最初的想法。

后来，在那个曾有纸飞机盘旋飞过的教室，我又安稳地上了几年的学，直到教室里的我们都成了飞机，沿着自己的航线飞向不同的地方。

再后来，我成了家，有了孩子。这天，孩子放学回家和我说起班会课上讨论校园欺凌的事情，我摸了摸孩子的头，想起那架纸飞机，想起那个揉纸团的人。

（原载《小说月刊》2023 年第 6 期）

声音

王建平

事情发生之前，她倚在五楼客厅的阳台上的窗台朝外凝视。

夏日的阳光从树叶间筛落，微风摇动树梢，在树影斑驳、风影摇曳的时刻，她没有忘记她出生在乡下。小时候爹妈多病，受家贫拖累，小学只读了三年。身边的茶几上放着的养生、编织等杂志，她只能啃点皮毛，而另一本心理学方面的书是她从旧书摊上买的，书上的话仿佛是说给她这种人听的，所以她要求自己用心读，慢慢领悟，每读完三五页，便奖励自己观两小时的街景。

她的街景，就是窗外的公交站。

公交站有穿得花花绿绿的人出没，男男女女老老少少人走来走去，会引发联想。公交站的站台上有两道薄薄的砖墙，每道墙有五六米长，墙朝街道的那面有广告，有标语，有站点信息。两墙之间留出一个比人肩宽的口子，供人通过。这个位置总有候车人填堵。仿佛昨天、前天，也许很久以前就是这样。砖墙背面，也就是她能看清的这一面很粗糙，上面什么也没有，有候车的男人尿胀慌了，时不时闪到砖墙背面闷头排解。今天怪了，站在缺口里的人背后还站着一个男人，这男子全身融入阳光里，他真不怕被太阳烤焦？她判断，阳光里的男子正在行窃。

太阳直射过来，她眼前泛着白光。

她再不能让眼睛受到伤害，她回屋取来一顶布帽戴头上。噫，那男子消失了？她隐隐约约见公交车张开了长方形的口，分把钟后，再闭上长方形的口。只现背影的人与那男子一定都被公交车长方形的口吞进肚子里了。她想。

她租来的这个家处于城乡接合部，楼外有一道围墙，沿墙体延伸远去有一条不宽阔的人行道，路面多处是坑凹与破残的地砖，行人的脚下是一路尘埃，一位红衣太婆前的那条黑色的狗急切地蹿到一根水泥电杆脚下，无不自豪地高抬一条后腿……

公交站台上的候车人又多起来。她看到一个人身后背着包，包胀鼓鼓的。背包人站在两墙之间的缺口一动不动。背包人身后出现的人正是她一小时之前打望过的那个男子。那男子根本没上车，仿佛是从地下冒出来的。看似男子站那儿没动，其实……此刻要有一辆公交车到站该多好，要是有人……此时她若吼上一嗓子，一定能为背包人解危……过去三五秒，她回到窗前，身体倾向窗外，用力敲击手上的不锈钢锅盖，瞬间“当当当……”响声四起。

楼上，敲锅盖子的女人是个疯子！有候车的人这么说。于是好几个脑袋挤进两墙之间的缺口往楼上看。

公交车真正来了。公交车又一次张开、关闭长方形的口。她认定背包人上车了，背包人要么回某工地？或去医院看望亲人？要么到学校，或去火车站……但愿他背包里的钱物没有损失。

她第一次用声音保护了他人，想到这儿她脸红了。

她曾经就是一位行窃者。她十七八岁从农村出来，莫名其妙就走上扒窃之路。她无数次处于窒息境地，时常被一些突然响起的声音击垮，吓倒，多少次她身后追击的脚步声、吼叫声、警报声……都是她最怕听到的声音。她从二十五岁起，因为惧怕声音，连续几年没有像样的业绩，慢慢地成为团伙里吃软饭的人。

“听说你——恐惧声音！”

她的脸直直地朝向对面的墙，绷着嘴巴点点头，摆出死猪不怕开水烫的姿态。

训教她的人一声“恨”，两眼标本似的一动不动。

她二十八岁生日那天，老大面带笑容，陪她饮下一大杯品牌不详的葡萄酒。两天后她的听力减退，慢慢地耳朵听不见声音了，紧接声带也发不出声音。她生不如死，度日如年。半年后团伙的老大死于非命，她才从一个中等城市逃到一个小城。

夏天走了，秋天也去了，直到冬天最冷的时节，她在她窗外的公交站台上也没有见到过那个男子。

腊月末的一天上午，她家阳台上窗玻璃突然破碎了。玻璃破碎不是气候寒冷的原因，是有人接连朝她家窗户射来钢珠。惊恐之余，她似乎听到过玻璃被击穿的啪啪声。她听到的声音很微弱。接下来，她寻来曾经敲过不锈钢锅盖的木勺子，一下接一下敲击铝合金窗框。

她，越敲越兴奋。

（原载《北方文学》2023 年第 4 期）

弃猫

孙鹏飞

爸爸去世前的下午，有半小时的时间，他持续打来电话。我问他，出什么事了？他跟我说，刘琳去看他了。

刘琳第一次来我家是上海世博会那年。她流浪了一个星期，身上的衣服也一直没换。我妈妈还是对我谈的第一个女朋友特别满意，拉着刘琳的手说了好多不应景的话。刘琳说，阿姨，我是离家出走来你们家的。她说完看向我，我想这些话早晚都要说，既然纸包不住火，倒不如现在全部说完。刘琳接着说，我想住在你们家，不知道你们小两口介意吗？

刘琳在家受不了家长的专制，便一声不响离开了。她试过几次离家出走，不过她妈妈的苦情戏码和自身经济一度使她回心转意。这次的爆发点是，刘琳养了好多年的猫，已经年老体迈了。可爱和实用看不出来，只剩下一身的麻烦。她妈妈趁她上学的空当把猫扔了。

她电话里哭着把这些都告诉我，她说照这样下去如果不能变成父母希望的那类人，就会变成累赘被扔掉。我说实在不行你来我家吧，我不能看着你荒废学业，然后饿死。其实，她未必会饿死，而我也没有把握父母会接纳她。

因为刘琳的“小两口”三个字，我父母面面相觑，然后说，不行。刘琳吃干净了碗里的饭，用袖口擦擦嘴说，不行就算了，我没抱太大期望。

之后我让刘琳在附近的酒店住了下来，明天准备带她找工作。第二天一早，我衬衫还没系好扣子就过去找她，房间是空的。她根本没住进来。我在大厅里坐到下午，心烦意乱地注视着窗外一举一动，她的电话一直打不通。

从那以后我再也没见过刘琳。

刘琳因为喜欢的动物被扔了，才对不满意的生活做出反击。而我们家呢，从来不养小动物。我们家喜欢拿孩子比。

在我很小的时候，爸爸的同事领着小男孩来我家。

爸爸找出一份报纸让我俩念，看看谁家的孩子识字多。我念一个“刀”，那个男孩紧接着念一个“下”。我们掌握的都是笔画少的常用字。没几个来回，我便紧张兮兮地念完了认识的最后一个字，“山”。我颇为沾沾自喜。谁知道男孩又念道，“出”。那是两个“山”叠在一起。“出”字从他口中蹦出来，我爸爸脸色瞬间变的很难看。

他说，你真给我长脸。他按住我的脸贴在报纸上，问我还认识哪个字。我不敢眨眼看着那些张牙舞爪的字，泪淋到它们上面。

等我们都上学了，我数学竞赛拿了三等奖，还没放学就一路小跑着回家告诉爸爸。我说，你知道吗，人家数学竞赛拿奖了，猜猜几等奖？

“人家”，我称呼自己用的是“人家”。

我想爸爸从来对我抱有很大期望，他万一猜的是一等奖，我也是很尴尬的。可我只听见他说起那个男孩，他在市里奥林匹克拿了一等奖。瞬间我兴致全无。

而男孩也真的是开了挂的人生，他的事迹越传越多，他生病了一边打点滴一边背单词，小学没毕业号称全校老师没一个能教得了他。中学跳了级。高考数学差点满分。我只是在心里恨他。我参加工作的那一年，我爸爸生了场大病，我在医院陪床七天，我爸爸说了两次，男孩考上清华了，人没毕业，美国一家公司签了合同要他，一个月的收入是我两年的。

彼时，我还有一个身份，我成了作家。处女作写的便是刘琳、我和男孩。三个孩子命运竟完全不同。

捉对儿厮杀，我们没得选择，也跑不掉。

处女作的核心是谈论父母这代人是如何虐待我们的，网上这样的闲话文章很多，关起门过日子免不了的千态万状。有谆谆诱导，有精打细算，有知错不改，有以暴制暴。他们也是初为人父为人母，面对历史上第一批独生子女，也可能会是最后一批，慌了手脚。只是把他们认为的爱，集中在了我们身上。

我是带着强烈情绪的，“我和爸爸好像有着名副其实的杀父之仇”，还有一句成文后我删了，“我恨不能像哪吒那样削骨还父”。

或许很多年以后，当我们失去了虐待，我们的父母只留在记忆里，我们会觉得他们才是好可怜。他们在那么年轻时，便把期许过的一切，通通放在了孩子的身上。

父母想象中给予孩子的是一个璀璨的未来，孩子却只想做一只弃猫。

我爸爸倒数第二次进急救室，我妈说，你爸不行了，在他走之前你找个对象吧。我像是这才想起，六年前，刘琳离开我了。我妈说，我给你介绍个吧。

在医院小花园里碰上了她。

她穿着米色大衣，怀抱着黄橙橙的我叫不上名字的猫。她眼尖，一见面就看出我心绪低落。她说，还在为你爸爸担心呢？我说，是为自己担心。

我和刘琳做过的事，又重新和她做了一遍。我想，如果她是刘琳，逮到我心绪低落会给我普及让我振奋的成人话题，安利小毛片给我。可她不是。她没有刘琳有趣，话题也多数保守。我耐心地比较着两个人，直到我们结婚那夜，一切尘埃落定。

爸爸去世前的那个下午给我电话，说刘琳来看他了。我无关痛痒地问他，刘琳是谁？他去世后，妈妈跟我说，你爸爸当时要替你去刘琳家提婚，你怎么没答应？我想起噎住他的最后一句话，我真是恶毒到最后一句话都没让爸爸说完整。

他没了，世界到底清静了。我心空空的。

刘琳的一切也彻底断了。

爸爸去世整整三年之后，我的天敌从华尔街二十七层的写字楼跳了下去。

男孩的葬礼上，他爸爸一夜之间白发置换了青丝。原来电视里演的也不全是骗人的。

一只流浪猫喵喵叫着一跃上了树。

（原载《小小说月刊》2023 年第 7 期）

肉包子

安　谅

夏日休假的时候，老楚约明人一起到他苏中老家去游玩。明人爽快地答应了。

明人和老楚是S大学的同窗加好友，明人在S城长大，与从苏中考上S大学的老楚挺谈得来。大学毕业后，他们都在S城成家立业，两人在不同单位工作，但时常联系，一年里，还约着一块喝茶喝酒，也算是老兄弟了。

在老家的老楚母亲，八十多岁了，身体还算健朗，耳背，眼睛有点浑浊，偶尔咳得厉害。明人悄声问过老楚，老楚说，母亲当年是中学老师，镇里出了许多高考状元，包括自己，都是母亲夜以继日悉心指导出来的。她太操劳了，粉笔灰也吃多了，现在双目白内障再生，慢性咽喉炎，肺部还有些病症。

老母亲见儿子和明人来了，自然十分高兴。领着他们去镇上走走，既是引他们看看小镇的风貌，也是一种骄傲的展示：瞧，我儿子多出息，在大城市当干部呢！老楚已有好几年没回老家了，之前也是来去匆匆的，这回有一周的时间，与有一官半职的好友明人小坐，也是给老人长脸。

这一走，消息就传开了，许多亲朋好友都来登门看望，其中不乏老楚母亲的学生、老楚的老同学。气氛热络得很。

镇长，一位肤色黧黑，身材修长，文质彬彬的中年男子，也来拜访。他是老楚母亲的学生，考入北京一所大学，毕业后坚持返回了老家。七拐八弯的，他也算是老楚的一位远房表弟。

他一来，就更显不一般了。他执意要请老楚和明人吃饭。见他们终于答应了，他的双颊竟黑里透红起来，像刚喝了酒似的。他高兴地说："你们想吃什么，尽管说，我们小时候那会儿穷，现在吃的方面，不一定比你们S城逊色了。"

明人和老楚不约而同地说："那还用说，好多S城人节假日都往你们这里来，最馋的就是当地的美食和土菜，吃了还想兜着走呢!"

大家都笑了。老母亲笑出了泪。

那天晚上，在镇长家，镇长和他媳妇备了满满一桌菜，还特意上了一盘老楚特别爱吃的肉包子。面白厚实，稍扁的圆形，拳头大小。就见老楚从盘里接二连三，搛了好几个。

明人想，老楚真是爱吃肉包子呀。上大学那会，他就爱吃。早餐不买三个，不算吃。但他每回吃，都多半吃了肉馅，大半个包子皮被弃置在桌上了。

有一次，被班主任老师撞见了，批评了他几句，他争辩说，这里的包子太没味了，皮太厚，实在没法吃，与他老家的没法比。

老楚后来告诉明人，他在老家读书那会，能吃上肉包子，那真是奢侈，每一口都吃得香喷喷的，哪舍得扔一点点呀。

这回镇长家的肉包子，是老楚亲点的，当然也是正宗当地味的。明人吃了一个，肉是难得的香，面也很有嚼头，吃了真的齿颊留香，回味无穷。

老母亲也在座，镇长还叫上了几位长者、乡贤者，以示对老楚和明人的真切欢迎和尊重。

这一餐，吃得十分热闹和愉悦。将完未完之时，老楚接了个工作电话，走到了门外。这边，大家忽然都沉默了，目光聚焦于老楚座位前的杯盏。

实在是太刺眼了，被吃了肉馅的包子皮，堆得与高脚酒杯可以比肩了。这可是老楚喜欢吃的，带有家乡味道的肉包子呀。

明人两眼迷惑。再一看镇长和桌上所有的人，目光也都是怪怪的，似乎是疼惜，又仿佛有某种不悦。再看老楚的母亲，老人家困窘的模样，仿佛犯了什么大错似的。目光涌上了一层暗淡的云。明人佯装上厕所，站起身，走出门外。他待老楚放下手机，和他咬了一下耳朵，当然也带点责怪。

老楚憋红着脸，说："这，这，我感觉面皮不对味，就，就……"

当他们返回餐桌前时，都惊呆了：在座的人都站着，似乎正对老楚的母亲劝说着什么，而老楚的母亲腮帮子鼓鼓的，在费力地咀嚼着。

老楚座位前的那一堆包子皮，已不见了踪影。

老楚的脸憋得更红了，他羞愧地叫了一声："妈。"

老母亲从唇缝里吐出几个字来，虽有些含混，但明人和在座的人，都听清了。她说："儿，是妈不好，没教育好你……"

（原载《作品》2023 年第 5 期）

暖窝

肖曙光

“这个倒春寒啊！”陈奶奶心里哀叹一声，不由得裹紧了棉袄，心情就像这个天气一样。

“你走了，我去哪里呀？”陈奶奶望着墙上福安爷的照片喃喃自语。

墙上的福安爷慈祥的脸上，透着一股安逸的神情。

福安爷能不安逸吗？在陈奶奶的照顾下，他从失去老伴的痛苦中走出来。7 年来，他的生活井然有序。早上遛完鸟，就喝上陈奶奶用石磨磨好的豆浆；上午去公园里唱歌，中午就能吃上陈奶奶准备好的饭菜；下午与一班老友喝下午茶，晚上，陈奶奶把夜宵端到他手上。舒适的生活，让福安爷对陈奶奶充满了感激。他们是在公园里唱歌上认识的，一来二去，两人就走到一起。

早年，陈奶奶离婚后，含辛茹苦把女儿抚养大。后来，女儿去了国外，结婚后，定居在国外。

福安爷的儿子结婚后搬出去住，把两居室的房子留给了他。孙子也不用带，福安爷落个清闲。

清闲归清闲，但空落落的房子，让福安爷很是寂寞，后来，他遇见了陈奶奶。

儿子不反对福安爷找个伴，但对陈奶奶有点不放心。“不会是看上您的钱吧？”听了儿子的话，福安爷很生气：“她有退休金，女儿还给她寄钱。钱比我还多呢。”

“看上房子了？”儿子又问。

“我们是搭伙过日子，你不要胡乱担心。”

儿子不好说啥，特别是当他看见陈奶奶悉心照顾父亲，心里的芥蒂消除了。

日子一天天过去，福安爷和陈奶奶就像藤上的两朵晚开的喇叭花，芬芳着彼此。但是，再芬芳的花朵也有凋谢的时候。福安爷说走就走了。临走时，他拉着陈奶奶的手，有些歉意，又有点不舍。

陈奶奶面对墙上的福安爷，暗自神伤，愁肠百结，她对当初的决定有点后悔了，如果签了那个字，就不必为住哪里发愁了。

那回，福安爷把一份合同交给她：“签个字吧。”

陈奶奶很诧异：“签啥合同？”福安爷说：“签了合同是对你未来有一份保证。”可薄薄的一张纸，能拴住两个人的心吗？陈奶奶的丈夫就没有被一张纸拴住心，跟一个有钱的女人跑了。陈奶奶不信那张纸，她信情义，信缘分。她和福安爷是情投意合的，不要让一张纸摊薄了感情。

福安爷继续劝：“签了这份合同，你就可以安心住这里。”

“我现在住得很安心，不需要这个。”陈奶奶笑着把合同还给福安爷。

“这叫居住权合同。”福安爷郑重其事对她说，“万一哪天我走了，凭这个合同，你可以继续住在这里。”

“呸！呸！”陈奶奶嗔怪道，“不准胡说。”陈奶奶坚决不签字，好像签了字，福安爷真的就会走了。

福安爷见劝不动陈奶奶，想想自己身体还硬朗，也就把这事搁一边了。

没承想，一语成谶，福安爷真的就走了。那天，陈奶奶问居委会的工作人员，工作人员告诉她，因为他们没有结婚，房子她没有继承权，“除非，你和福安爷签了居住权合同。”

陈奶奶顿时懵了。如果福安爷的儿子收回房子，自己就无家可归了。

女儿知道这件事，责备她太糊涂，但木已成舟无法挽回。“来我这里吧。”女儿劝她。

一把老骨头，不知道哪一天就走了，犯得着去国外吗？

陈奶奶决定去养老院，好歹找个地方安顿自己。

这天，她收拾好东西，把屋子里里外外清扫了一遍，看着自己住了七年的房子，心里很难过。

“我要走了。”她望着墙上的福安爷，无限留恋地说道，“以后没人陪你说话了。”

福安爷的儿子回来了。陈奶奶把钥匙交给他说：“你清点一下东西吧。”

儿子走到福安爷遗像前，说：“爸，您愿意让阿姨走吗？”儿子一直称呼陈奶奶为阿姨。

福安爷微笑着看着他们。“您比过去胖了，也白了。都是阿姨照顾得好。”儿子揉了揉湿润的眼睛，“在我的心里，早把阿姨当成妈了。”

“妈！”儿子转身对陈奶奶说，“您不能走，我爸盼着您天天跟他说话呢。”

泪水模糊了陈奶奶的眼睛。煦暖的阳光照进屋来，春寒散去，丝丝温暖盈满她的心怀。

（原载《梅州日报》2022 年 8 月 17 日）

尖叫

陈小庆

1

1279年春，那个薄暮时分，黑衣人来到猎音师七宝工作室。

“我想定制一批尖叫……”蒙着半边脸的黑衣人说。

“尺寸、音效等具体要求说说。”七宝研墨抻纸，记录客人要求。

“宽一拃，高十丈，要有回环往复的效果，后面细若游丝部分要持续二十个吐纳。”

七宝记了一半撂下笔，说：“对不起，没弄过这么特殊尺寸的尖叫，这么窄这么高……还要持续二十个吐纳……敝店能力有限，您还是另请高明吧！”他觉得来客没有诚意，说不定就是来砸场子的同行冤家。猎音十年，他深深地明白：不是什么活儿都能接的。

黑衣人拿出一大卷赤金丝，放到七宝面前的银秤盘里，盘子重重地沉了一下。

七宝脸上浮现出一丝容易察觉的微笑——他打算生产这批尖叫。

最开始，他每天打磨自己从集市上收集到的叫声，指望小成本制作一把，自然这些都属于偏尖的声线。

他点燃炉火，拉起风箱，拿出专用的金铁锤和玉锉子，从桐木匣子里把那些活蹦乱跳的叫声拖出来，放在专门打制各种声音的金条几上，他要剔除杂音，反复淬炼，提纯出最尖厉的声音。但是没有令人满意的声音出现。他费了九牛二虎之力，也不过是得到了稍微尖一点的声音，那些声部太宽了，大都三尺左右，而高度，最高的也就三丈高，如果再变窄些，高度同时也会跟着降低，而且里面还有很多含混不清的东西，像是贫民窟里终日抱怨的人，喋喋不休——若去掉那些芜杂的声音，又不得不牺牲掉最尖厉的部分，至于最好听的“细若游丝”更是从未出现，太多问题困扰着他的生产进度。

2

七宝在工作室门口挂了一张启事：高价收购尖叫！启事墨汁未干，就来了位蛇身猫脸的姑娘。

“我从小就喜欢尖叫，你能出多少钱收购我的尖叫？”

“如果是优质尖叫，有多少我要多少，价格好商量。”

七宝让姑娘站在一口特制的大瓮前，给姑娘讲明白注意事项，他退到了远处。

姑娘对着大瓮高声喊了好几次，七宝用测音仪测量了一下，说：“这勉强能算是入门级的尖叫，你看宽度都二尺多了，高度才四丈。这哪是尖叫，分明像是一个大胖子，我要的是像你身材一样苗条的声音。我只能给你一个铜钱，别再喊了，我不需要这样的叫声。”

姑娘没要铜钱，很不高兴地走了。

接下来一段日子，每天总有好奇的人前来吼两嗓子，以妇女和孩子居多。挑剔的七宝觉得他们发出的声音完全不能算尖叫。那些平时看似非常高的尖叫，到他这里都不符合要求，他连一个铜钱都不想付。因为如何界定尖叫而常常拌嘴打架，从七宝工作室出来的人总是鼻青脸肿，也有孩子带着大人来闹事，七宝自己也是每天都脸肿鼻青的。

饶是如此热闹，令人满意的尖叫还是没有出现。

3

七宝在毛驴脖上挂了收购尖叫的牌子，写上地址，让老爹牵着驴走街串巷招徕生意。

转了好几天，没有人再愿意来七宝工作室献嗓。

老爹疲惫不堪坐在街头，一个小女孩来到他面前。

老爹打起精神问："你愿意去喊一嗓子吗？"

小女孩没有说话，旁边一个老太婆摇摇头说："唉，这个来历不明的哑巴，从来没有吱过一声……"

毛驴驮着那个瘦瘦的穿着白底蓝花小裙的哑巴女孩，径直来到七宝面前，老爹在后面紧赶慢赶气喘吁吁。

这时，天空开始为久旱的大地降下甘霖。

"她是个哑巴……看到牌子，非要坐驴来……"老爹说。

七宝垂头丧气地望着这个美丽而无声的女孩，挥挥手，让老爹送回去。

却见女孩不说话，站到大瓮跟前，开口叫了起来——

大瓮应声而裂，七宝没戴测音仪就震疼了耳朵——那声音尖细挺拔，最多一拃宽，却足有十五丈高，直往耳朵深处钻，那回环往复的回响，细若游丝部分足足持续了三十个吐纳！

七宝反应过来时，女孩已经倒在了黄金条儿上。

七宝忙去扶那个女孩。可那女孩变成了一个青花瓷瓶，就在七宝扶起她的一刹那，瓷瓶无声无息地碎了——就像是一个哑巴瓷瓶，碎了也没有声音。

裂开的大瓮里收集的是目前世上最完美的尖叫！

七宝抱着一怀瓷瓶碎片哭了，仿佛那就是他耗尽了所有尖叫声的女儿。

4

约定的时间到了，七宝把没有经过任何加工的尖叫缠绕着放在一个精致的桐木匣子里，依依不舍地交给了黑衣人。

“可惜，只此一声！”

黑衣人测听后格外满意，说：“如此天籁，一声足矣……”

黑衣人来到一座窑厂。在密闭的内室，太多的瓷胚等着烧制。几个匠人默默等着烧窑前最后一道工序，只见黑衣人端着七宝给他的桐木匣子，放出了哑女孩的尖叫——那青玉颜色的尖叫，在窑厂里持续了很久很久，仿佛哑女孩一生未说的话此刻都说了出来。那一批瓷坯吸足了声音，直到长长的细若游丝完全消失……

工匠们迅速点火烧窑……

从此世上有了元青花！

据说，加入哑女孩尖叫声制作出来的那批元青花，至今仍在世间。而检验其真伪的一个重要标准，就是瓷器落在黄金地板上碎裂的声音，但没有人听到过那个声音。

（原载《小小说选刊》2023 年第 4 期）

我们跳舞吧

冷清秋

夜里十一点。

李大志还在不屈不挠地给我打电话。

我当然不会去接。我和李大志已经分手了。

头天的事。就在凌云路转角的那家咖啡馆。我给李大志点了一杯卡布奇诺，我自己只要了一杯蜂蜜柠檬水。李大志一脸迷茫地问，怎么不喝咖啡？我白了他一眼，一本正经地告诉他，我心里太苦了，必须要来点甜的东西中和下。

李大志满不在乎地嚷嚷，少来，王小前，少在我面前叽叽歪歪，有什么大不了的，不就是关门大吉么，不就是分手吗，老子答应你，老子早就看出你是想甩了老子单飞！

这句话很上头，一下就把我点着了。我承认李大志有这样的本事。疫情管控这几个月，原本象征我们爱情见证的潮品店很快就因为高昂的租金撑不下去而垮掉了。一直在网上努力寻找新工作却屡屡碰壁的我总是轻易被李大志随便的一句话点燃而爆炸。索性扔掉伪装，我冲他大吼，对，没错，老娘就是想甩掉你小子单飞！吼完，我端起蜂蜜水直接给李大志洗了个脸，然后一把推开椅子，在周遭人讶异的目光中冲出了咖啡厅。

脑子被驴踢了吧？还是吃了猪油蒙了心？不然怎么会和李大志这头驴——不，这头蠢驴谈恋爱?！不过说实在的，这头蠢驴当时在毕业舞会上还不像现在这么蠢，尤其是一米八几的大高个彬彬有礼地微笑着冲我伸出手，弯下腰，做出邀请动作的时候，我感觉老夫那一棵怀春的少女心瞬间都不会跳了。那时的我哪里知道这么大只的帅小伙后来会演变成李烦人、李抠搜、李木头、李无情、李石头墩子！

没人知道昨天分手时我只点柠檬蜂蜜水也是想着给这个时运不济的李大人节省那么一丁点银子。其实按照我原本的思路是我们直接在马路牙子把分手说完就算完事，可大踏步走在前面的李大志头一矮就钻进了旁边的咖啡馆。

好吧，好聚好散，这么想着我才跟了进去。

事情不都说完了么？摁了接听键后我尽量保持自己的语速不紧不慢。

小前，小前，我捡了一只猫！李大志急切切地在手机里冲我喊，大概有两个月大，橘黄色……就像是为了证实他李大志所言非虚，手机那边果然就传来几声猫咪的叫声。

哦，都是些什么！有些无语的我直接挂掉了电话。

可李大志很快又拨了过来。他这次很认真地对我说，小前同志，我不是求你复合，也不是找你继续谈恋爱，我只是希望你能联系一下你开宠物医院那个叫什么红还是什么丽的朋友，帮着给小猫做个健康检查，再购买一些猫能吃的食物什么的。

他李大志把话说得这么清晰明了我还能再说什么呢，好吧——

接下来就是我立即联系闺蜜，然后踩着闺蜜的骂骂咧咧开车去梅陇十一村接上李大志和他的猫，然后再一起去我闺蜜的宠物医院进行各项事宜。好在经过健康检查小猫并无大碍，吃了多半管的营养膏一下子就蹦来跳去地精神了。

从宠物医院回来的路上，我开得很慢。坐在副驾上的李大志睡着了。

那猫软软偎着他的胳膊也睡着了。那画面很和谐，我忍不住多看了两眼。

看第三眼的时候，闭着眼的李大志说，小前，我们重新谈个恋爱吧？

死去！没门！

那，我们跳个舞吧——

车载音乐很配合地就响起来了。

是毛不易的《像我这样的人》，突然地，我很想哭。

没人知道我们已经分手了。没人知道我们又谈起了恋爱。

没人知道李大志在天桥绿化带那里捡了一只猫，我们给它取名跳跳。是跳舞的跳。

可李大志说，跳槽的跳。

那时候正是春天，半下午的阳光透玻璃窗，洒在宠物用品超市的吧台上。店主李大志同志正耐心给顾客讲解一款新到的猫咪背包，他轻声和顾客攀谈的样子带着一丁点的帅。

对，一丁点就够了。毕竟青年男女分分合合失业创业的故事每天都在大上海这个城市悄悄发生。我只是忘不掉那天李大志眼里那坚定的光。

李大志说：王小前，它饿坏了，不救助一定会死的。

对，就是这样。

（原载《小小说选刊》2023 年第 5 期）

记忆

潘清华

又是一年冬天，老陈静静地坐在窗前，他要在儿子家过第二个年了。

墙上的日历撕下一张又一张，孙女每天计算着还有多久可以收红包，叽叽喳喳的，她的欢喜带动起一家人。陈峰在纸上写着要备多少年货，妻子掰着手指兴奋地说着要买些什么装饰家里。唯独老陈一人闷闷不乐的。

陈峰留意到了，他走向前："快过年啦，您有什么想吃的吗？"

老陈缓缓抬眸，眼里罩着一丝朦胧，冲着陈峰和蔼一笑："买点儿蒜香花生吧！"

又低下头喃喃道："是啊，快过年了……"

不到三天年货便采购齐全，红色的袋子一摞一摞堆在客厅里。这些大多都未来得及整理。唯有一个袋子敞开着，堆放着几包花生。

老陈倒是有事做了，他不单坐着，手上还熟练地剥着花生，剥好了就往一个小塑料袋里扔。

他只是忙碌着，也不管外界发生了什么。

除夕的清晨，窗外寒风呼啸，隐约还能听见几声狗叫。老陈迈出家门，风似乎要在瞬间将他吞噬。他裹实大衣，又将脖子上的玫红色围巾给勒紧些，双手插进口袋，但寒意依旧刺骨。

回村的路虽很短，但有很多分岔。不过对于老陈这样走过千百回的人来说，倒也不算什么了。

然而不知为何，今天他走得很慢。

穿过几个路口，兜兜转转一个多小时，他才回到老屋。院子静悄悄的，没什么人气，只是脚下的草修剪得很整齐。

老陈将钥匙插进表面生锈的锁孔，用力一扭，另一只手推开轻掩着的门，快步走到屋里。

“老婆子快来瞧，我带了什么！”

屋内没有响应，他想老婆子大概是去接儿子了，今晚除夕夜，是要一起吃饭的。

于是他翻了翻柜子，将一瓶酒掏出来放在桌上，打开小太阳取暖器，然后便又静静地坐着了，像个乖巧的小孩。

那边的陈峰夫妻俩醒来发现老陈不见，又没带手机，可着急坏了。两人沿着街道找寻了好一阵，还是没有看见老陈。

还能在哪儿呢？

突然陈峰拍了拍脑袋，拉着妻子上车：“我知道爸去哪了！”

不到二十分钟，车便停在了院子前。

进门，陈峰轻轻拍着倚在床头睡得正香的老陈：“爸，不睡了，我们回来啦。”

陈峰一屁股坐在床上，心终于是落了地。妻子也松了一口气。老屋长期没住人多少有点闷，陈峰让妻子把后门也给打开了些。

前后屋门一开，穿堂风冻得人直哆嗦，这会没了暖气的呵护，手几乎没热过。“嘶……你这臭小子，又不好好穿厚衣服，手真冰。”被叫醒了的老陈拉着陈峰冰凉的手往小太阳前凑，再笑着问他暖不暖和。

陈峰点点头，鼻子一酸，没说什么。

“诶，你妈不是接你去了吗，怎么不见回来？”老陈摇摇头，无奈笑道：“肯定又是迷路了，越老记性越差啰。”

老陈今天格外高兴。

他扭过头看着陈峰妻子："舍得带女孩子来看我们啦！"就拉她依着坐下，说着今天是个好日子，要一家人团团圆圆吃饭。

陈峰愣了一下，握住老陈的手："爸，我去接妈回来，顺道买些菜。今晚吃顿好的，怎么样！"

"好，好。"

陈峰开车回到家，和孩子一起上上下下搬了几趟，将冰箱的存货清空了，悉数运回村里。

大红的灯笼挂起来，大红的对联贴起来，大红的衣裳穿起来，老房子突然间充满生机与活力，亦如从前。

"你是谁呀？"老陈弯下腰问小孩。

"爷爷，我是你的孙女啊。"

"噢……是我的孙女呀。"老陈摇头晃脑，比孙女更像个小孩。

晚上一家人围坐着在院里吃饭。桌上满满当当：肉烂味香的梅菜扣肉、淋满酱汁的红烧鱼、清甜可口的白灼虾、金黄澄明的鸡汤……这桌菜格外传统，也格外亲切。

每个人的碗里都泛着薄薄的一层油光。

老陈从口袋掏出一袋花生米，又给自己和陈峰夫妻俩倒了酒："酒鬼花生，来点儿下酒。别给我吃完了，我还得给老婆子留些呢。"

陈峰使了使眼神，小孩立即领悟，偷偷将老陈的酒杯换了。

干了杯，继续吃饭，有说有笑。

饭后收拾完已是半夜一点多，夜却不像往常那样宁静。窗外噼里啪啦的鞭炮声此起彼伏，星星点点的灯火镶嵌在黑夜的尽头，守夜的大人小孩望着空中朵朵绽开的烟花。

"爸爸，为什么爷爷总是忘记东西？"

"爷爷呀，生了病。你可以像爸爸妈妈对你一样，耐心地陪着他吗？"

小孩肯定地点点头。

过了许久，老陈望着窗外，烟花已经寥寥无几，黑夜中的灯火也只剩几家，隔壁屋的呢喃细语变成平缓规律的鼾声。夜深了。

陈峰走出房间，路过一个小立柜，立柜上俨然放着母亲的黑白相片，她也戴着一条围巾。

他继续走向前，半拥着老陈坐下。

“老婆子怎么还没回来，花生我自己都快吃完喽。”老陈边说边将花生送进嘴里。

“妈早就回来啦，她已经睡下了。”陈峰将花生悄悄揣进兜里，哄着说，“别吃太多花生，等她醒来又得骂您。”

“好，好。”

在他们眼前的，又是崭新的一年。

（原载于《微型小说选刊》“高校在线”专栏2023年第4期）

一孬碗

李　根

你们听说过“一孬碗”吧？那是我们矿上工人开饭时会说的一句话：“好赖闹上一孬碗，舒服！”

矿上的人不一定都知道矿长的门朝哪儿开，但肯定都知道我四婶的“一孬碗”。叫“孬”，其实不孬。都是真材实料，一“孬”碗的汤是骨头汤，面是用油焖下的。汤里有豆腐干、韭菜、土豆丝、豆芽。主要是量大、味好、耐饱，适合矿工们吃。

我四叔工亡以后，我四婶一个人拉扯我姐和我弟。没办法。就在广场上摆了个摊摊叫“一孬碗”。摊摊是用井下的旧风筒布搭起来的，一口锅，几个桌桌。

那会儿，我婶刚开了“一孬碗”，我爸妈天天就让我吃一孬碗，早上一孬碗，晚上还是一孬碗。我说，四婶，你的“一孬碗”我都吃腻了，快别卖了。我爸因为这句话，差点没抽死我。说，你再敢和你四婶胡说八道，看我不打死你！

我们矿大部分孩子都是吃一孬碗长大的。谁家不想做饭了，爹妈就让孩们去闹上一孬碗。矿工们都照顾一孬碗的买卖，一说就是，走，去老四家闹上一孬碗。

一孬碗生意可火了。不论寒暑，早上，从4点开始，我婶就准备上买卖了。5点，她给一线的矿工们做一孬碗。6点，她给矿区的初中生做一孬碗。7点，给矿领导和小学生做一孬碗。让他们安安全全地上班，舒舒服服地上学。“一孬碗”晚上12点都不关门，我四婶每天就是围着那口锅，不怕累也不怕冷。手上冻得都是皴皮，裂开的口子。人们说，老四媳妇，这么冷，回吧。我四婶说，没事，我不冷，等二班的兄弟们吃了面，我再回。

我记得我四婶哭过两次。

一次是我四叔刚工亡，我弟爬火车摔了腿。我四婶哭着和我妈说，二嫂，我可咋办呀？那天，我妈也跟着哭。完了和我爸说，以后老四老婆咱们得亲亲的对待了。

第二次你得听我慢慢说。我们矿那会儿可缺水了，我婶刚开摊子，每天还有一项工作就是拉水，一天拉两趟水。我婶说，把碗都得洗干净，让师傅们吃得干净。我四婶在矿上找了两个大塑料桶洗刷干净，在里面装上水，放在推车上，我婶在前面拉，我弟和我姐在后面推，我也老跟着推车。我们矿的孩子们一看见也都说，四婶，我们帮你推。拉水得去“狼虎沟”，要是在小卖铺跟前的水龙头那儿排队，矿工家属们一看见我四婶就都给让开了。人们说，让老四媳妇先打水，她得给咱们做“一孬碗”呢。就为这话，四婶就会掉下泪蛋蛋。

我婶可是恓惶来。我记忆里，飘雪了，广场的路灯底下，我婶的衣服上厚厚的一层雪，冻得直跺脚。锅是唯一的取暖设备，那口锅热气腾腾的，我婶站在那儿就像个南极仙翁。我和她说，婶，回吧，冷了。她说，没事，婶等会再回，俺孩回吧。人们下班就想吃点现下的面。你四叔下井那会儿，我天天等他回家，给他下面。

我弟小时候学习不争气，我婶就不给他笑脸。后来我弟当兵了，穿着军装回来，我婶给他笑脸了。我婶还是天天煮面，搬到了子弟中学门口。矿上再开多少饭店都没我婶的“一孬碗”生意好。我弟结婚那天，矿上人们互相通知着：“老四家小子结婚了，都得去，好好喝上一顿！”

我弟那天端着“一孬碗”跪下递给我四婶。他说，妈，这几年您受苦了，我是吃一孬碗长大的，我永远也忘不了。这碗面是我给您专门做的，您吃了吧。我以后一定要有出息，让您高兴。

我四婶哽咽着看着我弟和弟媳妇说，你们以后好好过，妈吃，妈全吃了。

我四婶的眼泪滴到了汤里，面是香的，泪是咸的，我四婶全吃了。

那天，温馨的灯火融化了黑夜。我爸和工友们一直喝酒。他们说，来，兄弟们，为老四再喝一个！

（原载《山西文学》2022 年第 12 期）

卖炒薯泥的魏伯

莫小谈

我们学校门前支了一个卖炒薯泥的摊位，摊主是魏伯。听爸爸说，魏伯的家乡在郊外，那里有大片大片的红薯地，他日常炒薯泥的原料就来自那里。

每逢放学，魏伯便站在摊位前揽生意，招呼着下学的孩子们凑近摊位。经不起食物的诱惑，我们便嬉闹着怂恿其中哪个同学从零花钱中抠出些许来，买一份香甜的薯泥，闹哄哄地分食，你一勺我一勺地饱饱口福。

魏伯总是乐呵呵的，问我们够吃不。要是不够，我们玩一圈回来，他再舀一勺添上，不要钱的。

真正转回来添薯泥的孩子并不多见，只是魏伯和善，大家都喜欢他，疯跑一圈，又回来和他闲侃："魏伯，讲一个村里的故事呗。"魏伯一边翻炒薯泥，一边编故事："俺村呀，山上有山，树上有树，张家的母猪没看住，撞坏了李家的门，拱倒了赵家的柱，吓得二狗子尿一裤……"

孩子们嬉笑着问："谁是二狗子？"魏伯嘿嘿一笑，说："二狗子呀，今儿逃学去了。我咋找不见他了呢？"魏伯四下瞅瞅，佯装找不见人的样子，又说："不好好上课，看他爸不打得他尿一裤！"孩子们哄笑一阵子才各自散去，随自家的父母回家了。

我的爸爸是片儿警，他接我放学时常来魏伯的摊位前闲聊，久了便熟识了。一日，我爸对魏伯说：“遇着啥事儿了，只要你觉得我能帮上忙的，只管说。”魏伯笑着说：“中，中，出门在外能遇着贵人，是福分。”随后魏伯又说：“就一小本买卖，不争不抢的，估计麻烦不着您。”

但天有不测风云，没过多久，魏伯还真摊上件事儿——学校周边治理环境，城管清理流动摊位，魏伯属于无证经营，当然在清理之列——他的摊位被查扣了。

记得那天晚上，魏伯敲开我家的门，满脸堆笑，人还未进屋就先朝自己嘴巴上啪啪轻拍两下，对我爸说：“您看我这张臭嘴，早先还说一辈子用不到您呢，这不就来麻烦您了。”

我爸把魏伯让进客厅，示意他坐下。魏伯浑身不自在，窘迫地站在沙发旁直搓手，就是不肯落座。“坐下，坐下说话。”我爸连连让座，魏伯才怯怯地坐在沙发边沿，满脸赔着笑说：“您看看我这乌鸦嘴……乌鸦嘴，怕啥来啥，在城里头，我也没个乡亲故友的，事到如今，只好来托您了。”

我爸不爱求人，迟疑了老半天。魏伯尴尬得不知所措，那一双浑浊的眼睛巴巴地望着我爸。最后，我爸才说：“城管局我倒是认识个人，只是长时间不联系，生疏了，况且大整治是大势所趋，这种情况下张口，人家也不一定给面子。”

魏伯在一旁不住地赔着笑脸，说：“知道您金口难开，试试，您就试一试。”

也许是因为之前有过承诺，也许是被魏伯的言行打动，一向不沾闲事的爸爸还是给那个“熟人”打了电话：“喂，赵哥啊，我是小宋，溱水河片区的片儿警……对对对，之前有个联合行动，咱们是一组，还记得不？”

魏伯半坐在沙发上，脸上始终赔着笑。

“忙，片区里杂事多，不是这事儿就是那事儿，闲不住。”

魏伯就那么仰脸望着我爸，笑容不收，讨好般地喃喃自语：“是啊，警察就是忙，警察哪有不忙的时候？越逢年节越忙。”

“赵哥，我给你说个事儿啊……”

魏伯一听这话，忙欠了欠身子，凑近我爸，还把我爸的水杯往茶几内侧挪了又挪。

“我有一个亲戚啊，在东关小学门口支了个摊儿，卖炒薯泥的……嗐，哪是八竿子打不着的亲戚呀！真是自家亲戚，老家的大伯，亲大伯……”

魏伯不住地点头，低声接话：“亲的亲的，比亲侄子都管用。”

我爸忙冲着魏伯打手势，示意他不要出声。魏伯赶紧用手捂住嘴巴，不作声了。

“嗐，要不是自家亲戚，我才张不开口呢……嗯嗯，那就拜托老哥了，您通融通融，把摊子先发还他，回头我帮他物色个门店……好嘞，再办个证……您放心……谢谢，太感谢了……”

“办证，一定办证。”魏伯附和道。

事情办妥了，魏伯千恩万谢，他起身走到大门口，磨蹭了好一会儿不肯离去，最终鼓起勇气从衣兜里掏出一个红布包，支支吾吾地说：“来得匆忙，又不知道家里缺啥，这二百块钱留给孩子买些零嘴吃吧。”

我爸连连摆手，说什么也不肯收。两人又来回推让了好长时间，我爸一把夺过那个红布包，硬塞回魏伯衣兜里。

谁知当天晚上，魏伯又一次来访，手里还拎着两捆山药和一挂红薯粉条，说是专门遣家里人送来的，不值钱，就是表达一下心意。我爸还是没收。

没多久，魏伯的营业执照办下来了，新摊位选在校园对面的门店里，还增加了几样新品种。

有一次，魏伯老远看到我，不住地叫我的名字。我走近后，他专门从烤箱里挑拣了好一番，拿出两个品相好的烤红薯送给我，我没要。接下来好几日都是如此，我像当日爸爸拒绝他一样，依然没要。但我发现，每次我离开后，魏伯都会立在摊位前，手里捧着两个烤红薯，默默地望着我远去，许久许久。

爸爸不知从哪里得知这件事，我以为他会因我不受恩惠而表扬我，谁知爸爸却说：“如果下次魏伯再送你红薯，你就收下吧。”我不明就里，但还是重重地点了点头。

（原载《小星星》期刊 2022 年第 12 期）

恒泰丰的老板娘

金晓磊

“兴隆菜市场新开了一家恒泰丰，那个老板娘长得挺漂亮的。”

和我说这句话的，不是别人，正是我的妻子。

次数多了，我就有点好奇：这女人到底有多漂亮？毕竟，惺惺相惜的英雄大多也只能在武侠世界里看到，现实生活里几乎很少听到一个女人当着丈夫的面，对另外一个女人的容貌进行夸赞的。

大概是我以小人之心度妻子之腹了。没过多久，我就见到了妻子口中的那个漂亮女人。

是个秋日的双休。阳光那么好，像个败家的浪荡公子在满世界地撒金丝。妻子让我陪她走路去兴隆菜市场。和很多小菜场差不多，兴隆菜市场里面也是昏暗潮湿，凌乱嘈杂。我跟在妻子后面，从肉铺到菜摊，从卖干货的到卖海鲜的，穿州过府一般，提溜了不少的东西。

走到拐角处，感觉一下子亮堂了许多。抬头一看，“恒泰丰”三个大字，被灯光映照得红红火火，喜气洋洋的。我们隔着冰柜，朝里一瞅，却只有四壁的瓷砖泛着白炽灯清冷的光，连个人影都没有。

“老板娘!”妻子朝着空空荡荡的店铺喊了一声。

话音刚落，冰柜的另一侧突然冒出个人来，像《聊斋志异》里钻出的狐仙一般。她背对着我们，微低着头。

妻子嗔怒道：“老板娘，人吓人，是要吓死人的！”

老板娘缓缓转过身子，尴尬地朝我们笑了笑，顺手递给我们几个塑料盒子。

她的个子应该不高，一米六不到的样子。上身穿了件白T恤，下身着一条紧身的浅蓝牛仔裤。一眨眼的工夫，她的嘴唇间居然长了根点着的香烟！她吸了一口，又忙不迭地用夹了香烟的中指去戳手机屏幕。手机里突然跳出一个女声来：“六筒。”

撒尿牛丸啊，鱼丸啊，蛋饺啊。妻子挑了满满一大堆递过去。老板娘将香烟衔在嘴里，腾出一只手来接住，在电子秤边忙活起来。

妻子的话没有半点水分，老板娘长得的确漂亮！她略施粉黛，扎了个时下流行的丸子头。皮肤被灯光一打，更显白皙。一双丹凤眼。两条眉毛，显然是修过的，卧蚕一样。鼻梁挺括。一张樱桃小嘴下，挂着一个尖下巴。如果把五官单独挑出来，也谈不上什么特别，但组合在她脸上，仔细一瞧，显山露水，模样就颇似《大话西游》里的朱茵了。

出了菜市场，妻子笑嘻嘻地问道：“老板娘是挺漂亮吧？”

我点点头。

妻子一把掐住我的手臂，变了神色：“男人是不是都这副德性？”

可说归说，掐归掐，逢上天气不错的周末，妻子还是喜欢拉着我去兴隆菜市场。脏是脏了些，但与各色人等打点交道，体味俗世的风味，还是挺有趣的。当然，顺便看看美女，可远观而不可亵玩，又是另一种享受。

于是，有时候，可以看到老板娘亲手在做鱼丸或肉丸，趁手煮几颗，塞到边上一个四五岁小姑娘的嘴里；有些时候，她衔着一根烟，捧着手机在搓麻将，嘴里突然冒出一句“我靠”来——听口音，不像是本地的。有一次，居然看见她跷着二郎腿，神色自若地坐在椅子上看书。生意上门，她才将书随手一放，起身过秤。远看那书，正是金庸的《笑傲江湖》。

冬天就这么来了。

妻子临时出差一个礼拜。贪图方便，某一天，我接完儿子，直奔“恒泰丰”，准备买点三鲜汤配料。卷闸门竟关得紧紧的，店铺门口一片昏暗。我在“恒泰丰”对面的菜摊停了下来。趁着挑番茄的空闲，向摊主问起了“恒泰丰”。五十来岁的大妈像是碰上了外星人一般：“你居然不知道这么大的事?”

她一边装袋称重，一边给我讲起了事情的前因后果——

市场里前两天闹小偷，老板娘听到呼喊，从店铺蹿出来，一把拉住了那个刚要从“恒泰丰”门口跑过的小偷。那个十七八岁的男孩眼见脱不了身，居然从怀里掏出把弹簧刀来。起初，他可能也只是想吓唬吓唬老板娘的，但老板娘死拽住他没松手。后来，小偷就提刀朝老板娘的胸口捅了过去……

“唉，都两三天了，是生是死，还不知道呢，”大妈长长地叹了口气，“这么好的一个人呐!”

我回转身，朝“恒泰丰”门口望了望。恍惚间，卷闸门像帷幕一般升起。黑暗里，一点火星倏忽亮了一下，老板娘红唇轻启，一缕白烟徐徐飘散开来……

拎着东西，出得门来。不知道天空什么时候开始洒起雪来的。一会儿工夫，车子的前挡玻璃上，已经薄薄一层了。

那雪，下得正紧……

（原载《北方文学》2023年第1期）

最成功的手术

于 博

奎县人民医院的眼科医生白云飞，大名鼎鼎。医生之所以著名，能被尊称为名医，无非医术和仁心。白云飞在奎县行医三十六年，不知治好了多少人的眼疾，让那些在黑暗中行走的人看到人世间的光明以及光明下的风物。白云飞医术高超，又宅心仁厚，平易近人，让患者如沐春风，感觉到温暖和希望。很多省内的大医院，甚至南方的医院，公立的，私立的，都纷纷上门，三顾茅庐，请他去那里行医。每个人都笑着说，白老师尽管提条件，我方一律接纳，绝不讨价还价。白云飞哈哈一笑，指着院外一棵榆树说道，等我到了它那般年纪，我再考虑跳槽。对方一问树龄，顿时无语。这棵榆树比建院时间还长了四十年。奎县县志记载，奎县人民医院成立于1951年。

白云飞还有不到一年时间就要退休了，三十六年间，他做过多少台手术，治好了多少眼病患者，他真的记不清了。想着那些拄着拐棍摸摸索索走进医院的患者，又精神抖擞地健步走出医院，白云飞一脸自豪和骄傲。但让他最为骄傲和自豪的是他手术零失误，这也让同行们极度羡慕和赞叹。

还有几天就退休了，白云飞还是准时出现在办公室。王院长过来和他谈一下退休的欢送仪式，还没说到正题，一位女士搀着一位老者走进来，后面跟着一对夫妻。女士是老者的女儿，后面那对夫妻是老者的儿子儿媳。女士长出一口气，说老天保佑，白大夫您今天上班。王院长说，眼科里很多医生都特别优秀，找别的医生看看，可以吗？女士坚决地摇头。

白云飞站起来，走到老者身边，说请随我到处置室检查一下。处置室就在医生办公室对过，隔着走廊而已。在这间屋子里，白云飞微笑着，耐心细致地为老人检查。半天，他摇了摇头，似乎要说什么，他对患者家属点了点头，轻声说，你们先出去一下，这位女士留下。众人移步外出。白云飞压低声音对女士说，我检查了，你父亲的眼底已经坏死了，几年前，甚至更早的时候就已经坏死了。女士微笑着倾听。白云飞跨前一小步，也就是说，你父亲做任何手术都没有意义了，丝毫没有用处，我的话你听明白了？

对于白云飞的一番话，女士并没有感到有什么特别的地方，所以表情如初，一点惊讶和遗憾的意思也没有。她莞尔一笑，轻声说道，白大夫，其实我们早就知道父亲眼睛的状况。那为什么还要检查，甚至还要求手术呢？白大夫一脸茫然。女士歉意地笑了笑，说是这样的，父亲因为眼睛委屈了一辈子，有一天，他听收音机里医疗广告，说任何眼病都可以治疗，现在医学发达了，医生借助先进的仪器，都是华佗再世。白大夫脸色难堪起来，小声嘀咕一句，无稽之谈。女士继续平稳地说，我们当儿女的不是多有钱，但为了满足老人，为了了却他的心病，我们决定做这样没有意义和价值的手术，让老人不留遗憾，让他感受一下儿女的孝心。白大夫原本难堪的面庞突然跳动一下，两腮也红晕起来，眼里放射出温暖的光芒。好吧，这真是一个感人的故事。我白云飞从医这么多年，还是第一次做这样特殊的手术。那么，接下来我无条件地配合你们完成这个美好的心愿。

老先生，您可以手术，但任何手术都存在风险，我先和您交代一下，您再决定是否手术。白大夫的话音刚落，老人特别痛快地说，不用了大夫，不用了大夫，我女儿给我做主，手术，手术，我一点说道都没有。说道，东北土话，即意见、想法。白云飞看了看女士，微笑着点头，那就办理手续吧，马上就做。

两天后的上午，阳光明媚。拆完纱布的老者在女儿的搀扶下走到院子里，心情很是激动，这瞅瞅，那望望，仿佛第一次来到这个世界上。爸，你看到了什么？女儿问。嗯，你看这花开的、开得真好看。边说边用手指了指。女儿捂着嘴笑了起来，笑得流下了眼泪。父亲指的是她的花裙子，她的花裙子上面绣着一朵朵鲜艳的牡丹花。

四楼会议室里，欢送白云飞医生光荣退休的仪式正在举行。有位年轻的医生问，白老师，您从医这么多年，您认为您最成功的手术和最失败的手术是哪一例呢？白云飞微笑着走到窗前，向下一指，瞧，都在这里。

医院的花坛边，穿着花裙子的女儿搀着父亲摆着姿势，正兴高采烈地照相。

（原载《安徽文学》2022 年第 8 期）

画家和他的保姆

赵淑萍

画家杨出尘的夫人去世了。

杨夫人出身书香门第，温婉清秀，写得一手极工整的蝇头小楷。夫妻相敬如宾，从未吵过架，外界说起画家伉俪，都说是模范夫妻。

夫人亡故，杨出尘着实颓废了一阵，没有心思动笔。后来，慢慢走出来，就喜欢上了社交活动。什么笔会、雅集，有人来请，他一概不拒。可是，回到家，偌大的房子，孤灯冷灶，难免凄凉。他两个儿子，一个在外地，在本地的这个又在单位担任要职，没有闲暇照顾他。七十多岁的他，虽然腿脚尚健，但家务总需要有个人做，何况年岁越来越高，于是，儿子给他请了个保姆。

保姆六十出头，拾掇得很干净，老伴死得早，退休金低，所以出来赚点钱，这样人情周转可以灵活些。她人勤快，手脚麻利，做的饭菜很可口。杨出尘夫人在的时候，总是说要吃得健康，吃得清淡，于是，腌制品不上桌，油不能多放，味不能太重。有人送红膏炝蟹、蛏子，他举筷子时，夫人不断叮嘱少吃一点。而保姆一来，就带来一小缸自己腌制的咸菜，当地人叫咸齑的，一会儿大汤咸齑黄鱼，一会儿咸齑炒墨鱼，一会儿咸齑炒蛋，变着法儿吃。榨菜、酱豆腐、泥螺也经常上桌。“我们这里的人，本来就称

‘咸骆驼’，还有老话‘三日不吃咸齑汤，脚骨有点酸汪汪’呢！”保姆振振有词。而对于杨出尘，这些都是小时候的美味，被抑制得太久了，这一来，正中下怀。杨出尘耳朵有点背，以前夫人柔声细语，他常听不清楚，保姆嗓门有点大，也正中下怀。

这饭菜可口，家里有烟火味，杨出尘就觉得日子有了味道。于是，气色明显好了，步子轻快，画技也有了进步，有人说他“衰年变法”呢。上门求画的人本就多，现在更多了。有时候，朋友、晚辈来求，有时候是领导来求。按杨出尘以前的做法，一律赠送。可是，一天保姆却说：“你那些晚辈、朋友，好歹还送些茶叶和新鲜的蔬果，可是领导向你求画，两手空空，他们给钱吗？”“我从来不收润笔费的。”“凭什么不收，那张山水画你足足画了一天。那张兰花你也不知练过多少回了。你都将近八十了，又没求着他们什么，不欠他们的。”保姆说得很爽脆。

有一次，他老单位的领导要了五幅画，要去后，嘴上是十二分的感谢，而后再无响动。“您可以发个信息向他们要报酬。”保姆对杨出尘说，“如果画是给单位的，公家的钱，他干吗省着？如果是个人要，他那么年轻，你在单位时，他还不知道在哪儿呢，他凭什么白要。你们知识分子，就是死要面子活受罪。”杨出尘觉得有道理，脑子一热，真的发消息去，先是感谢领导支持、照顾，最后委婉地提到了润笔费。发出后，他又后悔了。想当初他和夫人也常为这事憋屈，但是，总是撇不开面子。他这一发，一生的清誉可就没了。

但是，当一笔润笔费打到了他的卡里时，他顿时气顺了，胸也不闷了。人啊，真没必要委屈自己。

从此，杨出尘开始收润笔费。

有一次，杨出尘原单位的领导带了一位市领导来看他。领导说市领导很赞赏杨老的画，特来拜访杨老。那保姆一听就知道他们是来索画的，不知怎么就动了气。“他伯伯，你感冒才好，肺里还有些炎症，人虚得很，医生说你要休息好，最好多卧床。”保姆大声对杨出尘说，颇有点命令的味道。这么一来，那两人脸有些挂不住了。“杨老，我们来看看您，您一定要保重身体，您可是我们江城画坛的常青树。”市领导说。至于索画的事，也就没出口。

领导出来后，深深同情杨老，说年纪大了真可怜，大家一直高高捧着的杨老，居然被家里的保姆吆三喝四。他们还奇怪，一个保姆怎么就敢那么放肆？

江城的书画圈不知什么时候有了传言，说杨出尘和他保姆在一起了。枯木逢春，就是因为有了这个女的，老头画画都开始要润笔费了。也是一桩好事，无伤风雅，杨出尘不出面解释，这事的真假，就没人说得清了。

据说，杨出尘谢世前特别嘱咐儿子，有一笔钱要送给保姆，但是，保姆不要，只是结清了护理费。她唯一带走的是杨出尘送给她的《蜡梅图》，画的是瓶插的几枝蜡梅。那瓶子，就是她经常用的那一个。那蜡梅，又直又清，宫黄点点，别有美感。

题款也很雅致：“数枝乞与吟窗供，温水铜瓶自插看。”

（原载 2023 年 2 月 21 日《我们都爱短故事》）

区博士

肖建国

区博士是下角有名的人物。

人口普查时，才知道他的学历是博士。当时硕士都没几个，他算是“稀有物种”了。下角的人们一谈到与博士为邻，大都会眉飞色舞，仿佛自身的水平立即提高了几个档次。

普查人员问他是哪个 ou。他怕普查人员写错，在纸上写了个“区”字。普查人员瞪大眼睛说，这不是 qu 吗？

区博士撇着嘴说，对对对，我普通话不标准，是 qu。

所以到现在，也有人喊他区博士，他都点头一笑。

区博士是北方人，瘦高个，中分头。往人堆里一站，很像鲁迅笔下“像圆规一样张开两脚”的杨二嫂。

好在区博士不经常露面。他在惠州学院教书，常常是早出晚归，如同有规律的候鸟。然而有一个地方，他会经常去。有时七八天，有时半个月，最多不超过一个月。都是回到家里后，放下手中物件，再出来。

这地方就是秀珍美发店。区博士对自己的发型很看重。

秀珍美发店位于青年河西边。因为有河水流过，河两岸自然形成了街道。西边是一条老街，清一色的老屋，古朴中透着庄重。

说是美发店，其实就是洗头、剪发。不烫不卷不焗油。简单，明了。老板娘叫秀珍，也是师傅。四十多岁的年纪，长相极其普通。区博士能来这里，让很多人不解。因为这里狭小、也不大干净。像区博士这样有身份的人，好像更应该去那种高大上的美发店。

区博士第一次来，这里已坐了几位中老年人。男的多，女的少。聊天的多，理发的少。区博士一来，闲聊的人就把理发椅让了出来。

区博士说，就照我的发型，剪短些即可。

中年男人理中分头，少见。电影里的汉奸大都是这造型。所以很多人比较忌讳。秀珍不多言，按照区博士的要求，从头部中间梳出一条缝来，不用电推子，而是用剪刀。一只手夹住头发，选好长度，由下往上，咔嚓咔嚓，细细地剪。剪完一边，再剪另一边。两边都剪完了，镜子里呈现出男身女相“妇女头”。

秀珍问，刮胡子不？——区博士胡子不多，稀稀的几根，还短。

区博士说，不刮。

秀珍又问，洗头不？

区博士说，不洗。然后站起身来问，多少钱？

秀珍说，13 元。扫二维码就可以了。

区博士说，挺便宜，干脆给你 15 元得了。

这让秀珍很感动，连声说，谢谢啊，谢谢！

区博士走后，屋里人都唏嘘不已。看看，博士就博士，知道劳动人民不容易啊。也有人打趣说，是不是看上秀珍了。

秀珍脸一红，佯怒道，瞎说啥呢，小心烂舌根。

从那后，区博士经常来。凡要参加会议，或者做报告的，接到通知后，他事先都要整理下发型。他来后，理发、交钱、走人。话不多。每次都多给两元钱。

秀珍也由以前的感激，慢慢变成了习惯。

到了年底，喜庆的氛围刺激着消费，青年河两岸的门店都涨起价来。洗车的平时 30 元，涨到 50 元。卖菜的、卖肉的，开平价商店的，都配合着年的临近，跟着涨。

区博士踩着时间的节点，又来了。

理完后，区博士掏出手机，准备付钱。秀珍说，涨价了。

区博士哦了一声。问，涨多少。

秀珍说，20 元。怕区博士不相信，指指门外贴的一张小红纸。那红色上写了几个字，从里面看不清。区博士也没看，更没有说话，掏出手机，支付了 20 元。

秀珍说，谢谢啊。

区博士没应声，人已走出很远。

过完正月十五，区博士又来了。没进门，他先问秀珍，老板娘，现在剪发多少钱。

秀珍笑眯眯地回答，年已过去了，回归平常，13 元。

区博士坐下来说，就照我的发型，剪短些即可。

熟悉的人物，熟悉的脑袋，熟悉的发型，秀珍熟门熟路地帮区博士剪好头发。

区博士掏出手机付钱，然后抖抖衣领离开。

待区博士走后，秀珍赶紧看看到账显示。锃亮的屏幕上，白底黑字地显示着：13 元。

（原载 2022 年《广西文学》第 9 期）

四爷

曹铁山

四爷，喂骡马驴牛大牲畜的饲养员，生产队长的爹。

四爷七十多岁，老来瘦，下巴颏处长着几根稀疏的花白胡子。衣服多补丁，却干净利索。虽然天天挨饿，精神却矍铄饱满。

四爷长着一只比狗还灵敏的鼻子。谁家好不容易做个豆腐，蒸锅黏豆包，或杀猪杀鸡啥的，他准能嗅着香味寻了去。反感他的人就拿白眼球一眼一眼地剜他，他也不理会疼。谁家盖房搭屋垒墙苫房啥的，他也不请自到。到谁家也不干活，只是吱溜嘴儿，借吱溜嘴儿上炕吃饭喝酒。全庄的人都不待见他，但脸上却硬要挂着尊敬他的表情。不单单因为他是生产队长的爹，还因为他确实有一副热心肠。

四爷人也奇怪，农村的活什么他都懂一点点，什么活都会干一点点，先天的百事通。凭这，就成了他上桌吃饭喝酒的通行证了。

那年我家垒院墙四爷便不请自到了，习惯性地不进屋，在外面先与帮工的一起摆弄会儿石头，见到我爸我妈，扯了几句没用的闲话，瞥见屋里放上了炕桌，便张罗："上屋吃饭，吃完饭铆劲干活啊。"他把自己当成带班的工头了。

吃饭四爷还算有自知之明，就卡在炕沿上，把炕尖让给帮工的。喝酒时，还没端盅他就先发禁令了：“都少喝啊，早晨喝酒一天醉，别耽误干活。”

四爷属于“官身子”，心里惦记着集体的骡马驴牛那些大牲畜，酒喝两盅，饭扒半碗，就忙他的事去了。走时还撂下话：“看透世事，早晚二十四块坯，早干完早喝酒！”这些话东家听着舒服，帮工的听着却反胃。有敢说话的则催他：“走你的吧，我们会对得起东家。”

中午吃饭时四爷又出现了，进院先拿眼睛吊线，看垒的石墙是否有石头凹了或凸了，若有，他会动手给正过来。

晚上吃饭四爷就不客气了，自己坐到炕尖的位置，酒过三巡，他就撺掇划拳打杠子。谁都知道划拳是八匹马五魁首，打杠子是杠子老虎鸡虫。杠子对老虎老虎输，老虎对鸡鸡输，鸡对杠子杠子输，鸡对虫虫输，虫对杠子杠子输，翻过来调过去就那几个结果，却能把人灌得五迷三道。

有一年我家苫房四爷又是不请自到。苫房就要请人帮工，请人帮工就要做好吃的，他就嗅到了黏豆包的味道。早饭前四爷毫无征兆地出现在了我家房檐下，先把搭的架子木伸手用力晃了晃，然后就大声嚷嚷：“这架子绑得不结实啊，再绑绑！”那天正好架木不够用，他就说：“我家有，上我家扛去。”就领着两个人上他家扛木头。我父亲母亲见了四爷，先是反感，后见四爷这样上心帮着忙活，就换上了笑脸让四爷进屋一起吃饭。四爷嘴上一边谦虚着说不了不了，腿却迈进了屋里，说饭就不吃了，喝盅酒吧。当然不是只喝一盅酒，还吧唧吧唧吃了菜，又扒了一碗高粱米饭。

吃中午饭时四爷又来，站在房下仰脖向房上观看人们摆弄谷草苫房，一边看还一边挑毛病：“这边厚了，再拍两下子。”“那边薄了，再加把草。”吃饭时，嗞儿一口酒，吧唧一口菜，边喝边吃边分派下午的活计：“早干完早喝酒啊！”

太阳还老高时，四爷倒背着手又出现在了我家房下，左歪着脖儿看看前坡，右歪着脖儿看看后坡，就看出了端倪，大声嚷嚷：“你们这活是咋干的，这边明显比那边薄了，咋回事？”房上人就说：“草不够了，只得匀和匀和。”四爷急赤白脸说：“那哪行，薄了漏雨，找草去呀。”房上人就呛四爷："站着说话不腰疼，要能找到草早找了。"父亲也赶紧凑到四爷跟前表现出无奈："是啊，四爷，草不够只好对付了。"四爷一拍胸脯说："找我呀，跟我走，去生产队扛草去。"父亲就犹豫："那得队长同意呀！"四爷就瞪眼呵斥父亲："我是队长的爹，队长是我儿子，我说话敢不好使？"

苫房圆满完活，太阳半竿子高就喝上酒了。喝酒时，四爷底气十足地对我父亲说："今儿喝你几盅酒，你不吃亏吧！"

（原载《山西文学》2023 年第 7 期）

修椅记

陈位洲

那天他拾回那个破椅，纯属聊胜于无，谁知却拾起伤心事。

有人告诉他，说下田村戏台边上有户人家搬家。下田村是个城中村，面临拆迁。搬家会扔下好多废旧的东西。他赶到时，主人已拉着家什走了，屋子里空荡荡，叫“海北爹”的那个人正在将破烂装车。“海北爹”说：“老刘头，你来晚了！墙角那里还有张椅子，要的话就给你吧。”那是张旧圈椅，满是霉菌、锅灰和油渍，他想，要是从前，够烧一餐饭，可惜现在不给烧柴火了。但他还是走过去，摇了摇椅背，凑合着还能用，就扔到三轮车上。

回家后，他将椅子洗刷干净，坐上去，还挺舒服的。

他家就在路边。说是家，其实就临时搭建的一个窝棚，窝棚前一堆旧货和破烂，旁边拴一条老狗。

他把门前那个木墩搬走，换上圈椅。闲下来了，就坐在椅上歇息，看路上行人，看远处风景，也想心事。听医生说，必须装一套假牙了，越往后会越麻烦。他何尝不想尽早装上！可攒了几年，还是攒不够费用。他感到好难，心想，实在不行，就算了，顺其自然吧。

一天晌午，他坐在椅子上打盹。人老了，怪毛病就多，坐下来爱打盹，躺到床上却又睡不着。迷糊中，一阵狗吠。那家伙总是一惊一乍的，看到树上的松鼠也会无端地狂叫。他怒斥一声，狗不再叫了，却又走过来喷着热气围着他打转。“畜佬!”他想起身揍它，睁开眼一看，原来是个中年男子，尖嘴，猴腮。

“这椅子卖不?”猴腮说。

他摇摇头，心想，一个破椅子值不了几个钱，不当回事。

“卖吧，老人家。”猴腮递过支烟，又伸出两个手指头，“两百怎么样?”

他心里咯噔一下；随即又觉得，八成是诳人，闹着玩的。

“不卖。”他说。

猴腮又围着椅子打转，神态急迫，转一圈加一次价。价格加到六百时，他忍不住了，就问你真要买?猴腮说真要买。他说你怎么看上这张老椅了?猴腮说家父喜欢，买来孝敬。

他又想起假牙的事，有些希冀，就说：“一千！少一分免谈。”

猴腮磨缠了一会，最后走了。走之前留下话，说改天再来，让他考虑一下。

再次打量那张椅子，他觉得除了样子老之外，并没什么特别的地方，而且还越看越不顺眼；看不顺眼就想动手修整一下。靠背的一块薄板榫头松了，他找来硬木板换上，又重新打磨，油刷一遍。一番鼓捣之后，圈椅看上去新崭崭，比原来好多了。他想，猴腮见了一定更喜欢。

接下来一连几天，他都待在家里候着，但迟迟不见猴腮的踪影，只好又去做他的营生。

他每天踩着三轮车，不紧不慢，穿行于大街小巷，时不时摇动铃铛。那铃铛是个旧的行军水壶，油漆剥落，里面放粒小石子，壶嘴插根木把，一摇，哐当响。车上有杆秤，他收旧货，也捡破烂。

就在他几乎把这事给忘了的时候，一天晌午，猴腮突然又冒了出来，开着一辆黑色皮卡。

“怎么样呀?老人家!”猴腮说。

“一千。”他说。

猴腮又开始讨价，但他始终咬定价码。最后，猴腮让步了。

“算您厉害!”猴腮从一沓钱里点出十张来，然后两眼四处搜寻。他知道猴腮在找什么，就拍着圈椅说：

“在这呢!”

“不是这张。”

“就是这张！我维修过了。”

“啊——”猴腮大叫一声，扑向圈椅，“你怎么把它毁了?”

“没有呀！这样不是更好了吗?”

“好什么好? 你这样一弄……嗐，跟你说不清楚！不是原来那把椅子了，我还要它干什么!”猴腮气咻咻踹了椅子一脚。

他知道事情办砸了，就说：“不要……就算了。”

猴腮的情绪依然激动，张口像是要说什么，却没有说出来，一跺脚，转身走向皮卡车。看到猴腮将钱又揣回包里，他心里泛起酸楚。

猴腮似心有不甘，快要上车时，又踅回来。

“老人家，您好像识货，知道这椅子值钱?”

“我哪懂?”

“倒也是，不然您也不会那样干。可我还是不明白，为什么您始终咬定一千?”

“因为我就缺一千。”

他告诉猴腮，说他的牙齿快掉光了，想装套假牙，医生说要三千块。他攒了几年没攒够。要是再有一千块，他就可以有一口好牙了。

“原来是这样的……老人家，您有所不知，那张椅子很值钱的，可您却把它毁了，我也没办法。”猴腮想了想，从包里摸出一张名片，“这样吧，我们家有牙科诊所，什么时候您需要，就去找我，可以给您打个折。”

目送猴腮开着皮卡离去，他感到十分懊悔。

他时常想，若不是多此一举，自己早就有一口好牙了。曾有过几次，他想打电话找那个猴腮，因为心里觉得不踏实，最后都放弃了。

直到现在，那个圈椅还放在家门口，没事时他常坐在上面打盹。

（原载于《辽河》2023年第6期）

代号“电饭煲”

李文龙

临近退休的李老太此时手捧着电饭煲，缓缓地走上了一辆公交车。

李老太等了这辆公交车很久了，这上面有她要找的人。这是李老太要执行的最后一次任务，代号“电饭煲”。而目标嫌疑人，代号“生米”。咱李老太自然就是那个要用“电饭煲”把“生米”煮成熟饭的人。

李老太手不慌，脚不慌，眼睛一瞟，找到位置就坐下了。三十年的老干警，虽然后面干的是二十年后勤……嘿，那次任务之后……说起这个李老太不由得心悸。

不不不，现在在执行任务，专心才是第一啊。组织上说得很明白，这次任务，李老太来最合适。作为警局里曾经唯一的女警花，李老太可是三十年的老干警经验。嫌疑人“生米”也是五十多岁，曾经合伙持枪抢劫了人，同伙被抓了，这“生米”却潜逃二十多年了。如今人脸识别技术发达了，“生米”也终于有了线索，正隐姓埋名藏住在老年人社区里头呢。要抓捕，一大堆警察冲进去，组织上怕里面的老头老太被吓着了。

所以——老长官的声音铿锵有力，而现在李老太就坐在“生米”的后头。任务原则，先跟踪，看看有没有机会一对一进行抓捕。虽然“生米”已人老珠黄，但这危险度可不低啊，还可能持有枪械。而李老太的电饭煲里，可不是米饭，电饭煲里头藏着的是一副手铐，一只对讲机，还有一把货真价实的手枪。这手枪，万不得已，得用。

公交车上，“生米”时不时回头，难道是发现李老太了？李老太的手背是干巴的，手心却已经湿得一塌糊涂。三十年前的情景……明明已经过去了这么久，还和梦魇一样跟着她。

老年社区的站到了，“生米”不下车，这是佯装。到门快关上了，“生米”一个箭步出去。李老太回了神，到公交车门边时，门已经关上了。好在司机体恤，李老太扯着嗓子大叫一声后，立刻帮李老太开了门。“生米”发现李老太在跟踪她了，她虽年纪一大把，迈开步子就是往社区里头跑。李老太抱着一个大电饭煲，拼了老命呢，还紧紧跟着。

正拍着棋子的两个老头，还在被指指点点，突然被俩老太卷了一阵风，棋子落了一地。跳着广场舞的大妈们，也只能被惊异地停下舞步，齐感叹这两位一句：“身体真好啊。”

镜头切回来，俩老太上演的“速度与激情”，再好的“老太车”，油也是要开完的。都是一把年纪的人了，李老太到了极限，腿就像灌了铅，再迈也迈不动了。“生米”也大喘着气，快晕厥了。

这是警匪片的经典环节，死胡同。“生米”背靠着墙，一屁股坐在了地上。

“我手里有枪，你别过来！”

李老太躲在墙后，找掩体，这是老干警的修养。李老太偷偷地瞥一眼，这“生米”正是双手握着手枪瞄着呢！李老太赶忙放下电饭煲，右手握起手枪，左手拿起对讲机，正准备呼叫组织增援——嘿！这对讲机，居然没电！李老太心里猛地一惊。

李老太和“生米”就这样对峙了许久。“生米”就那样坐着，而李老太秉持“敌不动我不动”的理念，也靠着墙观察。过了一会，大概是“生米”有体力了，她起身，向着李老太走过来了。

“我再说一遍！我有枪！你后退，我不打死你！”这位老太太扯着嗓子，这声音惊得李老太手有些软了。

"生米"啊"生米"啊……她一过来我把她推倒吧……不行，她过来我先开枪打她的手……不行——

"生米"的脚步声越来越近，李老太的心跳越来越快，这个时候她不能想七想八，她把手枪捏得很紧，嫌疑人要转过来了，她的枪！

咔！两人几乎是同时扣动扳机，李老太在那一秒想自己要是有心脏病肯定得吓死了……两把手枪打出来的不是子弹，居然是色彩缤纷的礼花，胡同的入口突然响起了雷鸣般的掌声和欢快的笑声——

入口走来的，是她的老同事们。"生米"也一副笑脸走近了。而李老太的老长官，刘局长，走过来拍拍"生米"的肩膀，又转头笑脸满面地看着李老太。横幅上写着——

"李警花威力不减　老同志退休快乐"

李老太眼睛湿润了。这……这是个"局"啊！老年社区的老头老太们闻讯走来，也乐呵着鼓着掌，乐呵着起着哄。

一个老同事叫着："李警花，咱陈局长还是惦记着你，专门从隔壁县找来女警官和你排这出戏！您还满意吗？"

另一个老同事叫着："李警花，咱也都惦记着你，三十年前你因伤转了后勤，我们一直都想着你什么时候回来呢！"

李老太想说话，但一句话都没说出来。她指着胸口，大喘着气，甩着眼泪，好像在笑着，头靠着墙，晕了过去。

代号"电饭煲"，幸好救护车来得及时。

（原载《山西文学》2023 年第 6 期）

美舍河畔的暖阳

王辉俊

苏春阳穿上羽绒大衣，走在美舍河畔的护梯上。这几年，椰城政府下决心改造旧城区，美舍河从往日淤泥堵塞的臭水沟，变成了鱼翔浅底的一道美丽的风景线，那些在美舍河畔跳广场舞的大妈们的感受是最深的，这从她们穿着鲜艳的舞衣，依着栏杆，用手机美颜功能拍照的自嗨中就不难看出来。

近来苏春阳情绪不佳，有一种说不清道不明的郁闷窝在心里，反正刚从副厅级巡视员的岗位上退下来，无所事事的，闷在家里也烦，倒不如就近在美舍河畔周围独自散散步，排解排解心中的块垒。

苏春阳喜欢沉静，有意避开公园广场舞的嘈杂，走向一处临河安静的地方，坐在石凳上，打开微信，不小心触摸到了抖音，一则段子自动蹦了出来：一位能侃会道的东北大哥，穿着大棉袄，缩着大脖子，在椰海大道上调侃说，俺秋天在黑龙江没冻着，冬天在吉林的大雪里也没冻着，想不到来海南避寒，却在海南的春天里，冻死个人……苏春阳莞儿一笑，关了抖音，这几天，椰城倒春寒，气温骤降到11度，那种雾气不散的潮湿的寒冷，确实把东北人都薅住了。好在此时已经是早上九点钟，太阳冲破浓雾，照射下来，人们渐渐感受到了暖意。

几步远的人行栈道旁，有个钓鱼的老者，引起了苏春阳的注意。这人年纪与他相仿，戴着一顶黑色的鸭舌帽，那甩竿收线的一举一动，显出几分干练。奇怪的是，钓翁之意不在鱼，好几次看到他钓上几只两三指大的鱼，也不解钓，重新甩进水里，让鱼儿自己解脱。解脱不了，才又提起来，解钓把鱼儿扔进水里。看来这是个闲得无聊的主，因不知此人姓甚名谁，权且就当作“姜太公”吧，愿者上钩的姜太公。

过了一个时辰，苏春阳起身踱步走近“姜太公”，看到桶里有两三只四五指的大鱼。他们相互点头颔首，算是用眼睛打过招呼，也不多言，苏春阳就当是观棋不语的旁观者了。

“姜太公”钓鱼太入神，心无旁骛的那种关注，以至于有两只红蚂蚁爬上他的手臂也没有察觉。

苏春阳忍不住了，提醒了他一句：“兄弟呀，有两只蚂蚁爬到你手臂。别看这些家伙小，伤人毒性还是大的。”

“姜太公”回过神了，手臂靠在栏杆上，将两只红蚂蚁引导上去，用眼神对苏春阳的提醒表示了谢意。

苏春阳好奇地说：“看来你是好有爱心的人啊，要是别人，早把蚂蚁拍死了。”

“姜太公”笑了笑：“蚂蚁也是一条命呀，而且人家是来跟我打招呼的，告诉我说今天立春，春天来了。我要打死了它，就忘恩负义的了。”

苏春阳点点头：“说得对呀，而且还那么有诗意。”

难得有人搭讪，“姜太公”这回真正放下心来，转头与苏春阳聊起天来：“领导，刚退下来吧？多出来晒晒太阳接点地气多好。”椰城的老百姓喜欢把当官的喊作“领导”。

“你怎么猜中我是当领导的呀？”苏春阳疑问。

“我下岗后，当了10多年出租车司机，阅人无数，看你白皮嫩肉，说话拿腔拿调像个当官的，保准猜个八九不离十。”“姜太公”很自信的样子。

苏春阳进了一步：“还是退休好啊，看你钓鱼，不急不躁的样子，好不自在。”

“姜太公”接过话由：“那是的，别看我小百姓一个，退休金3000块，还不是你的零头。但论幸福指数，没准我比你的高！这就叫大象有大象的烦恼，蚂蚁有蚂蚁的快乐和骄傲。”

“何以见得？”苏春阳对这个问题感兴趣。

“姜太公”答：“前几天我听拆迁办的人说，最难缠的拆迁户不在棚户区。你知道在哪里？猜不到了吧？就在老政府大院！”

苏春阳心里一愣：“难道……”

“姜太公”借题发挥：“别看有些当官的，在台上说着一套一套的大道理，轮到他们老政府大院拆迁，就说他们的位置好，容积率低，开发商能赚大钱，不提高补偿标准就不签名，要当最硬的钉子户。这事都传遍大街小巷了，好像就他们这些人比鹿还精。”

苏春阳又是心里一咯噔。这几天，老伴一直都在他耳边唠叨个不停，说他们家面积大，楼层好，不多给几个钱，就不允许他随便去签名。这让他自己都感觉无地自容。要不，今天他也不会出来晃悠解闷。

“姜太公”见苏春阳一时沉默不语，脸色凝重，赶紧打圆场：“领导，我不是说你哈。看你那么面善，一定是个好领导。”

苏春阳一听，马上回圜过来：“是啊，有些人身在福中不知福，得了便宜还卖乖，真不像话！做人要懂得知足常乐呀。”

“姜太公”乐了：“就是就是。就说我吧，政府把我们棚户区拆了，我不要一分钱，要了3居小户型，60平方米一套，一套给大儿子结婚用，一套我们老伴与小儿子一块住，一套拿来出租养家。你们当领导的现在儿子接不了班了，我开出租车的，干不动了，就让大儿子接了班。小儿子读书不好，就业难，就当美团外卖员，自己谋生养活自己。我的退休金少是少了点，可睡一宿醒来，就是100块退休金。开开心心多活20年，不是又多赚了72万，延年益寿，躺着赚钱多好呀。领导，咱小学数学没学好，要学好也像你一样当领导了。但这个账，你看我算得对不对？精不精？”

一句话，把苏春阳逗乐了：“这话多实在！好兄弟，你就开开心心钓鱼吧，我该回去做工作了。”

“姜太公”纳闷，这“领导”不是退下来了吗？这个时辰还回去做哪门子工作？

是的，“姜太公”哪里会知道，苏春阳要回家，做老伴的思想工作，绝不能当什么钉子户，让老百姓笑掉大牙。让老伴想开一点，多出门走一走，晒一晒美舍河畔的暖阳。

（原载于《中国当代文学选本》2023 年 1 月第 10 辑）

消失的木匠

韦如辉

木匠瘸了一条腿，担着挑子，像水浪中的小船一样，慢慢向我们家的院子晃荡而来。

此时，我奶奶刚刚抓起一把鸡粮，撒到迷人的晚霞里。

看见木匠，我奶奶慌忙颠着小脚，小跑几步，上前托住木匠肩膀上的榆木扁担。说，累了吧，快快，坐下来，歇歇脚。说着，风一般闪进光线暗下去的锅屋里。

锅屋里明亮起来，一束光亮将黑暗逼到院子里。野草焚烧的气息既呛人，又好闻。

木匠并没有急于歇脚，走近我，在我头上摸了摸，再捏了捏我的脸蛋。见我撇嘴欲哭的样子，才转过身，跌坐到墙根下。

等我第二天醒来，吃饱的鸡已到院子外面散步。木匠赤裸着双臂，手执刨子，在一根槐树木头上前后翻飞。

我奶奶说，打一个床，给俺孙子睡。我奶奶的话儿，分明是对木匠说的，而她老人家却把目光转移过来，轻柔地飘到我跟前。

现在回忆起来，那时的我，说不清高兴还是不高兴。阳光从天上洒下来，身上暖洋洋的。

我没见过我父亲，更没见过我爷爷，我奶奶就是我的阳光。

我问过奶奶关于我爷爷和我父亲的事情，我奶奶叹了一口气，随之吐出一句没有力气的话儿，等你长大了就知道了。

日子过得像蜗牛爬一样慢，觉得自己总也长不大。从一个春节到另一个春节，我的个头，还是没有超过自己在槐树上做的那个记号。

床很快打好了，中间襻了麻绳，微微掉下肚兜儿。

站在床边，我奶奶一脸的霞光，她摆手又摆手，叫我赶紧过去。待我走近，一把拎起我，高高举起，丢到床的肚兜里。之后，在我先哭后笑的声音里，拍了拍双手，走到锅屋里，给木匠做饭去了。

木匠没有走，住到我们家的西屋里。西屋里老鼠多，往往叽叽吱吱地闹腾到半夜，直至我昏睡到梦里面。

木匠开始给左邻右舍打家具。

我奶奶说，小朱的手艺真的好，你看看，啧啧啧。有时，她老人家还会把我的小床搬出去，当作样品反复推介宣传。

才知道，木匠姓朱。在我眼里，他并不“猪”。高挑的个子，瘦削的面容，两个深陷在眼眶里的黑葡萄，透出丝丝的忧郁与神秘。

我奶奶递给我一个粗瓷大碗，碗里盛满热气腾腾的面疙瘩，努了努嘴，让我送给院子外面的木匠。

木匠正在忙，头脸上落满了细细碎碎的木屑。木屑有的被风吹走，在脚下不时滚动，有的沾在木匠的额头上，像故意撒下的金粉。

快靠近木匠时，我即将把碗放到地上。两只不知好歹的鸡突然飞过来，打翻了碗，还抓伤了我的手。

我奶奶从锅屋里跑出来，扬起扫把，轰走了鸡。之后，在我屁股上留下愤怒的印记。

小朱师傅丢下手里的活计，夺过扫把，用整个身子罩住我。

从那时开始，我发现小朱师傅的好，渐渐地，觉得超过了我奶奶。

小朱师傅忙的时候，我越靠越近。有一天，他用袖口抹了一把额头的汗水，把手里的刨子递给我，说，小家伙，来试一试。刨子沉沉的，差一点儿就从我酸疼的手里脱落。

我跟我奶奶说，我想学木工活。我奶奶正往灶膛送柴火，她突然住了手，柴火从灶膛里掉下来，在她面前燃烧着。我奶奶翻了脸，嘴里吼出一个字：滚！

那一夜，我翻来覆去睡不着。我奶奶的凶样吓到了我，或者说，我正在憎恨着我奶奶。她老人家为什么不让我学木工活？至今，依然是个谜。我奶奶如此款待木匠，为什么不让我跟他靠近呢？

起夜时，皎洁的月光照亮着大地，也照亮我们家的小院子。

我发现，木匠坐在门前的月光里，眼睛望着东北方向，双手捂着脸，轻轻啜泣着，声音很小，在寂静的深夜里，却有着穿墙越山的力量。

我吓坏了，不知如何是好，身体里的鼓胀，令我的疼痛更加强烈。

第二天早晨，我奶奶赶走了院子里的两只鸡，狠狠地挥动扫帚，将扬起的灰尘弄到清新的空气里。

从此，木匠再也没有在我们家的院子里出现过。

我奶奶整天阴沉着脸，好像整个世界都欠她许多钱财似的。

我奶奶临终前，将一张褪了色的火纸交给我。她老人家哆嗦着嘴唇告诉我，这是你木匠朱爷爷出走时留下来的。两颗浊泪，像珠子一样，从我奶奶的眼角出发，一路直下，落到枕头上，消失到一团汗水和泪水常年浸泡的棉花里。

火纸上的字迹歪歪扭扭，透出暗红，仔细辨认，顺成了两句话儿：见字如面，今后小朱照顾你！麻子。后经专家鉴定，那是一份血书。

麻子，是我爷爷的外号。他当过土匪，当时的名号，在方圆百里如雷贯耳。

从县志里获悉，我爷爷投奔东北抗联，在对日作战中不幸牺牲。

小朱师傅不姓朱，姓马，叫马小根。他乔装打扮，受我爷爷之托，不远万里，回到安徽。可是，他没能完成我爷爷的嘱托。

解放后，我父亲荣归故里，戎马一生的他，陪伴着我奶奶，直到终老。

而今，马小根的画像，悬挂在家乡烈士陵园的展室里。

马小根跟我爷爷同乡，当年一起去的东北。

（原载《安徽文学》2023 年第 1 期）

蛋糕

高春阳

我巴不得自己生病。

我对生病的渴望可以用一个词儿来形容：垂涎三尺。

但我不愿意我弟弟生病，他还不到两岁，走路都侧歪的。我比弟弟大五岁，我妈当然向着他。可偏偏老天爷也向着他——居然他生病了！

为什么不是我？

我眼睁睁看着我妈，抱起弟弟冲去镇上卫生院的时候，小人书掉地上了。我收回羡慕的目光，弯腰拾起马良，拍拍马良身上的灰尘，进屋，跪下，看床底下那八包点心。我把脑袋伸进床底下，像小狗一样凑近，鼻子一吸，浑身骨头就酥了。

点心用牛皮纸包着，纸绳把它们捆成十字形，上面系个手提扣。牛皮纸已经被点心的油渍浸染，看起来油光锃亮，闻起来香气扑鼻。

我已经六岁了，从没吃过点心。说实话，我对点心出现在我家，是很奇怪和敬畏的。我爸在公家锅炉房撇大锹，我妈在镇上工地搬砖。逃离生产队，不用挣工分也能靠力气吃饱饭，我妈说咱家已经烧高香了。怎么可能吃得起点心呢？

我妈提拎着八包点心进屋的时候，马上把我叫到跟前儿，立立眼睛说，不要偷吃，否则，屁股蛋子给你削两瓣儿！

我吓得吱溜一声钻进里屋，哄不到两岁的弟弟玩去了。我听见外屋我爸在叹气，说，要不给孩子吃一块？我妈说，拆包就废了，还怎么送礼？我爸说，少送一包呗。我妈说，两科长，少一包，七包咋分？办编制不是闹戏。我爸说，再买一包呢？我妈说，哪有余钱？一分钱都得掰开花！然后我爸就不吭声了。我猜到是这样的结果，我妈性格比铁还铁，比钢还钢，从没见过她掉眼泪。

小人书《神笔马良》快被我翻烂了。说的是少年马良有一支神笔，画啥，啥就能变活，跟变戏法似的。我多想自己能成为马良啊，多想马良给我画一包点心啊，可惜，那是梦。

有我弟弟之前那年，我被狗咬，住院了，我妈破天荒给我买了一个玻璃瓶黄桃罐头，行啊，我就不形容那次吃罐头的感觉了吧，反正从那以后，我就巴不得自己生病，垂涎三尺地渴望自己生病。

我没病，弟弟却病了。这事儿真气人。

我在家琢磨马良的神笔，我爸回来了，火急火燎对我说，拿一包点心给你妈送卫生院去。说完去里屋床下取出一包点心塞给我，又火急火燎出去了。

跑腿的幸福来得太突然。我哆哆嗦嗦捧着这包点心，出门去卫生院。卫生院距离我家不远，我却走得非常漫长。一来我不想那么快失去跑腿的幸福，二来我怕路上有什么闪失。

可别像上一次，我去建筑工地给我妈送饭，也是不远的路，却出了事。我端着饭盒在路上遇到一条小狗，那条小狗眼馋我的饭盒，问我要，我不给，小狗生气，扑上来抓我裤腿。我急眼了，一脚踢开它，它咬了我一口。

过后，我妈领我去医院，打针输液，我就住院了。对了，就是我刚才提到第一次吃罐头那次，就是那次，我妈破天荒给我买了一个玻璃瓶黄桃罐头。反正从那以后，我就巴不得自己生病，垂涎三尺地渴望自己生病。

扯远了。

话说我捧着一包点心走在路上，心里猜，里面是核桃酥呢？还是蜜三刀呢？还是蛋糕呢？这三样点心我在小娟家都见过，就是没吃过。我见小娟吃过，小娟吃蛋糕的时候出于友情和同情，给我吃过一口。你知道一块圆形蛋糕，四周都有边边，像房檐。当时，我只在房檐上啃了一小口，就记住了一辈子。

想到这里，我好奇了，决定拆开包装看看里面是啥，反正也不吃，看看而已。我小心翼翼解开手提扣，慢慢拆开牛皮纸，哇——这些小可爱们露出真容，是蛋糕。我随口咽下唾沫，拿起一块放在鼻子底下，天哪，我一辈子都要感谢小娟，是她，让我今生记住了这种味道。

我用牙齿轻轻触碰蛋糕，真的是碰，不是咬，哈喇子就淌下来，沾到了蛋糕边上。我用手擦，不想擦掉了一块渣儿，蛋糕渣掉进我手里，我疯了，瞬间伸舌头舔了。然后发现，蛋糕边上掉渣的那个位置，出现了一个若隐若现的小小缺口。——根本看不出来嘛！我心里想，然后生出智慧，沿着蛋糕周围，仿照缺口大小，转圈啃了一遍。

我满手是油，满口生香，看着像被耗子啃过一圈的那块蛋糕，暗自得意。就这神作，轻易看不出来改动过的痕迹。就算看出来，咱这智商也有说辞对付。

按照原包装的印记，小心包装，小心系绳，恢复原状后，捧着一包蛋糕，我心满意足来到卫生院。

果然没有猜错，我妈要蛋糕，是要给生病的弟弟吃的。

护士在床边给弟弟换药，我妈随手拆开蛋糕包装，突然看到那块蛋糕，她惊呆了。护士眼神跟着瞅过来，也惊呆了。

看她俩表情不对，我说，哎呀，是耗子咬的吧？

我妈瞬间眼泪掉下来。

有生以来头一次看见我妈掉眼泪，我慌了。

我妈拿出那块蛋糕给我。

这是给我吃吗？我不敢接。

我妈抹掉眼泪说，本来也有你的份儿。吃吧，吃完咱去街上买耗子药。

（原载《北方文学》2023 年第 4 期）

奇人灵旺

韩献鹏

灵旺姓张，十几年前在西山片这一带无人不知。为嘛？为的记性好。

农村婚丧事“一条龙”市场没成熟以前，红白事的操办一直是件大事：风俗流程得请“老人”指点，死人的事、活人的事、男方家的事、女方家的礼，一个都不能少。到了这个时候，人们第一个准想到灵旺，找灵旺没错。灵旺激动得红脸膛更红，翕动着酒糟鼻，这就是答应下了。

这次是给西山片有名的刘董事长家办喜事，刘董身价在五千万以上，按说什么人都能雇来，可偏偏就相中了灵旺。当时的情形是什么样呢？小汽车沿街两排排了四五里地，饭店准备了五十桌饭，冒桌四五次，最后吃了一百零一桌。晚上闹洞房结束后，刘董来找总管灵旺和副总管，预备把礼钱清一清。

进屋的时候，灵旺和副总管正面对面记着什么，桌子摊着一本礼簿。看见刘董进来，灵旺两人赶忙站了起来，刘董问：

“核对礼钱呢？”

副总管说：“不是，刚记完。”

刘董觉得这回答有点牛头不对马嘴。

“不是中午写的礼？怎么刚记完？”

这回灵旺开口了："中午没记，晚上记的。"

刘董越发觉得糊涂："中午都没记住，晚上怎么记得住？"

副总管插话说："刘董你不在村里不知道，灵旺记事全在脑子里。"说完把礼簿递了过去。

刘董翻翻礼簿，足足有九十多页，这么多人的名字、礼钱都不一样，能准保不出错？他心里有些起疑，面上不露声色，又问：

"那总共是多少人上了礼？总数又是多少？"

灵旺想也不想地说："总共是九百一十八人上礼，礼金三十二万八千一百五十。"

刘董听到末尾有点不高兴："哪个上的五十？"

灵旺想了一下，说："你二老舅，刘德海。"

刘董皱了下眉，马上又舒展了，笑着对他们说："二位今天辛苦，收拾利索了早点休息。"说完出了门。

回到自己卧室没一会，副总管进来了，胳膊里夹着一本红礼簿。副总管恭恭敬敬地把礼簿递上，说：

"这是我中午记的另一本礼簿。"

"灵旺记得对不对？"

"一点没错。要说这灵旺真是个人才，可惜生在了农村。"

第二天，同样在卧室里，刘董对灵旺说：

"灵旺，我看你小子是个人才，跟着我干怎么样？"

从此以后灵旺跟着刘董干起了煤炭营生。

有一次，灵旺在煤矿跟前的小饭店吃饭，隔壁一桌边划拳边喝酒边聊天，说着说着话题到了刘董嫁女的事上，东一句西一句地都被他听到了心里。过了几天，灵旺来到刘董办公室，说了要辞职的意思，刘董吃惊地问：

"怎么？嫌工资低？"

灵旺说不是，怎么着也不愿意留，走前刘董给了他一张卡。灵旺又回到了村里，还是替人张罗红白事，村里人开他玩笑说他傻，他呵呵一笑。

五年后，刘董的煤矿因出了安全事故被关停，他本人也坐了牢。灵旺听说后，去拘留所看望刘董，话说得差不多了，刘董忽然问：

“我还是不明白，当初你干得好好的，怎么突然要回村呢？村里有什么好？”

灵旺的红脸膛突然涨得通红：“村里没啥好，就一门，敞亮！”刘董的脸反而刷地红了。

临走前，灵旺说：“你的钱我分文没动，卡给你媳妇了。”

再后来，灵旺死了，死在刘董出狱以前。夏天里大雨滂沱的一天，他忽然记起河滩沙地里还有一颗西瓜没有收，被漫上来的河水困住了，他怀里抱着西瓜，在滔滔洪水中，在河岸上村人们大声鼓励的喊声中，终于坚持不住，和他的瓜一道被洪水吞没了。几天后，好心人在下游发现了他，他的葬礼是村里人义务为他办的。

（原载《山西文学》2022 年第 10 期）

我的检察长

戴　涛

尽管时间已经过去了四十年，可我依然记得当时还是女朋友的妻子一脸的惊喜，真的？你没哄我，你真不留上海回金山来工作？

当然是真的，过两天我就去金山检察院报到，他们管人事的都跟我说了，检察长还要亲自跟我谈谈呐。

怎么不是院长谈呢？你可是恢复高考后上海的第一批法律本科生啊。

我笑了，检察院哪来的院长，检察长就是一号。

哦。女朋友也笑了。

到检察院办好入职手续，人事干部就将我领进检察长办公室，检察长正坐在办公桌后面批阅一批文书，人事干部向我介绍说，这是姚检察长。

我认真地打量了一下检察长，脸庞较大，肤色白里透红，几乎没有胡须，怪不得他姓姚，姚是“女”字旁，我有点想笑。

检察长放下笔站了起来，叫我和他一起坐到接待客人的椅子上，他也朝我全身上下看了一遍，嗯，仪表堂堂，像个检察官。想不到他会这样夸我，顿时脸有些发热。你可是我院第一个读法律的本科生，人才啊。我的脸更热。

然后言归正传，检察长问，你想去哪个部门？我不假思索如打了鸡血似地回答，哪艰苦哪最需要人就去哪。

好，好样的！检察长说这话的神情和语气像是在战场上。

于是我被分配到经济检察科，也就是反贪局的前身。

到了经济检察科，一接触案件，还真有种上战场的感觉，一封检举受贿贪污的举报信拿在手里，线索千头万绪该抓哪头，既是要害又先不惊动嫌疑人，这需要准和快，而准与快又需要一个智慧和果断的指挥者。每到这时刻，我眼中的检察长变得满脸络腮胡，手臂上青筋爆满，连他姓啥也忘了。

有一个案子我至今还记得，那是一名号称“电老虎”的供电所所长受贿案，检察长亲自带我们奔赴供电所突击讯问被举报人，并且立即展开搜查取证，完了要不要当场逮捕，两种意见相持不下。这时检察长突然脸对着我说，小戴你说说。我被吓了一大跳，我才进院一年，刚提了助理检察员，科长、副科长、老资格的检察员都在场，怎么轮得到我说话了。可检察长还是坚持，我想听你说说。我只好硬着头皮说了说，没想到检察长说，好，我同意小戴的意见，马上办手续，逮捕。

两年还不足，我已晋升检察员并担任了副科长。放眼望去，全院能担任这职务的不是革命了几十年的老同志，就是部队正营以上的转业军人，这难免不让我有种少年得志的感觉。

某一日，检察长叫我去他的办公室汇报工作，汇报完了进入闲聊，不知聊到什么，他说，你各方面表现都不错，可还要注意提高语文水平。

这话当时也没太注意，可事后一想，心口不禁一阵阵发紧。

我决定要写点东西，以昭示本人的语文水平。我开始写一些法律方面的文章，发在法学杂志和法制报上。后来一想这似乎还不够，最能体现语文水平的不是文学么，于是我开始琢磨起小说来。

似有神助，我写的第一篇小说就在杂志上发了，一阵暗自欢喜后又忽然意识到，这文学杂志检察长能看到么？正郁闷时，见桌上有本《上海支部生活》，随手拿起来翻了翻，发现上面竟有一个“微型小说”栏目，这刊物可是每科室都有的，我在检察长桌上也见过，哈哈，这世界就是这么充满了惊喜。

很快，我就写了篇略带幽默与讽刺的微型小说《局长办公会议记录簿欣赏》，同事们在《上海支部生活》上看到了我的小说，纷纷向我祝贺。正高兴时，老科长将我叫了过去，他指了指桌上的杂志问，这小说是你写的？我点头。专门开会讨论买什么牌子的小车，我们院里不是也有过吗？你让检察长看到了会怎么想?!

老科长的话如一桶冰水倾倒下来，令我冷得绝望，我就在这种绝望中度日如年……

半年后，老科长退居二线，我被任命为科长，我激动得主动跑去找检察长，看着检察长充满慈祥的眼神，竟一时不知该说些什么。

几年后，我向检察长提出，我想离开检察院。检察长听了嗓门一下大了起来，为什么？我解释说，上海成立浦东新区了，我想去那里发展。我这里就不能发展了？检察长的眼神直视着我。不是，我低下头不敢再看检察长，我主要是考虑到妻子和儿子的发展。沉默片刻，检察长叹了口气说，那也是。

许多年后，我去看望已经八十高龄的检察长，顺便带了一本我新出版的个人小说集，检察长接过了书，我说，请您批评指正。

不要说批评指正，你有微信么？来加一个，我看了会在微信里告诉你读后感。

您也有微信？

看我吃惊的表情，检察长显得很得意，怎么，我老头子就不能有微信？

从此，我经常会收到检察长微信转发的一些有见地的文章，还有他的阅读体会，让我感觉他好像还在做我的检察长。

（原载《北方文学》2023 年第 7 期）

重逢

史　鑫

差不多有二十年没见小白了。

二十年前，我跟小白那是无话不说的铁哥们，那时我在化肥厂，他在钢铁厂，每逢周末，我们就聚在一起，喝酒唱歌，有时哭有时笑，好得跟孪生兄弟一样。跟我不同的是，小白还会写诗，这让他颇具优越感。有一次，他对着一个叫小颜的女孩，朗诵那首著名的《面朝大海，春暖花开》，他眼睛直勾勾地盯着女孩，看得人家脸都红了。后来，我们几个撮合他俩谈恋爱，居然成了。再后来，聚会的场景里，便有一双恋人，手拉着手，不停地接吻，缠缠绵绵，如胶似漆。过了不久，他们就结婚了。

在我南下广东的第二年，小白考上了公务员。我当然要恭喜他，但仅限于遥远的电话问候，无形之中，削弱了不少感情色彩。接下来的光阴，我不断跳槽，折腾复折腾。小白则不断升迁，平步上青云。令我颇感纳闷的是，在将近二十年的时间里，我们居然没见一次面。其实，每逢春节，我都会回家探亲的，除了有一年，南方暴发雪灾，大雪阻路，让我滞留他乡之外。但奇怪的是，我没有见过小白，一次也没有。原因似乎许多种，例如：外出公干，组团旅游，公务应酬，假期值班，养病在家等等，诸多理由，让我彻底丧失了见小白的念头。

当小白荣升文化局局长职位时，便传出小颜吃斋诵经、一心向佛的消息。

此时，我已创业十年，是一家文化传播公司的总经理。

与小白阔别第二十个年头的春节前夕，我在大雪纷飞之中驱车归来。

回老家后最初的几天，我赶大集，购置年货，跟家人喝酒叙旧，偶尔回到乡下祖屋那里，发发呆。或者，沿着河岸行走，在苍茫的景色中，追忆着或深或浅的往事。不过，纷纷扬扬的雪花很快又落下来，将我的忧郁烘托到极致，我几乎要进入写诗状态了，但终究没写出一个字来，毕竟我不是诗人，我似乎在等待着什么。

这一天，我步行两公里，来到古州博物馆，作为一个民间手工艺爱好者，我想探究一下这座城市古时的民风民俗，梳理一下彼时的生活脉络，以便我在异乡也能讲好家乡的故事。我的兴致颇高，脚下咯吱咯吱响，我一边哼着小调，一边观赏沿途风景。人行道以及旁边的冬青丛里，积雪尚未融化，大雪压青松，一旦有风经过，便有簌簌的雪花飘落下来，让我生发出一种辽阔的回归感，往日与小白等人欢聚的情景，又浮上心头。

记得有一次，我和小白饮酒之后，在冬日的雪夜里行走，兴冲冲直奔火车站而去，因为，我们刚刚谋划了一场诗意之旅，打算乘坐火车去到一个陌生的城市，然后体验一下他们的日常生活。哪承想，当我们抵达车站时，最后一班列车刚刚离去，我们有些失落，久久地逗留在车站广场上，拎着啤酒瓶，一言不发，在雪夜里默默地行走……

我就这样走着，回忆着，思虑着，独自慨叹着。在我即将到达博物馆门口时，我像是发现了一桩天大的秘密，那一刻，我几乎要惊呼起来。天啊！他还是老样子，三七分的发型，大胖脸，镜片后面，一双细眼，即便不笑，也有几分喜相，不过，身穿一件粗布棉袄，脚蹬一双老式棉鞋，哪像是一位大局长啊！倒像是一个持钵化缘的苦行僧。

是的，相隔整整二十年之后，我重新看见了小白，他正从高处的廊柱那里拐过来，只见他，高抬腿轻落足，正准备逐级而下。哈哈！这小子还是一副小心翼翼的样子，二十年了，居然本色不改，实在难得。我在心里嘀咕着，同时，加快脚步迎了上去。

“小白！”我叫了一声，喊完之后，我立刻后悔了，真不把自己当外人啊！人家都是一局之长了，还叫人家小名，不太合适吧！

“李永！”他喊出的，却是我的学名，二十年前，朋友们都叫我三斤，三斤是我的绰号。

小白自上而下，朝我走来。我自下而上，向小白奔去。我甚至能听见自己呼哧呼哧的异常兴奋的喘息声。

我们两个的距离越来越近了，越来越近了。

“好久不见了。”我说。

“我过来办点事儿。”小白说。

我快速搓了几下双手，然后，把右手递过去，准备跟他握手，毕竟，阔别整整二十年了。

“再见。”小白毫不停留，从我身旁急匆匆走过，几乎擦着我的肩膀。

我犹豫了片刻，接着，把伸出的右手顺势抬起来，拍了拍头顶上的落雪。

我抬起头，啊！节日的天空中，又似乎要下一场雪了。

（原载《大观·东京文学》2023 年第 4 期）

彩礼

蒋晚艳

“龙舟舟，出街游，姐妹行埋莫打斗……”一年一度的凤城龙舟节，逢简村头大榕树下，小简和大山搭档龙舟说唱，大山敲锣，小简吟唱，小简偶尔扭扭细腰，大山就欢快地一声重敲，再扯着喉咙像《水浒传》里的大汉一样吼唱几句，“江风吹来凉清清，各种船只往来不停……”不远处，河面锣鼓喧天，两岸人声鼎沸，德胜河五颜六色的龙舟队你追我赶，逢简村一派喜气洋洋的景象。

“在一起！在一起！”龙舟饭席上，伙伴们将小简和大山围在中间，举的举杯敲的敲碗，闹得小简的脸像桃花一样红，大山摸着自己的后脑勺“呵呵”笑着靠近小简，牵起小简白嫩纤细的小手。

小简和大山恋爱了。

小简说话细言细语，总是面带微笑，待人接物很有礼貌，父老乡亲都很喜欢。大大咧咧的大山浑身是劲，又大气热忱，路上遇到挑重提物的乡亲，总会上前帮把手。内外兼修的小简和大山从小学到高中都同班，春去秋来，日久生情，龙舟节经伙伴一闹，爱情之火浓浓烧起。从那之后，渔人码头、清晖园、顺峰山公园，或街头巷尾，或小桥流水……凤城处处弥漫小简大山如蜜的爱情。

大三暑假，同村先打工存钱后创业致富的阿强和隔壁村阿红结婚。婚礼排场很大，婚车十几辆，三台大货车装彩礼。敬酒环节，阿强拍着胸膛，脸红得像凤城六月的荔枝，“我的心，像我新建的楼，填满了，填满了。”阿强拥着阿红一桌桌敬酒，还粗声粗气地说，“大山，你快点娶小简。”

那天，大山有了心中的婚礼。

“简，我和一兄弟说好了，毕业后去建筑公司，室内刷墙，去香港刷。”那天夕阳正西下，青色的祠堂墙面泛着金色的光，祠堂屋檐上的鸟啊鱼啊龙啊等凤城灰雕像活的一样，一个个想飞上天似的，大山内心也火一样的烧，他捧起小简白玉一样的脸，心扑通扑通地跳。

小简偎在大山怀里，柔声地说，“我就要在村小教学了，凤城有很多适合你的工作，香云纱作坊、家具、家电、瓷砖厂、地产公司……也可以种菜、养鱼、栽培水果……”

“香港工价高，钱来得快，我要给你最好最多的彩礼，让你风风光光嫁给我。”大山这样想，没说出口。

男人，实现了的诺言才叫诺言。

第二天，大山去了香港。

没有大山的凤城，小简空落落的。

“叫他回来。”闺密小花劝小简。“他榆木疙瘩一个。”咖啡洪水一样落肚，小简似醉非醉。两个人哭哭笑笑，最后一阵耳语，“就这样决定。”

香港。大山白天刷墙，傍晚搬运，晚上兼职外卖，和工友合租城郊农舍，饭菜自己做。收入渠道多，又省吃俭用，两年后回凤城，大山的存折沉甸甸的。

“简，我回来了。”大山直奔幼儿园。

“嗯。”小简不冷不热。

“我有，有点钱了。”大山拿出存折，兴冲冲地给小简数折子里的位数，“一二三四五六……”

“嗯。”小简瞟都不瞟。

“我准备再干两年，钱够了回来娶你，给你很多彩礼。”

大山从头到尾滔滔不绝，小简自始至终沉默如墨。

小简变了。

小简不爱他了。

几轮热血沸腾与冷若冰霜的对决后，大山灰溜溜地回了自己家。

晚上，月光水一样从窗口射进来，大山辗转反侧，干脆走出家门，坐在榕树下的石头凳上，看天上的星星，看河上的小桥，看河面偶尔飘移的一叶扁舟，越看越不是滋味，大山又从村头走到村尾，他路过祠堂，路过一座座白墙灰瓦的民房，路过小简工作的学校。逢简家乡美，然而已物是人非，大山孤独得如同洒落地上的月光。

坐立不安，有苦难言。

大山干脆到路边的自助小店买了几瓶啤酒，独自在榕树下喝起酒来，酒越喝越苦，大山忍不住呜咽，委屈得如同被主人遗弃的小狗。

“哈哈，对，对！”这时，传来小简那百灵鸟一样的声音，大山唰地站起，情不自禁地想朝小简奔。然而，抬头，大山又绝望地坐着不动，只见小简和同村的青年才俊志伟并肩而来。志伟意气风发，小简笑靥如花，两个人相谈甚欢，对石凳上的大山视若无睹，似乎大山只是榕树吊垂的根须。

大山的大脑一片空白，像电脑死机一样，黑洞洞的白。

满脑子都是爱情，爱情空了才想起母亲。

父亲因病早逝，母亲独自含辛茹苦把他拉扯大。大山跌跌撞撞走回家，把存折交给母亲，脸憋得像茄子一样红：“妈，我明天出去，过两年回来建房。”

“傻儿子，你就一身傻力气，没一点大脑！”母亲领着大山，指着厨房刚修整好的自来水管、客厅全新的真皮椅子、床上软绵绵的蚕丝被，以及被毯上真花一样的广绣披巾……“水管是小简请人修的，被子是小简给娘买的，披巾上的花是小简亲自绣的。”

“小简是我儿媳，好儿媳。”母亲揪着大山的耳朵，笑得脸上的褶皱积成花，“我的傻儿子啊！”

“哦，呵呵，呵呵。”呵呵笑的大山马一样往学校跑，一边跑一边唱歌一样叫，“小简，小简！”

不久后，大山在凤城租了几十亩地经营香云纱莨晒，后来又在村头开了间凤城风味菜馆，还在学校旁边建了两层小型图书馆。小简依旧在学校教书，也在村里教年轻姑娘学广绣。小简和大山又主动参加凤城“老艺术·新媒介”文化项目，学以致用着常常在家、在榕树下、在祠堂搭配龙舟唱，“龙舟舟，出街游，姐妹行埋莫打斗……”

对了，大山在凤城的全部投资或志愿项目有个共同的名字：彩礼。

（原载于《椰城》2023 年第 5 期）

摇到的微友

周　藻

打电话关机，发信息不回。

他怎么了？

没有他的日子里，特别是夜晚，她是多么孤单，多么无助。她早早关上灯，故意闭上眼。果然，他来了，来到她的脑海。她咀嚼着，回味着那一幕幕令她动心的片断。

他是她摇到的微信好友，离她只有三十公里。

刚开始，他们漫无边际地聊着，有时还互相打趣，很随便，很放松，好像认识多年的老朋友。不知不觉，她就扯到自己的家庭，自己的丈夫。她说，别看她衣着光鲜，外表平平静静，可内心的煎熬有谁知道。死鬼仗着包工挣了几个臭钱，甩给她一笔钱，就把她打发到农村娘家。而他整天在外面鬼混、玩女人，从来不管她的死活，连女儿都不要。她恨自己瞎了眼，找对象时，挑来拣去，还是看走了眼。她也想出去打工，村里太寂寞了。可孩子尚小，无人照看，实在不忍心抛弃。聊到伤心处，她声音哽咽，泣不成声。他呢，耐心地听她倾诉，从不打断，从不嫌烦，时不时还安慰她几句。

怎搞的？怎搞的？是感冒了，还是气管发炎？

大惊小怪干吗？没什么大不了，不就是咳了几声嘛。她嘴上这样说，心里却像喝了蜜一样甜。比起丈夫，他不知好多少倍。

他纠住咳嗽不放，说，甭把小病拖成大病。要慎重，要当心啊！

他要求视频，她有些顾忌。刚认识不久，还不知道他姓什么叫什么呢。

他说，好吧，那你伸出舌头，拍个图片给我看看。她照办。

片刻，他说，舌淡苔薄，头发干枯，虽然你皮肤很白，但没有血色，没有光泽。

她不理解地说，天天用高档护肤品，我的肤色还能比别人差？

他说，女人养颜要由内而外，如果五脏六腑没有调理滋养好，如果心情不好，再好的护肤品，涂到皮肤上也会脱壳。他又问了她许多问题，比如，是不是经常感觉浑身无力，稍微动一动，就全身冒汗？是不是夏天怕热，冬天怕冷？……

的确如此！她觉得他的每一句问话，都准确地戳到她的心坎上。她欣喜异常，感谢上苍，碰到良医了。她急切地问，怎么办？是打针，还是吃药？

他说，大可不必，没那么严重，是药三分毒，药补不如食补，最好通过合理的饮食来调节。根据我的判断，你是气血虚，而且是阳虚。多吃营养丰富、易消化的食品。忌吃生冷油腻辛辣的食物。平时用黄芪、当归、枸杞泡水喝。早上用糯米或粳米掺上杂粮煮粥，外加黑枣、莲子、核桃、薏米、铁棍山药、银耳。多吃羊肉、牛肉、狗肉、韭菜、泥鳅等，长期坚持吃，身体想不好都难。

此后，他不断督促她。一定要按他讲的去做，按他的要求去吃，餐餐问，白天问，晚上问，问个不停，有时深更半夜还要和她语音。不知怎么，她从不嫌烦，心里总是热乎乎的。

本来她只想随便找个人聊聊，打发寂寞的时光。根本没想到，他是那样善解人意，那样体贴细致，以至她常常因为聊天，忘记吃饭，忘记睡觉，忘记时间。每次总是他提醒督促。他说，一天三餐，要定时定量。早餐要吃好，中餐要吃饱，晚餐要吃少，每餐少吃一口，活到九十九；他说，晚上睡觉不能超过十一点，每天睡得好，八十不显老；他说，良好的生活习惯决定着人的寿命……她将他的话当作圣旨，不折不扣自觉自愿地执行。她觉得他是父母之外，对她最好的人。

他们相识，满打满算，只有两个月，可他们无话不谈。一会视频，一会语音，一会打电话。她多次提出要去找他，会会他，但他总是避而不谈。她想也罢，等时机成熟了，再见不迟。

就在他们难舍难分时，他突然失踪，好像从这个地球上消失了一般。她急得整天像丢了魂似的。

她多处打听，终于找到他的村里。村里人告诉她，他前几天进了精神病医院。她一听，如雷轰顶，胡说！胡扯！她不停地摇头，自言自语，发了疯似的，在村里转悠，问老大爷，问老奶奶，问村里所有人，企图找到他不疯的证据，可大家都说他疯了，在中医药大学读书时，被一个见好爱好的女同学害惨了……她大声说，不可能，他不是疯子！他要是疯子，所有人都是疯子，整个世界都是疯子！

她找到精神病医院，找到医生，固执地说他没疯，他怎么会疯呢？你们是不是疯了？说着说着，她的眼泪就流了下来，流得一塌糊涂。

（原载《小说月刊》2022年第11期）

卖粮

邱德福

那年，风调雨顺，病虫害又少，稻田里比往年多收了将近一半的谷子。

早上，东方刚露出鱼肚白，爹和娘就忙着把新打出来的谷子摊平晾晒；傍晚，太阳沉到西山时，才把谷子收集起来，像一座小山。这时，最好估算。

中午，火辣辣的太阳直直地照射下来，一丝云彩都没有，风姑娘也不知道野到哪里去了。天热，知了也停止叫声。

在金灿灿的稻田里，只听见一阵沙沙的声音，随着镰刀停止，声音也戛然而止。爹和娘微微直起腰，抹了抹额头，亮晶晶的汗珠掉下来，砸在镰刀上，随即摔成八瓣，落在稻穗上，融入谷子里。

爹和娘天不亮就下地，天傍黑才回家。

经过镰刀割，肩扛，牛拉，晾晒，再肩扛，新谷子才进入家里的粮仓，颗颗饱满，粒粒皆辛苦！

爹把最后一袋谷子扛回家，倒进粮仓里，抹了一把脸上的汗珠对娘说：这下，孩子们学费有了。

娘说：卖一点？

爹说：卖一点！

这天，爹去赶集，只有娘在家。村里来了一对收谷子的男女。

大老远，女人就对娘说：大嫂，有谷子卖吗？

有，娘说，然后又问：多少钱一斤？

新谷子三毛，老谷子三毛五。

新谷子咋这么便宜？

新谷子不经煮，出米饭又少。

噢，原来这样。再加点吧？

大嫂，加不了。我们真没有赚钱。

好吧，就按三毛卖给你们。

中午，爹赶集回来。娘对爹说：今天，我卖了一千斤新谷子。

卖就卖呗！爹说。多少钱一斤？

三毛。娘说。

我咋听村里老胡说，他卖三毛五？

那是老谷子吧？娘问。

新谷子。老胡亲口对我说的，不会有假。

我看他俩年纪轻轻，又能吃苦，没有多想，就卖给他们。

没事，粮食是我们自己地里种出来的，就当是我们少收了一点。爹赶忙安慰娘。

下学期刚开学，哥哥和姐姐就去报了名，并且拿到了新课本。一路上，他们心里甭提有多高兴！

在家里，爹和娘正在发愁，家里再也拿不出钱来买化肥、农药和种子了。

爹对娘说：卖一点？

娘说：卖一点！

这一天，娘回外婆家，只有爹一人在家。村里来了两个收谷子男女。

大哥，有谷子卖吗？

有。多少钱一斤？爹问。

新谷子二毛五，老谷子三毛。

谷子咋越来越不值钱呢？

丰收了呗！

能再加点吗？

大哥，这个价钱我们已经是在赔本。

那好，我卖五百斤。

傍晚，娘从外婆家回来。爹对娘说：今天我卖了五百斤谷子。

多少钱一斤？

新谷子二毛五，老谷子三毛。

咋这么低？我刚在村口听胡嫂说，她家卖三毛。

你不会听错吧？

胡嫂不会编假话。

我看他俩年纪轻轻，又能吃苦，准是刚开始做生意的，不容易，就没跟他俩讨价还价。

没事，就当我们为他俩事业做一点贡献！娘对爹说。

他娘，你真好！

他爹，你也不赖！

这天，村里又来收谷子的人，正是那对年轻男女。男的又瘦又小，女的还好，不胖不瘦。别看男人干巴巴的，他力气可大着呢！他把袋子扛起来就往手扶拖拉机上放，码得整齐又稳当。每一袋谷子，至少八十斤，可不轻呢！

爹和娘看到他俩年轻，又能吃苦，对他俩在价格和秤头上，多一分少一分，多一斤少一斤，从来都不计较。

有时，碰到雷雨天，爹和娘也总会留下他俩吃饭。他俩把爹和娘，当大哥和大嫂，左一个大哥，右一个大嫂地叫着，旁人信以为真！

女人对爹和娘说：我俩刚进村收谷子那阵子，村里有个人看我们年轻，以为没经验，一开口就要大价钱，被我们识破，他又想以次充好（把新谷子充当老谷子），卖大价钱，又被我们识破。从此，我们再也不收他家的谷子。大哥大嫂的谷子，我们年年要，季季过来收。

临走时，两人说：你们家的谷子，要卖就卖给我们。

好，好，都留着卖给你们。爹和娘说。

谷子也不是啥时候都是抢手货。有时，一个夏季没有人过来收购，也是常有的事。但是，我们家的谷子从来不愁卖。

一来二去，他俩与爹娘就熟络起来。他俩是镇上粮所下岗职工。

后来，夫妻俩在镇上开起一家饭店，常常提及爹娘的帮助。爹和娘去赶集，有时进去讨口水喝，或寄放一些东西，他俩亲热有加，亲如一家人！

（原载《宝安文学》2023 年第 705 期）

消失的她

胡泰然

在课堂上

你们早晚要工作。

单位在行业内和社会上变更好或者变更坏对于韭菜一样的普通职员来说都不是好事。

人们要稳定，就会去事业单位或者公立机构，在相当长一段时间内，那里不会变更好，也不会变更坏。

老师突然来了这么一段。

男孩和女孩坐在教室里，互相看了一眼，而后又各自把目光缩了回去。这是一个严肃的地方，课下可以通俗，包括把老师的短口红色套袜编进贯口里面。他知道那个时候她不忙。刚刚考过“一摸”，下次摸底考试再快也是下个月的事了。

课堂枯燥而乏味，他们需要彼此找一个安慰的理由。比方说，男的很美好，女的很聪明。他们模糊觉得这是理由，在这个不起眼的小学校里面。

在过去

男孩的父亲大概是个自由职业者，男孩觉得父亲更像是一个侠客。男孩父亲年轻时奉行独身主义，后来遇到了朋克重金属女友，克服恐婚恐育，努力过二人生活，后来是三人世界。

男孩母亲是医生，从小姑娘医生变成老资历的医务工作者。能有多老呢？女人还是容易老的。女医生更是敏感。从门口的茶餐厅过去的时候，能看见下面的革命标语，大概写于1969年，女医生的母亲就是那一年在家里反思。人们来来去去，还抽烟。

过了半天，一个干部对女医生的母亲说，你的问题清楚了，你男人的问题不清楚。女医生看见父亲上了一辆车，那辆车是灰绿色的。此后她再也没有见过父亲。那个晚上格外寒冷，她不像奥威尔笔下的小男孩一样有巧克力。

她很冷。母亲抱着她，跟她讲故事：从前有一家人，父亲是哑巴，儿子是聋子，媳妇看不见。他们用自己的方式交流，生活倒也安静。后来有一天，他们有了一个可爱的孙子。孙子长到四五岁，突然听到一群坏孩子骂他们一家的歌谣。再后来，孙子也变成了哑巴、瞎子和聋子。

母亲讲着讲着，脸上多了一行泪。

她仰着脸，问母亲，那是因为坏孩子比较容易得宠，大人又不管他们，是不是？

母亲大哭起来，抱着她，一边哭，一边俯下身子凑到她耳朵边，说，最是仓皇辞庙日，垂泪对宫娥。为什么，因为宫娥是自己人啊。他离不开。弱小的，其实是最聪明的。他们不得不这样早熟。

在酒店里

男孩和女孩后来还是去开了一间酒店。其实什么也没做。因为要刷大人们的信用卡，到底还是让男孩的母亲堵在了酒店大堂里。

这个医生母亲气急败坏地盯着他们，说，你们才多大，酒店里很好玩吗？医生说着动气了，你们知道北海道空知郡中富良野町的薰衣草长什么样子吗？你们不懂，你们不会懂的。你们这个年龄只配看纸片人在那里咿咿呀呀唱不知所谓的歌。你们以为这样就酷了。你们真是不知道天有多高，海有多蓝。

医生说累了，手放在桌上。女孩看到桌上有红褐色的裂痕，上面的条纹，和学校里面的不一样。她突然渴望回到学校里面。

在课堂上

她费力地搬动课桌，只为和男孩的课桌离得更远一点。周围的人诧异地看着她，也看着他。

男孩假装在倒水。一个瘦学生捅捅他，说，你们不做万年好邻居，好伙伴了。你这组团都一年了，想一个人西天取经啊。

男孩说，你不知道，这叫江湖一别，云淡风轻。这周末是半年一度的数学奥赛。华山论剑，谁主武林。你可别输给我，我不想你跌下山崖，死得很难看。

瘦学生说，切，以为我怕你啊。

女孩搬完东西，坐在那里，突然招招手。男孩鬼使神差走了过去，女孩说，你上次在手上记我的电话号码，墨水笔没水了，你是不是遇到了恶作剧？

男生说，不是，那墨水笔质量不好，没有人恶作剧。女孩有点失落，无奈说，你有没有什么想说的。男孩说，有的，我在“豆瓣网”上看到一篇文章，标题叫《绿色的闪电》，我把它推荐给一家杂志了。上面有我想说的话，你去看看吧。

女孩回到家，发了一阵子呆，打开了电脑，百度搜索《绿色的闪电》。小说里面，主人公一本正经说，其实我希望你对我说谎，因为人在非常害怕失去的情况下才说谎。

在现在

她抬起头，发觉自己看日记看得有点久了。面前的男人喝着玉米片粥，慢条斯理夹着三明治。鱼缸里面是锦鲤，英短在地上跑。外面是三里屯。她如梦初醒，拒绝参加明天的同学会。

她挎起古驰的手包，若无其事打开门。儿子说了一句什么。男人嘟囔一声。她都没听到。

其实，在小黄车上，她一甩秀发和自然卷，想到了，男人大概在说，小地方的人，总是不会礼数。儿子说，爸爸，妈妈出门没跟我们告别。她想着，就看到阳光刺目，如水晶碎了一地，又像地宫里面涨溢出的水银。

（原载2023年5月24日《我们都爱短故事》）

到阳光里去

丘艳荣

三三用胳膊肘把木门推开，木板门断续发出咯吱咯吱的声音。光线随着门的开启一拥而入，照亮屋子里的一床一桌和床后面竖着的一根木头。那根木头是床背后尿桶盖上的长把手。

每一次三三都会想，要是在长把手上挂一面旗，不就是孙大圣跟二郎神斗法时用尾巴变的那杆旗了吗？这个“孙悟空大战二郎神”的故事还是太婆讲给她听的呢！

太婆现在可不愿意讲故事给她听。太婆只愿意每天蜷在被窝里，把自己藏在黑暗里。有时候，太婆也坐起来，就坐在床沿上，闭着眼，两只手盘着一串念珠，念珠被她捻得飞快。三三担心念珠的那根线会突然断掉，然后念珠就噼里啪啦往地板上跳、跳、跳……一枚枚微型的手雷在炸响。

炸响在三三耳边的是太婆炸雷一样的声音：三三，把门关上！

三三的手一抖，差点把双手端着的饭菜洒了出来。她放好饭菜，轻轻说：太婆，吃饭了。

吃什么吃！光吃不做，废人一个！老了瞎了不中用了，该去见佛祖了！

太婆有多老了？三三不知道。太婆坐在她的雕花眠床上，一脚放平，一脚支起。三三就去抓太婆腿肚子上的皮，一抓就是一大把，皱皱的、松松的、软软的。三三用五根手指捏，用两只手揉，一边玩，一边咯咯笑。太婆就揉着三三柔软的发给她讲从前：我是你太公八抬大轿娶进来的，这张床就是我的嫁妆。看看啊，三面围屏，雕刻着高山流水，花鸟虫鱼还有大家小姐游春图，当年啊，我就是画里的那个大家小姐。可惜我阿爸没让我念书。我嫁过来，你太公手把手教我读书认字和念诗。可惜你太公走得早，留我一个人拉扯六个子女，“田头地尾、灶头锅尾、针头线尾”，说不尽的艰辛啊！可我欣慰啊，我用自己的双手养活了六个孩子……

在太婆回忆似水流年的时候，三三睡着了。

患青光眼失明之后，一向要强的太婆颓靡了下去，窝在被窝里不肯动弹半分。家人劝她出去走走，她就骂，你们这群兔崽子，走到哪里去？哪里都是黑的！你们的心也黑了吗！

吃饭时，太婆也不愿离开床。三三于是一日三餐给太婆端饭，喂饭。太婆摇头，不吃。三三就哄，乖，吃一点，吃饱了才有力气骂人！太婆伸出手，作势要打，三三知道太婆舍不得打。太婆，张嘴。于是，一口又一口饭菜就塞进了太婆的嘴里。

床后边尿桶的长把手有些碍眼，三三皱了皱眉。眼盲之前，太婆是爱干净的老人，绝不允许尿桶在屋里。

太婆大声喊，三三，关上门！

不要关，让太阳光和空气进来。

太阳光也不能让瞎子见到光，要来做脉个（方言：干什么）！

三三说，等我给您喂了饭再关吧。现在关了门，我什么也看不见。

太婆又喊，饭吃完了，你出去，关上门！

三三只好退了出来，把门关上。就这样，太阳光从太婆屋里灰溜溜逃了出来。太婆就又隐在黑暗里了。

片刻后，三三轻轻推开一道门缝看太婆。太婆的脸黑得像团乌云。

三三再次推门进来，说，太婆，帮我干活儿吧。阿妈说晚上要吃番薯叶，要撕够一脸盆。三三拿了一张椅子，把太婆从床沿扶到椅子上，塞过去一把番薯叶子，说，左边放撕掉的丝，右边放撕好的叶子和梗。

太婆听了，没牙的嘴咧了一下，想说什么却没有说，安安静静撕起了番薯叶子。

三三说，给我撕对“翡翠”耳环吧？

太婆倒是熟络，撕开番薯叶梗上的一个小口，左一下，右一下，连梗带丝给三三撕了一对“翡翠”耳环。三三把耳朵凑过去，让太婆摸索着给她戴上。她又拉着太婆的手，让她摸，问，我是不是很漂亮？

漂亮漂亮，我们三三最漂亮！太婆笑着说道。

三三也撕了一对“翡翠”耳环给太婆戴上，说，我们家太婆又漂亮又能干。太婆真的还有点用？太婆问。

三三重重地点头，说，有用！太婆，您能干的活儿还多着呢！择菜、剥花生、搓草绳、晒芥菜……还有还有，好好管我们这群兔崽子……

太婆大声笑了起来。

门外是暖暖的春日阳光，三三拉着太婆起来。

太婆问，你要牵我去哪里？

三三说，去阳光里！

太阳光也不能让瞎子见到光，要来做脉个！太婆故意说。

太阳光能让您暖，您也让我们暖，您就是家里的太阳光啊！三三扭扭糖一样摇晃着太婆的手，她看到，阳光正柔柔地爬上太婆的脸。

（原载于《天池小小说》2023年第3期）

勒狗者说

廉世广

在我们东北，但凡一个屯子，不管大小，不管有多少口人，一些“匠人”总是不能少的，比如木匠、瓦匠、豆腐匠、剃头匠、劁猪匠等等，他们各有所长，在某方面都是行家里手，声名远扬。

我二姑父会勒狗，虽然没有人叫他“勒狗匠”，但他勒狗的技术确实全屯第一，无人可比。

南方有夏至吃狗肉的风俗，民间有“夏至狗，没路走”的俗语，还说“吃了夏至狗，西风绕道走”，大意是人只要在夏至日这天吃了狗肉，其身体就能抵抗西风恶雨的入侵。然而南北不同俗。北方人吃狗肉要等到冬至落雪后，据说这个习俗始于汉高祖刘邦，因为他在寒冷的冬至日吃了樊哙烹制的狗肉汤后，觉得浑身燥暖，力量无穷，大加称赞。于是民间跟风皇帝，喝起了狗肉汤，便有了“冬至吃狗肉，明春打老虎”之说。

在我们东北，冬至落雪勒狗还有另外一层原因，就是人们不光要吃狗肉，还需要狗皮。东北的冬季冰天雪地，当地的狗，那时候都是笨狗，长得高高大大，威猛异常。狗的皮毛随着季节的更替自然变换。冬至落雪日，就像脱去夏装一样，狗都已褪去了夏秋又稀又短的皮毛，换上了浓密茁壮，油光发亮的新装。这时候谁要是戴一顶狗皮帽子，绝对是一件牛逼的事，丝毫不比狐狸皮、貂皮帽子差。

我二姑父小个儿，刀条脸儿，还弓个腰，是个锹镐拿不动的手儿。但他会勒狗，而且活儿干得干净利索。那时候家里养狗，大多是用来看家护院的，不得已才会勒死。狗通人性，对主人极其忠诚，主人怎么能下得了手将它勒死？这时候，我二姑父便派上用场了。只要他到场，再凶猛、再厉害的狗一见他就酥了骨，浑身颤抖，屁滚尿流，乖乖地上了他的绳套，很快就会被他吊在苞米架子上。狗的后腿一离地，狗的眼睛便直了，狗脖子随之歪向一边，一条红艳艳的舌头便耷拉下来，黏涎流出老长，一直淌到地上。

这时，我二姑父两只手缩进棉袄袖子里，伸着脖子观察狗的动静。看热闹的人说，死了死了，放下来吧。我二姑夫翻了翻眼睛，不理睬他。常看勒狗的人都知道，狗的生命力极强，有人说狗是土命，看着好像是没气了，可只要两腿一沾土，接了地气，马上就会活过来。

过了大概两袋烟的工夫，我二姑父从腰里抽出磨得锃亮的小刀，开始挑狗的“四稍”，就是把四条狗腿靠近狗蹄那里挑开，让黑红的狗血流出来。这样做的目的，一方面可使狗肉看起来更干净，另一方面方便给狗剥皮。当我二姑父确定狗已彻底死了，就像一个老色鬼去剥一个渴望已久的女人衣服一样，能很麻利地将狗皮完整地剥下，丝毫无损。然后，将狗皮钉在草房的土墙上，让它慢慢地风干。

在整个勒狗的过程中，平时有些猥琐的二姑父显得异常潇洒，甚至有些威风凛凛。他把狗肉、狗排、狗头、狗脖、狗蹄分割得清清楚楚，干干净净。狗下水一般人家是不吃的，所谓“狼心狗肺”，不是什么好东西。但我二姑父不嫌弃，拿回家，该炒的炒，该炖的炖，配上半斤烧酒，神仙般吃得津津有味。

也许，就是凭借这些让我那年轻漂亮的二姑迷上了他。我奶奶反对，我爷更反对。我爷爷从年轻时就开始打猎，狗是他打猎时最好的帮手。听说谁家勒狗了，他恨不得要与他拼命。可是，不管爹妈如何反对，我二姑还是死心塌地地嫁给了那个吃狗肉喝烧酒的勒狗者。

想不到的是，若干年后，就在我二姑父的勒狗生涯做得风生水起的时候，他却突然金盆洗手，再也不干了。其中的原因，说法不一，有好几个版本。

一说他在勒狗的时候，被狗咬了一口。那次勒狗，按照以往的经验，在挑开“四稍”后，狗就应该一点儿活气都没了。这时候，我二姑父经常要和死去的狗说笑一阵。咋不厉害了呢？咬啊，叫啊？那天，他用手扒拉着狗脑袋，正说“咬啊叫啊”的时候，狗突然张开利齿，狠狠地咬了他一口，他的手上顿时鲜血如注。再看那狗，歪着脖子，分明就是死狗一条啊。打了一辈子雁，却被雁啄了眼睛。一气之下，二姑父再也不勒狗了。

还有一个说法，说是在二姑二姑父的女儿，我表妹燕子 18 岁那年的年三十，也就是除夕夜，一家人正乐乐呵呵地围在一起包饺子。燕子说，我出趟外头。那时候农村没有室内卫生间，厕所都在屋外，一般说出趟外头就是上厕所。燕子出去半个多小时还没回来，二姑有些着急，正要出去找她，燕子突然进来了。只见她的两条胳膊悠悠荡荡地垂在身体两侧，脑袋歪着，眼睛斜着，一条通红的舌头耷拉到胸前。二姑父和二姑都被吓坏了，转着磨磨不知如何是好。还是二姑先醒过腔来，对二姑父说，快去把她姥爷叫来！

不一会儿，我爷爷便风风火火地来了，进屋直奔燕子。他看了燕子好半天，突然说道：大过年的扯什么犊子，给我滚！说完就是一个耳光，把燕子从炕头扇到炕梢。

燕子的舌头顿时缩了回去，头也不歪了，眼睛也不斜了，像一摊烂泥一样，摊在炕上，睡了三天三夜。醒来的燕子变了，变得沉默寡言，看人时，眼睛直直的。

从那天开始，二姑父再也不勒狗了。

无疑，这个说法更有传奇色彩，对此我却一直半信半疑。记得我爷活着的时候，我曾向他求证过。那天他正就着大豆腐喝烧酒，听了我的疑问，想了半天，把剩下的半杯酒干了。他拍拍胸脯，什么也没说。

他喝醉了。

（原载《百花园》2023 年第 4 期）

福报

雨　瑞

韩廷之是清代咸丰时的一位茶商，山东沂州人，四十多岁，早年读过几年书，后因家道中落，只好辍学从商。前些年他都是跑徽州这条线。去年有人介绍说是六安的黄芽、瓜片价廉物美，于是他便带着十八岁的儿子于新年之后来到六安。此时，新茶尚未采摘，因此他也并没有打算实购，只是想先探探路，看看行情。

六安城里的茶行大多集中在鼓楼街一带。全城里做茶叶行当的有二十几家。店面基本上都是沿主街两侧一字排开，多数都是前店面后厅堂外带阁楼的结构形式。

韩廷之带着儿子沿着大街一路走来，走着走着，父子二人觉得有些口渴。此时正好行至一家名叫“沁馨斋”的茶行门口，韩廷之便向店里一个伙计道：“我二人有些口渴，可否讨一碗茶喝？”

伙计连说可以。将二人让至店后的厅堂。便去沏茶。

此时厅堂里有个十岁左右的孩童正在方桌上练习毛笔字，见来了客人，便冲韩氏父子笑了笑，算是招呼。

伙计沏了壶茶，为二人各倒了一碗。韩廷之端起茶碗，便嗅到一股扑鼻的清香。再看看叶片汤色，碧绿清透，知道这是好茶。便心生纳闷。我俩不过是路过讨碗茶喝，又没打算付钱。这伙计为何会沏这么好的茶？

正纳闷，忽听头顶上几声鸟叫，抬头看去，原来房顶的大梁一侧，有一个燕窝。有几只小燕，叽叽喳喳叫得正欢。正呆瞅间，忽然一只小燕屁股一翘，竟拉下一溜鸟粪来，直接落到了方桌上，离韩廷之的茶碗只有一掌的距离。

伙计一见，慌了，连说抱歉抱歉，忙过来清理了鸟粪，又将茶碗撤去，换上新的，双手奉上。

那个孩童却在一旁咧嘴一笑，说："客官不要见怪，这窝燕子有点'人来疯'。平时都在外面觅食。只要家里来客了，便都飞回来凑热闹，又是叽喳又是拉屎的。"

"那怎么不把这窝捣了，让它到外面去筑窝？"韩廷之问。

"爷爷不让撵。它们在这上头都好几年了，年年都要生几个小宝宝。爷爷说，它们筑个窝好辛苦，不容易，别难为它们了吧。"

韩廷之点点头。刚喝了口茶，忽见一位六十左右的老者自门外进来，见到韩氏父子先是拱手一礼，满脸笑容道："二位客官请了！在下姓田，是小店之主。"

韩氏父子也站起来弯腰一揖，韩廷之笑道："在下姓韩，路过宝店，口渴了，进来讨一碗茶喝，叨扰叨扰！"

"哪里哪里，贵客光临，老朽请都请不来呀！"

韩廷之指着茶碗，问道："这茶便是六安瓜片吧？"

"正是，韩老板觉得如何？"

"好茶呀！入口虽微苦，稍稍品味，便有一股清洌甘醇之味环绕于舌根咽喉之间，令人神清气爽，口舌生津。"韩迁之笑道。

田老板一听此言，微微一惊："韩老板行家啊？！"

"不瞒田老板，在下山东沂州人，也是做点茶叶小生意的。"

"是么？那是缘分哪！幸会幸会！"

韩廷之道："等新茶上市，韩某想从宝店订五百斤瓜片，不知田老板可方便？"

田老板一听，大为惊喜，拱手道："韩老板这是在赏老朽饭吃呀，多谢多谢！"

韩廷之回手一揖，道："田老板客气了。生意交往，乃互利也。就按这品级，您开个价吧。"

"不瞒您说，您这碗里的，是二级瓜片。还有一级和特级的两种。"说罢取出一张价目单，双手递了过去。

韩廷之接过价目单草草看了一眼，笑道："行，那就瓜片、黄芽各订三百斤吧。"说罢从包裹里取出一只小布袋，放在桌上，道："这是五十两，算是订金。余款下次来提货结算时再补齐。"

田老板大感意外，生意场上少有买家主动要付订金的，除非所购之货是稀缺之物，便问道："敢问韩老板，你我一面之交，素昧平生，您如何就敢将这么多的银子交付于我？就不怕我昧了去？"

韩廷之淡淡一笑，指了指梁上的燕窝道："当然不怕。人会撒谎，但鸟儿不会。它们敢把自己的身家性命托付于您，在下这区区五十两银子，又有什么可担心的？"

两个月后，韩廷之如约前来，按前约付银取茶，带着两车货打道回府。

但令韩廷之始料未及的是，马车在离六安城大约八十里的一处山林处，遇到了一伙盗匪。这伙人拦下他们，不由分说，将车上的茶篓卸了下来。韩廷之心里暗暗叫苦，心想这下全完了。两大车货没了不说，自己的小命能不能保住还不好说。

一个五大三粗的头目样的人晃晃悠悠走了过来，朝地上堆着的茶篓上瞅了一眼，突然冲正在搬运的匪众们摆了摆手，说："别弄了别弄了，放他们走吧！"

于是众人面面相觑，陆续离开。

韩廷之大感诧异，壮着胆凑近那位头目，拱拱手，小声问："好汉，您这是？"

那人咧嘴一笑，伸手在韩廷之肩上重重拍了一下，道："算你狗日的走运，买的是六安田老板的货。田老板当年于我有救命之恩，这个人情老子得还给他。”

韩廷之这才注意到，地上的茶篓上都用红漆写有“沁馨斋”三个大字。

（原载《北方文学》2023年第8期）

伊人

欧阳明

一看到报亭，刘一米就径直走了过去。

刘一米热爱文学，平时喜欢买些报纸杂志。

守报亭的，是个姑娘，十八九岁的样子，额头一小片流海，眼睛大而明亮，脸蛋俊俏很白。刘一米一见，瞳孔陡然放大。他没想到县城还有如此漂亮的姑娘，选杂志时，便故意磨蹭，还不时拿眼偷偷去瞟她。可姑娘只顾坐着看书，直到他选定杂志付钱时，才抬起身和他对视了一眼。

刘一米对姑娘念念不忘。之后一有空，便往报亭跑。有一次，他无意间发现一本杂志选载了他一篇文章，很兴奋，指着文章得意地对姑娘说，这是我写的。姑娘打量了他一下，又看了看那篇文章，笑着说，你叫刘一米？

他说，嗯。

你名字挺奇特的。

是么？

有了这次对话，刘一米再去报亭时，姑娘都会用微笑和他打招呼。姑娘笑起来很迷人，像一朵百合。刘一米想问她芳名，又觉得不太礼貌，私下里便叫她伊人。《诗经》里，伊人是美人的别称。

伊人的模样，白天黑夜，都在刘一米的脑子里挥之不去。他想自己是爱上伊人了。思前想后，他决定向她吐露心声。可一见面，又怕遭到拒绝丢了脸，只好把话闷在心里。

也就在他犹豫期间，伊人和报亭竟突然消失了。

是不是搬别处了？刘一米找遍了县城每一条街，也没看到伊人和她的报亭。为此，他失魂落魄了很长一段时间。

刘一米是机关干部，有稳定的收入，长得还有点帅，给他介绍女朋友的人很多。每次与女方见面，他都拿对方和伊人比较，都觉得他们不如伊人，见一次面就拒绝了。

刘一米想，如果能再见到伊人，一定向她表白。可半年、一年、两年，机会都没到来。刘一米心灰意冷。第三年，他经人介绍，认识了一个护士。护士没有伊人漂亮，但性情温和，善解人意，收入比他高一倍，一起过日子没啥可挑剔的。于是，交往半年，便结了婚。

婚后，时不时的，刘一米还会想起伊人，尤其是经过原来报亭位置的时候。

再次见到伊人，是刘一米刚当爹不久。那天，他下班回家，路过公园，遇到一个孕妇。孕妇穿一条宽大的长裙，仔细一看，竟是伊人。一个三十多岁的男人，正拉着她的手散步。看样子，应是她丈夫。男人个子不高，比她矮了半个头，长相也一般，看上去和她极不般配。刘一米想和伊人打个招呼，又担心她男人误会，便迅速绕开了。

为什么鲜花总插到牛粪上？回到家，刘一米呆坐在沙发上一言不发。老婆问他在想啥，他说，没啥，只是有点累。

十年后，刘一米当上局长。大圣为表示祝贺，请他吃饭。大圣姓齐，是刘一米初中同学，在城里开了家酒楼。

席间，大圣叫来新招的大堂经理敬酒。

让刘一米没想到的是，经理竟是伊人。

伊人比以前胖了些，却胖得恰到好处，凹凸的身材，在紧身的白色短袖衬衫和黑色长裤的勾勒下，性感迷人。

大圣要向伊人介绍刘一米。刘一米说，不用，我们认识。伊人一脸迷茫，说，是么？

这话让刘一米有些失落。自己曾心心念念的女人，却根本不记得自己，能不受打击么？但他毕竟已见过很多世面，面不改色地对伊人说了那个报亭。伊人想了一会，说，是大作家呀，失敬！失敬！

不仅是大作家，还是局长。大圣说。

对不起，怪我有眼不识泰山，自罚一杯。伊人说完，手一抬，一杯酒就下了肚。

罚完酒，伊人便开始敬酒。先敬刘一米，再敬其他人。敬完，就出去了。走时，弯下腰在刘一米耳边说，刘局，不好意思，今天客人多，得去招呼，下次您来，妹妹一定把你陪好。

这女人现在是个寡妇，有没有想法？伊人走后，大圣低声问刘一米。刘一米想都没想，说，别把我想得和你一样。

之后刘一米去大圣的酒楼吃饭，伊人都会过来陪他喝几杯，每次，都坐在刘一米和大圣中间。有一次，刘一米去了趟厕所回来，无意间，竟看到大圣的手，居然贴在伊人的手上。这让刘一米瞬间明白了他俩的关系已很不一般，心里不禁酸溜溜的。

大圣和伊人的关系，最终被大圣老婆发现了。老婆跑到酒楼大闹一场，还狠狠打了伊人几个耳光。

之后刘一米就再没见到伊人了。问大圣她去哪儿了，大圣说不知道，自从老婆大闹酒楼后就再无联系了。

几年后的一个秋天，刘一米去邻县办事。在那工作的一大学同学知道后，请他吃饭，还叫了几个朋友陪他。其中一个是房地产老板，姓朱，六十多岁，瘦而且黑。朱老板带了一个女人。让刘一米没想到的是，那女人正是伊人。

同学说，伊人是朱老板的老婆。

伊人一眼就认出了刘一米，却装着第一次见面似的，礼貌性地微笑着向他点了下头。

开席不久，伊人接了个电话就走了，说是朋友找她有事。

饭后，刘一米问同学，朱老板带的那个女人，真是他老婆么？同学说不清楚。

刘一米闻言，内心五味杂陈。他不明白，伊人咋会这样呢？

一晃多年，刘一米因为一次没让领导的朋友中标工程，遭领导批评。想到多年的委屈，他一气之下辞了职。大圣为了安慰他，请他喝酒。二人谈天说地间，说到了伊人。大圣说，她当年为了到百货公司上班，才嫁给了百货公司经理的儿子。没想到几年后，公公因贪污判了刑，丈夫又染上了毒品，她不得不离了婚。后来百货公司解体，为了供儿子读书，她只得出来打工。我知道当年她和我好，不是喜欢我，是为了钱。对她，我也不是没把持，更怕老婆知道，但她确实太漂亮了，没法。

刘一米听了，觉得这世间，每个人都不容易。甚至觉得，自己也不过是另一个伊人。

（原载《北方文学》2023 年第 6 期）